KB060120

선의 법칙

편혜영
장편소설

선
의
법
칙

문학동네

1

집은 작고 구식이다. 윤세오가 태어나고 두 해가 지나 지어졌
다. 오래전 건축술을 따른 것으로, 시간이 지나는 동안 비와 바람
이 드나들면서 목재는 조금 부풀었고 경첩은 녹슬었다. 외벽에는
곳곳에 잔금이 생겨 시멘트를 덧댔다. 열효율이 떨어져서 여름이
나 겨울에 경제적이지 않은 액수의 공과금이 나왔다. 그럼에도 윤
세오에게는 가장 아늑하고 다정한 세계였다.

외출이 길어지거나 집과 멀어지면 식은땀이 나거나 오한이 느
껴졌다. 지금도 마찬가지였다. 전철 안에서 내내 땀을 흘리다가
승강장에 내리자 몹시 시원했다. 잠시뿐이었다. 이내 한기가 느껴
졌다. 새옷 때문이기도 했다. 푹해졌다고는 해도 지금 입기에는
얇은 옷이었다. 3월 말은 봄이 시작된다기보다는 겨울이 지속되는

때였다.

윤세오는 멈춰 서서 쇼핑백에 넣어둔 패딩점퍼를 꺼냈다. 백화점에 갈 때 입은 옷이었다. 꽤나 두툼했지만 한기를 가라앉히는 것은 점퍼가 아니라 곧 집에 도착한다는 사실이었다.

차들이 좁은 도로에 멈춰 서 있었다. 모여 있는 보행자들이 차의 주행을 방해했다. 웅성거리며 떠드는 소리에 클랙슨 소리가 섞였다. 무슨 일이 벌어진 걸까. 사람들이 윤세오를 힐끔거렸다. 하던 말을 멈추고 쳐다보기도 했다. 누군가는 윤세오가 가까이 가기 전에 뒤로 물러나는 식으로 길을 터주었다. 빤히 쳐다보다가 눈이 마주치니 고개를 돌려버리기도 했다. 옆사람과 귀엣말을 하는 사람도 있었다.

용기를 내서 고개를 들면 그들이 딱히 윤세오를 의식하는 게 아니라는 걸 알았겠지만 그러지 못했다. 윤세오는 점점 더 고개를 숙였다. 누군가가 자신을 알아보고 멱살을 잡거나 매서운 눈매를 하고 이제껏 어디에 숨어 있었느냐고 따져물을 것 같았다. 자신을 겨냥하는 사람들에게서 벗어나기 위해 윤세오는 걸음을 서둘렀다.

얼마 안 가 연기가 치솟는 게 보였다. 고개를 들고 있었다면 진작 보였을 그 연기는 이미 하늘 높이 올라 동네를 굽어보고 있었다. 사이렌 소리도 들렸다. 지금 막 도착한 소리는 아니었다. 오래전부터 한자리에 멈춰 서서 소리를 내온 것 같았다. 그 불길한 소리는 힘이 다한 듯 점차 희미해졌다. 거리가 멀어져서는 아니었다. 윤세오는 소리가 나는 쪽으로 다가가고 있었다. 말할 것도 없이 연기가 피어오르는 쪽이었다. 그게 집 부근이라는 걸 알자 명치에서 불쾌한 것이 느껴졌다.

한 무리의 사람들이 웅성거리고 있었다. 윤세오는 그 사이를 비집고 들어갔다. 매캐한 냄새가 났다. 누군가 다급하게 뛰고 조심하라고 소리쳤다. 검은 연기는 지상으로부터 멀어지려고 애쓰고 있었다.

천천히 골목 입구에 있는 부동산 앞을 지나쳤다. 지나치고 나서야 언제나 그 앞에 앉아 있는 누런 개를 못 봤다는 생각이 들었다. 153번지에서 키우던 개였는데, 주인이 버려두고 이사간 후 이웃들에게 돌아가며 밥을 얻어먹었다. 수위처럼 골목을 지키던 개가 왜 보이지 않을까 궁금해졌다. 돌아보니 개는 평소와 다름없이 그 자리에 있었다. 개가 왜 사람들 무리를 향해 짖지 않는지, 윤세오에게 꼬리를 흔들지 않는지, 누워서 한가로이 뒹굴지 않는지 의아했다. 개는 웅성거리는 사람들 사이에 철든 어른처럼 가만히 서 있었다.

윤세오는 짖지 않는 개를 쳐다보았다. 다시 한기가 느껴졌다. 아무래도 새옷을 입고 돌아오는 게 아니었다. 새옷은 새날 입어야 했다. 이 옷을 입음으로써 어제까지와는 다른 새날을 맞게 될 것 같았다. 아빠는 왜 지난 이십칠 년 동안 한 번도 하지 않은 일을,

생일 선물로 옷을 사주는 일을 한 것일까.

개는 여전히 조용했다. 윤세오를 빤히 쳐다볼 뿐 짖지 않았다. 전에도 그렇게 조용했는지, 그런 적이 없었는지, 시간을 들여 상기해봤다. 조금 걷다가 다시 돌아보자 개는 힘이 다 빠졌다는 듯 멍하니 바닥에 주저앉았다.

2

　엄마를 잃은 것은 여덟 살 때였다. 할머니가 학교에 있던 윤세오를 데리러 왔다. 윤세오는 사람들이 병원에서 하는 일을 주의 깊게 봐두었다. 늘 곁에 있던 엄마가 없고 할머니는 누워 있고 아빠도 넋이 나가 있는 것 같으니, 그렇게 뭔가를 바라보고 기억해두는 것말고 달리 할 게 없었다.

　윤세오는 아직도 엄마 사진을 감싼 꽃에서 풍기던 풀냄새, 잘 봐야만 피어오르는 게 보이던 향 연기, 코끝에 아릿하게 남는 향내, 육개장의 매운 내와 씹으면 소가 터지는 꿀떡의 맛을 기억했다.

　아빠는 늘 윤세오에게 뭔가 얘기해주었는데, 그때는 아무 말도 하지 않고 머리에 리본핀만 꽂아주었다. 칭얼거리면 간혹 안아주기는 했다. 그럴 때에도 입은 꾹 다물었다. 눈을 맞추고 다정하게 말을 걸어주진 않았다. 어른들은 하나같이 윤세오의 머리를 쓰다듬었다. 땀이 찬 커다란 손바닥에서 벗어나기 위해 어른들이 머리에 손을 올릴 때마다 몸을 배배 꼬았다. 번쩍 안아 올려주는 어른도 있었다. 전에는 그렇게 해주면 간지러웠는데 그날은 별로 그렇지 않았다. 아마도 향냄새 때문인 것 같았다. 계속 맡고 있자니 코가 매콤하고 속이 울렁거렸다. 울지 않았는데도 운 것 같은 기분이었다.

아빠는 검은 양복을 입고 앉아 있다가 검은 옷을 입은 사람이 들어오면 벌떡 일어나서 마주 절을 했다. 사람들이 가고 나면 다시 자루처럼 멍하니 앉아 있다가 가끔 사람들이 매운 육개장을 먹는 쪽으로 가서 술을 받아마셨다. 밤늦도록 가지 않고 있는 사람들은 패를 나누어 화투를 쳤다. 크게 웃고 마시고 떠들었다. 아빠는 몹시 지친 듯 옆에서 쪼그려 잤다.

그리고 아빠는 윤세오를 엄마가 누워 있는 방으로 데려갔다. 두껍고 누런 옷을 입은 엄마는 꼼짝도 하지 않았다. 불편할 정도로 빳빳해 보이는 옷의 질감과 화가 난 듯 굳은 얼굴 때문에 윤세오는 겁에 질려 울음을 터뜨렸다. 그래도 엄마는 움직이지 않았다. 친척들이 엄마를 빙 둘러쌌다. 아빠가 우는 윤세오를 잠깐 안아준 후 친척 언니 손을 잡게 하고는 밖으로 내보냈다.

등뒤로 무거운 문이 닫히는 소리가 났다. 닫힌 문 안쪽에서 죽은 사람의 몸에 두꺼운 삼베옷을 입힌 후 몇 가지 절차를 거친다는 것은 오랜 시간이 지난 뒤에 알았다.

친척 언니는 윤세오를 멀리 데려가지 않았다. 언니라고는 하지만 고작 서너 살 많았으므로 길고 텅 빈 복도를 빠져나가는 게 무서웠는지도 몰랐다. 복도에 나란히 앉아 방금 나온 방에서 아빠와 친척들이 우는 소리를 들었다. 친척 언니가 훌쩍거리면서 두 손으로 윤세오의 귀를 막았다. 눈이 오는 날처럼 복도가 고요해졌다. 고요 속에 숨죽인 울음소리가 섞였다. 그 방에 있는 사람들의 소린 줄 알았는데 언니가 우는 소리였다.

엄마를 어떻게 했어요? 한참 시간이 흐른 뒤 윤세오가 물었다. 아빠는 들리지 않는 척 계속해서 세제가 묻은 접시를 헹구었다. 엄마를 어떻게 했어요? 다시 물어보면 그제야 수도꼭지를 잠그고 고무장갑을 벗고 무릎을 꿇고 앉은 후 윤세오의 자그마한 두 어깨를 부드럽게 잡았다. 그러고는 눈을 들어 윤세오를 가만히 바라보고 머리를 쓰다듬었다.

아빠는 '엄마는……' 하고 말을 떼지 않았다. 목이 메어 말문이 막히지도 않았다. 슬픈 눈빛으로 '이제 못 와'라고도 하지 않았다. '땅에 잠들어 있다'고도 하지 않았다. 그저 잠시 윤세오를 바라보았고 다정하게 안아주었다.

그 부드러운 침묵 때문에 더이상 묻지 못했다. 아빠는 윤세오의 어깨를 살짝 잡았다 놓고 일어섰다. 다시 등을 돌리고 서서 고무장갑을 끼고 물이 최대한 많이 나오게 틀어놓은 후 요란한 소리를 내며 마저 설거지를 했다.

그런 일들을 겪으면서 윤세오는 죽음이 무엇인지 잘 안다고 생각했다. 죽음은 불편한 옷을 입고 딱딱한 침대에 눕는 것이었다. 침대에 누운 채로 가까이 지내던 사람들의 울음소리를 듣는 일이었다. 죽음에 대해 얘기하는 일은 묵묵히 눈을 맞추거나 요란한 수돗물 소리에 울음소리를 섞는 것이었다.

누군가 멍하니 서 있는 윤세오를 툭 치고 지나갔다. 그 사람 때문에 윤세오는 죽음에 대한 생각에서 돌아왔다. 구급대원들이 들것에 누운 누군가를 차에 싣는 게 보였다. 그 사람이 아빠인지 궁금했다. 들것에 누운 사람이 아빠라면 어떤 옷을 입고 있는지 확인하고 싶었다. 부디 두껍고 불편한 옷이 아니기를.

들것 가까이 다가가기도 전에 누군가 윤세오의 어깨를 잡았다.

"괜찮아요?"

그 말은 윤세오에게 괜찮지 않은 일이 일어났음을 알려주었다. 얼굴이 낯익었다. 이웃 중 한 사람 같은데 누구인지 기억나지 않았다. 모르는 사람인지도 몰랐다. 경찰이나 구급대원인지도. 그 사람이 윤세오의 오른팔을 꽉 잡았다. 집 쪽으로 가지 못하게 막는 것이었다. 그럴 필요는 없었다. 윤세오는 가만히 멈춰 서 있었다.

차문이 닫히기 전 담요가 조금 펄럭이면서 들것에 누운 사람이 보였다. 아빠가 아니었다. 다행이라는 생각은 들지 않았다.

3

교장에게 호출 받았을 때 신기정은 팀별 수행평가 과제물을 검토하고 있었다. 교사가 되고 난 후에야 선생이라는 직업이 가끔 학생들을 가르치고 자주 시시콜콜한 잡무를 처리하는 일이라는 걸 알았다. 이번주에 해야 할 그런 일을 꼽아보자니 열 가지도 넘었다. 가장 먼저 과제물 평가부터 해야 했다. 중요해서가 아니라 책상 위에 쌓여 있어서였다.

기행문 단원에 맞춰 '내가 만일 여행가이드라면'이라는 주제로 관광 프로그램을 짜는 과제였다. 조별로 제출한 PPT 자료의 양이 제법 되어 쌓아놓고 보니 책상 가득이었다. 과제를 검토하려니 벌써부터 지겨워지기 시작했다. 보나마나 네이버나 다음에서 검색한 자료들에 블로그에서 출력한 사진들이겠지. 성의를 보인다는 게 기껏 컬러프린터로 사진 자료를 출력하는 정도.

세번째 과제물을 보고 있는데 교장에게 전화가 걸려왔다. 잡다한 일들 속에 가끔은 특이한 일이 일어나기도 했다. 이런 내키지 않는 호출 같은 것 말이다.

교장실에는 3반 담임도 와 있었다. 잠시 후에 얼굴이 굳은 교감이 원도준과 한 학생을 데리고 들어왔다. 원도준이 의아해하는 신기정을 보고는 얼굴을 푹 수그렸다.

학교 인근 슈퍼마켓에서 도난사건이 발생했다. 가담자는 총 아홉 명. 학원 친구들로 이뤄진 이 그룹은 둘씩, 넷씩, 여섯씩 팀을 이뤄 주인 혼자 있는 슈퍼마켓에 들어가 지난 몇 개월간 조직적으로 물건을 훔쳐왔다. 계속해서 계산이 맞지 않자 이상히 여긴 주인이 CCTV를 설치해 확인해보니 인근 학원에 다니는 학생들 짓이었다. 경찰은 학교 앞 문방구나 슈퍼마켓에서 물건을 훔친 학생들이 적발되는 경우는 잦지만 이번처럼 조직적이고 가담자가 많은 경우는 처음이라고 했다.

원도준이 그중 하나라는 말에 신기정은 깜짝 놀랐다. 원도준은 집안 형편이 썩 좋았다. 부모님이 사업을 했다. 업종을 밝히지 않는 것으로 보아 드러내기 찜찜한 일인 것도 같았다. 전년도 담임이 일러준 대로라면 원도준 부모가 학교에 재정적으로 공헌하는 바가 컸다. 부모가 용돈을 주는 데 특별히 엄격하게 구는 게 아니라면 굳이 수고롭게 훔칠 필요가 없는 환경이었다.

신기정은 고개를 숙인 원도준을 흥미롭게 바라보았다. 아이가 제 잇속만 차리는 걸 여러 번 목격했던지라 좀 마땅찮게 생각하고 있었다. 청소시간에는 여자아이들 꽁무니를 따라다니며 장난을 치는 등 불성실했지만 수행평가 과제물을 집에 두고 온 날에는 감점 처리될까봐 점심도 굶고 외출증을 끊어 다녀오기도 했다. 얼마 전 팀별 과제물 발표 때도 그랬다. 과제 수행과정에는 이런저런 이유로 책임을 다하지 않았던 모양인데, 발표를 맡으면서 공을 가로채 팀원의 원성을 산 일이 있었다. 아이들이 수군거리는 걸 듣지 못했다면 모르고 넘어갔을 터였다. 한마디로 손해가 되는 짓은 하지 않고 한 일은 크게 생색내고 티나지 않는 일은 모른 척하는 타입이었다.

선생을 어려워하지 않는 것도 묘하게 신경을 거슬렀다. 원도준은 날마다 교무실에 들러 뭔가를 두고 갔다. 대개가 군것질거리였지만 뜬금없이 치약이나 비누를 두고 가기도 했다. 그것에 대해 신기정이 어떤 반응을 보이기도 전에 '에이, 쑥스러워 말고 넣어두세요'라고 능청을 떨었다. 신기정이 어이없어하자 '다른 걸로 갖다드릴까요?' 하고 물어 화나게 했다. 조금 더 지나면 숫제 돈봉투를 내밀지도 모른다는 생각이 들었고, 일어나지도 않은 일 때문에 아이를 멀리했다.

원도준도 그걸 눈치챘는지 차츰 신기정 앞에서는 얌전하고 착실한 학생인 척 굴었다. 열심히 복도 유리창을 닦았고 다른 아이들과 힘을 합쳐 책상을 옮기기도 했다. 그럴 때에도 신기정은 '내 앞에서만 그럴 테지' 하는 의심을 거두지 않았다.

언젠가 원도준을 불러 따끔하게 야단쳐야겠다고 생각했지만 계속 그 일을 미뤘다. 아이에게 딱히 잘못은 없었다. 아이가 가져오는 게 썩 비싼 것도 아니고 간단히 먹어버리거나 일상생활에서 쉽게 쓰고 버릴 수 있는 물건들이니 정색하고 야단치면 아이를 싫어하는 게 오히려 들통날 것 같았다.

아이에게 받은 군것질거리는 이웃 선생들에게 나눠주었다. 인기 많다고 놀리는 말을 듣는 게 그다지 나쁘지 않았다. 치약이나 핸드크림 같은 것은 내키지 않아 종이상자에 담아뒀다. 막상 쓰던 게 떨어지면 원도준이 준 걸 별생각 없이 가져다 썼다. 얼마 전에 슬리퍼를 갖다놓고 갔을 때 신기정은 아이가 꽤나 눈치가 빠르다는 걸 알았다. 그 전날 슬리퍼 한쪽이 뜯어져 못 신게 된 참이었다. 비싼 것은 아니었다. 발등에 외국 브랜드의 가짜 로고가 티나게 박혀 있었다.

신기정은 처음으로 원도준에게 고맙다고 말했다. 아이가 쑥스러워하며 살짝 웃었다. 그 천진한 모습을 보니 그저 관심을 받고자 한 일을 지나치게 나쁘게만 봤던 것 같아 슬쩍 미안해졌다.

교장실에서 데리고 나온 원도준을 교무실에 마주앉혀놓으니 한숨부터 나왔다. 한숨이 공기에 무게를 얹기라도 한 듯 아이가 고개를 푹 수그렸다. 짧은 머리카락 아래로 새하얀 목덜미가 드러났다. 목뼈 부근에 손톱만한 둥근 점이 보였다. 신기정은 아이의 점을 뚫어져라 쳐다봤다. 점은 제법 커서 눈에 띌 법도 했는데 평소에는 잘 보이지 않았다. 피부가 뽀얗고 흔한 여드름 자국 하나 없으며 어려서 교정을 했는지 치열이 고른 아이였다.

그제야 자신이 왜 그토록 원도준을 마뜩잖게 여기는지 조금 알 것 같았다. 아이에게는 운을 잘 타고 태어난 사람 특유의 자신감과 오만함이 있었다. 부유한 양친이 있고 좋은 집이 있고 원하면 얼마든지 새 물건을 살 수 있고 스스로 장래를 만들기 위해 안달복달하지 않아도 되는 종류의 운 말이다.

"고개 들어."

원도준이 머뭇거리며 고개를 들었다. 피가 몰려 얼굴이 조금 상기되어 있었다.

"왜 그랬니?"

부드럽게 물었지만 아이는 대답하지 않았다. 예상했던 바였으므로 실망하지 않았다. 대뜸 나쁜 친구들 꾐에 빠졌다고 말해버리고 주동자를 부는 것은 아이로서도 내키지 않을 테니까. 열다섯 살이면 모든 걸 남의 탓으로 돌리는 게 쉬운 일인 것 같지만 가장 어려운 일이기도 하다는 걸 조금씩 알아갈 나이였다. 신기정은 아이가 자존감을 훼손당하지 않으면서 주동자와 가담 이유 같은 것을 술술 말하게 도와야 했다. 다른 학교 선생들도 어떻게든 자기 학교에서 주동자가 나오는 일만은 피하고자 아이들을 달래고 있을 터였다. 이럴 경우 누가 먼저 그럴 법하게 말하느냐에 따라 사건의 진위가 달라질 수도 있었다.

신기정은 조금 시간을 끌기로 했다. 오랜 침묵으로 아이를 지치게 한 다음, 네가 기대를 저버려 실망했다, 너는 원래 이런 아이가 아니다, 너 때문에 선생인 내가 몹시 힘들다, 는 식으로 얘기하면 원도준은 마음이 약해질 것이다. 그렇게 해서도 안 되면 겁을 주는 수밖에 없다. 경찰이나 형사 입건, 소년원 운운하면서 말이다. 그러면 아이는 모든 게 친구 때문이었다는 과장되고도 뻔한 변명을 늘어놓을 것이다.

"이놈이 뭘 잘했다고 입 꽉 다물고 있어! 도대체 얼마나 해처먹은 거야, 어린놈의 새끼가."

옆자리 수학이었다. 수학은 수그린 아이 머리통을 한 대 세게 내리쳤다. 원도준의 고개가 아래로 푹 떨어졌다. 신기정은 수학선생이 풀썩 소리를 내며 의자에 앉는 순간에 맞춰 한숨을 내쉬었다.

"신선생, 내가 좀 도와줄까요? 이런 놈들은 말로 안 돼요. 막 다뤄야 해."

신기정은 대꾸하지 않았다.

"그렇게 살살 소아과 의사처럼 달래서는 절대로 도둑놈 못 잡아요. 저런 놈은 강력계야. 경찰처럼 해야 된다고."

수학이 하도 크게 떠드는 통에 근처에 있던 선생들이 와하하 웃음을 터뜨렸다. '신선생도 이참에 강력계로 데뷔해.' '몰랐어? 은

근 강력계야.' 여기저기서 거들었다. 신기정은 그 말들을 무시하는 걸로 농담에 대응했다.

수학은 매사 참견하고 간섭하길 좋아했다. 다른 선생에게 불려온 학생의 머리통을 대신 때리거나 훈계를 하는 게 예사였다. 나쁜 선생 노릇을 자처하겠다는 거였지만 오히려 담당 선생의 권위를 떨어뜨린다는 건 생각하지 못했다. 신기정은 수학에게 반감을 가지고 있다는 사실을 숨기려고 부러 더 친절하고 상냥한 말을 골라 썼는데, 그러는 바람에 점점 더 간섭을 받았다.

"신선생, 내가 잘 아는 강력계 출신 하나 소개할까? 키 크고 잘생겼어. 성격이 좀 있어서 그렇지. 그래도 예쁜 여자 앞에선 말 잘들어. 신선생 말은 안 들으려나."

수학이 낄낄 웃었다. 신기정은 수학이 보지 못하게 고개를 돌리고는 입술을 끌어당겨 노골적으로 비웃었다. 다시 원도준을 보았을 때, 신기정은 뜨끔했다. 아이가 신기정을 빤히 쳐다보고 있었다. 다소 여유로워진 모습이었다. 수학에게 한 대 맞은 걸로 정당하게 대가를 치렀다고 생각하는 것인지, 수학이 신기정을 놀리는 것에 용기를 얻었는지, 신기정이 수학을 몰래 비웃는 걸 본 것인지 알 수 없었다.

"응? 왜 그랬냐고!"

신기정이 나직하지만 신경질적인 말투로 물었다.

"그년이 미친년이에요."

원도준이 신기정을 똑바로 쳐다보았다. 신기정은 아이가 자신에게 미친년이라고 한 줄 알고 깜짝 놀랐다.

"어디서 쪼끄만 놈이 어른한테 미친년이래?"

수학이 신기정 뒤에서 버럭 소리를 질렀다. 신기정이 얼굴을 찡그렸다. 차라리 상담실을 이용할걸 그랬나 싶었다. 학생과는 상담실이나 교무실에서 면담하도록 되어 있었다. CCTV가 설치되지 않은 곳에서 학생과 선생이 단둘이 있을 때 일어날 불미스러운 사건을 방지하려는 뜻이었다.

"누가 미쳤어?"

"슈퍼 아줌마요."

"어떻게 미쳤는데?"

"나한테 도둑이라고 지랄했어요."

"도둑질을 했으니까 도둑이라고 하지."

신기정이 싸늘하게 대구했다. 원도준이 신기정을 똑바로 쳐다보며 "아, 시발" 하고는 말을 이었다.

"그때는 진짜 아무것도 안 훔쳤어요. 돈을 내고 있는데 형철이가 전화를 받으러 뛰어나가니까 아줌마가 갑자기 도둑이야, 그러면서 막 형철이를 따라 뛰었어요. 그러더니 나한테도 도둑이라고 했어요. 전 가만히 있었는데도요."

"형철이는 누구야?"

"제 친구요. 같은 학원 다녀요. 공부 디게 잘하는 애예요."

원도준은 말이 많아졌다. 얌전해 보이려고 참고 있던 비속어가 섞여 나왔다. 묻지도 않은 얘기까지 했다. 다급해지기 시작한 모양이었다. 신기정은 조금 느긋해졌다.

"그놈도 한패야?"

"그땐 안 훔쳤어요."

"이번에 말이야."

"네."

"그래서?"

"그랬다고요."

"그래서?"

"네?"

아이가 어떻게 말해야 하는지 생각하느라 눈치를 봤다. 신기정이 얼른 물었다.

"훔쳤어?"

"그게 아니라……"

"억울했지?"

"도둑질도 안 했는데 도둑이라고 잡아서는 막 머리통 때리고 개새끼라고 욕하니까요. 형철이는 그날, 시발, 안경도 부러졌어요. 아줌마가 얼굴을 때려서 지나가던 사람들도 다 쳐다봤어요. 쪽팔리게…… 그 미친년은 맨날 그래요. 걸핏하면 다 도둑으로 몰아요. 잡아가지고 확인도 안 하고 무조건 때리고 욕하고 그래요."

"아이고, 잘한다, 잘해. 야, 미친놈아. 억울하다고 진짜 도둑이 되냐?"

수학이 원도준의 머리통을 후려쳤다. 아이가 작게 욕을 하며 고개를 떨궜다. 수학이 못 들은 척 문 쪽으로 걸어나갔다. 신기정은 야단치지 않았다. 원도준이 더 되바라졌으면, 화를 참지 못하는 아이였으면, 좀더 발끈하는 아이였으면 좋았겠다 싶었다. 수학에게 달려들지 않다니, 아쉬웠다.

"애들은 어떻게 모았어?"

"그런 애들이 많았어요."

"뭉친 거야? 복수하려고?"

"그게 아니라……"

"누가 먼저 하자고 했어? 너야?"

"절대 아녜요. 전 나중에 꼈어요. 진짜예요."

사정을 알고 나자 아이에게 어떻게 말해야 할지 난감해졌다. 억울하게 도둑으로 몰려 분한 마음에 껌 한 통, 과자 한 봉지 훔친 게 뭐 대단한 죄가 되나. 그냥 넘어가기에는 아이가 너무 오랜 기간 팀을 이뤄 지속적으로 훔쳐왔다는 게 문제였다.

"왜 계속 훔쳤어?"

아이를 몰아붙인 후 신기정은 겨우 이렇게 물었다. 그 질문 앞에는 '걸리기 전에 적당히 좀 하지'라는 말이 생략되어 있었다. 선생이라면 하지 말아야 할 말이었다.

"안 걸려서요."

원도준이 태연하게 대답했다. 일찌감치 걸렸다면 아이는 더 훔치지 않았을 것이다. 걸리지 않아서 걸릴 때까지 훔친 것일 뿐. 일이 커진 것은 늦게 들통나서였다.

"도대체 뭘 훔쳤어?"

이번에는 작게 물었다. 누군가 신기정의 질문을 듣는 게 내키지 않았다. 육하원칙을 묻는 건 경찰의 일이지 선생의 일이 아니지 싶어서였다.

"그냥 이것저것요."

"많아서 기억 못해?"

"별거 없어요."

"제일 처음 훔친 게 뭐야?"

아이가 한숨을 내뱉고는 "건전지요" 하고 대답했다.

"그다음은?"

"기억 안 나요."

"그럼 다 말해봐."

"진짜 이것저것 다요."

"훔친 건 어쨌어?"

"가난한 애들 나눠줬어요."

"가난한 애들?"

"왜 있잖아요. 없어 보이는 애들. 걔네 줬어요. 제가 안 가졌어요.”

원도준은 숫제 자선가라도 된 듯한 표정을 지었다.

“없어 보이는 애들?”

아이가 쑥스러운 듯 살짝 웃었다. 아이는 자신의 행동이 정당한 줄 알고 있었다. 신기정은 아이에게 죄과를 알려주려고 단호히 말했다.

“네가 아주 공범을 키웠구나.”

“공범요?”

“그래, 공범. 같이 죄지은 사람. 도둑질 안 한 네 친구들도 너 때문에 공범이 됐어. 네가 훔친 거, 그거 장물이야. 장물 유용하면 공범인 거지.”

“진짜죠? 아, 대박. 내가 이럴 줄 알았어.”

원도준이 낄낄거렸다.

“뭐 훔쳤는지 기억났어요.”

“말해봐.”

“그거요.”

원도준이 신기정의 슬리퍼를 가리켰다. 억울하고 분해서 그랬다고 항변할 때와는 표정이 영 딴판이었다.

“또 있어요. 페리오치약, 츄파춥스, 뽀또, 초코송이, 구운감자, 형광펜, 가그린, 페브리즈, 쌀비눈가 보리비눈가, 하여튼 비누……”

원도준이 신기정을 빤히 쳐다보며 말했다. 아이는 훔친 물건들을 어떻게 했는지 생각하다 신기정에게 슬리퍼와 그 밖의 것들을 준 것을 기억해냈다. 처음에는 당황해서 미처 떠올리지 못하다가, 신기정이 공범이니 장물이니 하니까 자연스럽게 생각해냈을 것이다.

아니다.

아무리 그렇게 여기려고 해도 아닌 것 같았다. 이런 일이 벌어질 줄 알고 처음부터 작정하고 날마다 이것저것 가져다주었다. 관심을 받으려거나 결핍된 애정을 충족시키기 위해서가 아니라 애당초 심심풀이 도둑질에 선생을 공범으로 만들어놓으려고. 영악하고 교활한 아이였다.

슬리퍼 발등에 그려진 가짜 브랜드 로고가 유독 거슬렸다. 장물인 줄도 모르고 원도준에게 고맙다고 인사했다. 장물을 신고 학교 이곳저곳을 다녔고 학부모를 만났다. 장물을 신고 수업시간에 백석의 시를 읽었고 바다 생태계에 관한 글로 설명문의 구조를 가르쳤다. 장물을 신고 아이들에게 윤리와 책임에 대한 글을 쓰도록 지도했고 수행평가 채점을 했다.

당장 슬리퍼를 벗어 아이 머리통을 때리고 싶었지만 그러지 못했다. 과제물더미 위에 올려져 있던 휴대전화가 울려서였다. 신기정은 때마침 걸려온 전화에 안도했다. 덕분에 신경질적으로 대응하는 모습을 보이지 않았다. 아이의 말에 당황한 것을 들키지 않을 수도 있었다.

원도준은 고개를 빳빳이 들더니 아예 등을 의자에 기대며 고쳐 앉았다. 전화가 계속 울리자 보란듯이 팔짱을 끼기도 했다. 신기정은 천천히 전화를 받았다. 아이와의 신경전에서 시간을 벌어볼 심산이었다. 전화를 건 상대에게 딱딱하게 굴면 아이는 신기정의 심사가 얼마나 꼬여 있는지 눈치챌 수 있으리라.

"신기정씹니까?"

그렇게 부를 사람은 뻔했다. 택배기사 정도. 신기정에게 전화를 거는 사람들은 대개 '신선생'이나 '선생님'이라고 호명하는 사람들이었다. 학교 동료나 학부모 같은 사람들.

"누구시죠?"

신기정은 부러 쌀쌀맞게 물었다. 아이가 팔짱을 끼고 이제는 아예 교무실을 두리번거리며 여유를 부렸다. 전화를 끊고 나서는 누가 보건 말건, 어떤 경우라도 체벌은 절대 금한다는 교장에게 훈계를 듣건 말건, 슬리퍼를 벗어서 머리통을 호되게 후려칠 작정이었다.

"경찰입니다."

"경찰이오?"

신기정은 원도준을 힐끔 쳐다보았다. 아이가 움찔했다. 천천히 팔짱을 푸는 게 보였다. 겁먹은 표정이었다. 신기정은 아이에게서 눈을 떼지 않고 수화기 너머 상대에게 물었다.

"무슨 일이시죠?"

경찰의 입에서 나온 것은 뜻밖에도 동생의 이름이었다. 그 이름을 듣는 순간, 신기정은 조무래기 도둑과 공범이 되고 얼마간 장물을 신었다는 것쯤은 곧 아무 일 아닌 게 되리라고 예감했다.

경찰의 얘기를 듣다가 신기정은 얼굴을 감싸쥐었다. 원도준이 겁먹은 표정을 지었다. 분명 자기에 관해 얘기를 나눴다고 생각하리라.

신기정은 잠시 후 조용히 전화를 끊었다. 전화기를 쥔 손이 부들부들 떨렸다. 겨우 힘을 내어 앞에 앉아 있는 아이에게 말했다.

"가봐."

"가요?"

아이가 못 믿겠다는 듯 되물었다. 신기정이 힘없이 고개를 끄덕였다. 아이가 무어라 중얼거렸다. 신기정은 되묻지 않았다. 느닷없이 귓속에서 커다란 소리가 울리기 시작했다. 살아 있는 몸에서 나는 소리였다. 신기정은 그 불쾌한 소리에만 집중했다.

아이가 손가락을 들어 머리통 가까이 대고 빙그르르 돌리더니 휙 자리에서 일어나 교무실을 빠져나갔다. 신기정은 아이의 말을 흘려들었다. 손가락을 돌리는 제스처도 무시했다. 무슨 말을 하건 어떤 행동을 하건 그랬을 것이다. 경찰의 말을 들은 후로는 어떤 것도 중요하지 않았다. 경찰은 동생으로 추정되는 사체가 발견되었다고 했다.

4

죽음이 생을 통과하면 몸은 변화를 겪게 마련이다. 아빠의 장례를 치르면서 그걸 알았다. 딱딱한 침대에 누운 아빠는 가득 차오른 복수 때문에 온몸이 노랬고 퉁퉁 부어 있었다. 삶이 끝나는 일이 그리 쉽지 않다는 걸 보여주는 몸이었다. 부기는 말하자면 삶과의 투쟁에서 이긴 죽음의 전리품 같은 것이었다.

아빠는 황달 증상으로 입원했다. 황달은 간경화 때문이었다. 간경화는 급속도로 악화되었다. 일일 허용 최대치의 이뇨제를 먹고도 복수가 조절되지 않았다. 신기정이 스물두 살, 동생이 고작 아홉 살 때의 일이었다.

동생으로 추정되는 시신에서 동생을 떠올릴 수 있는 건 거의 없었다. 그럼에도 신기정은 동생이라고 확신했다. 아빠가 그러했듯

몸에 죽음의 전리품이 남아 있어서였다. 그 싸움이 어느 때보다 치열했다는 듯 죽은 몸은 참혹하기 그지없었다.

시신은 J시의 남강 하류에서 발견되었다. 얼마 전 유등 축제가 끝난 직후 한 주부가 투신했다. 수색 도중 동생의 시신이 인양되었다. 시신 인도에는 시간이 걸릴 터였다. 부검 등의 과정이 남아 있었다. 유서가 발견되지 않아서 사인을 확정지을 수 없었다. 익사 여부는 물론이고 자살인지 사고사인지 알 수 없다는 의미였다. 부검을 한다고 해도 대략적인 사망 시기를 추정할 수는 있겠지만 죽음에 이른 과정은 밝히지 못할 가능성이 크다고 했다. 긴 설명을 듣는 내내 신기정은 동생이 자살했으리라 생각했다. 그것은 시기의 문제일 뿐 언젠가는 벌어질 일 같았다.

안치소에 동행한 담당 경찰관이 잠깐 밖으로 나갔다. 누군가 서류를 확인해달라며 그를 불러냈다. 신기정은 잠시 냉랭한 방에 동생과 단둘이 남았다. 정확히 말하면 무수한 죽음 속에 신기정 홀로 살아 있었다.

동생을 마주하고 있자니 이런 일을 바란 적도 있었다는 생각이 들었다. 엄마를 평생 괴롭히던 동생이 완벽하게 사라지는 것. 그런 적이 없다고 부인해보았지만 진심이 아니었다. 하지만 이런 식이리라곤 상상하지 않았다.

아니다.

자주 상상했다. 으스러지고 검게 타고 산산이 찢어진 동생을.

손상이 심한 몸으로 차갑게 굳어 있는 시신을 보며 더욱 고통스러운 것은 그 때문이었다.

동생과 둘이 있는 시간은 엄청나게 긴 듯이 느껴졌다. 비현실적인 냉기에 온몸이 얼어붙었다. 얼어붙은 몸 때문에 신기정은 동생과 자신이 육친이라는 것을 생생하게 실감했다. 동생은 유령같이 차갑고 먼 존재였다.

신기정은 말없이 누워 있는 동생에게 물었다. 무슨 일이 있었니. 동생은 꿈쩍하지 않았다. 그런데도 대답을 들은 기분이었다.

"어쩌다보니 그렇게 됐네."

말을 할 수 있었다면 아마도 그렇게 대답했으리라.

원주에 있는 대학에 입학한 후 동생은 기숙사로 들어갔다. 신기정이 보기에는 서울 시내나 근교의 대학에 진학할 수 있는데도 고집을 꺾지 않았다. 신기정도 그다지 만류하지 않았다. 처음에는 방학 때면 서울로 올라왔으나 점차 방학 때도 오지 않았다. 전화번호를 바꿨는지 연락이 되지 않을 때도 많았다. 그렇게 한 일 년 남짓 연락을 끊었다가 불쑥 집으로 돌아온 적이 있었다. 신기정과 엄마는 내심 동생이 아예 떠났다고 생각했으므로 다시 돌아왔을 때는 조금 실망하고 조금 안도했다.

그동안 어디서 무슨 일을 했는지 물으면 동생은 엉뚱하게 대답했다.

"어쩌다보니 그렇게 됐네."

어쩌다보니 그렇게 된 일. 신기정은 그것이야말로 트집잡을 수 없는 인생의 유일한 법칙이라는 걸 알았다. 그렇다고는 해도 그 대답은 몹시 못마땅했다. 동생이 모든 걸 우연과 운에 맡기고 되는대로 사는 것 같아서였다. 어쩌다 그렇게 된 게 아니라 그저 삶을 방치한 것이었다.

신기정이 생각하기에 삶은 잡풀이었다. 손대지 않으면 걷잡을 수 없이 자라나고 뻗어나가 대지를 잠식했다. 손을 대면 통제되고 다듬어지고 뽑히고 잘만 하면 모양을 갖출 수도 있었다. 어떻게 그걸 모를 수 있지. 그렇게 평생 혹독하게 살아왔으면서. 신기정은 문득 '평생'이라는 말이 동생에게는 완료된 단어라는 걸 깨닫고 멍해졌다.

동생은 다섯 살 때 아빠의 손을 잡고 집으로 들어왔다. 그때부터 동생은 엄마에게 짐이 되었다. 엄마는 가엽고 무서웠다. 동생은 불쌍하고 영악했다. 아빠는 무책임하고 비겁했다. 신기정은 의식적으로 공평히 대하려고 애썼다. 객관적이고 중립적으로 엄마와 동생을 중재한다고 착각하기도 했다. 실은 완전히 무심했다. 넌 개와 달라. 엄마는 늘 말했다. 달랐기 때문에 신기정은 동생을 마음껏 가여이 여기고 동정했다.

일 년 만에 돌아왔을 때 동생은 조금 달라 보였다. 엄마에게 살갑게 굴었고 밥을 먹을 때면 쉬지 않고 수다를 떨었다. 엄마와 신기정은 결코 대화를 받아주지 않았다. 엄마는 정 참지 못하겠으면 먼저 자리에서 일어나버렸다. 그러거나 말거나 동생이 계속 뭔가 얘기한다는 게 신기했다.

동생은 신기정을 엄마와 다를 바 없이 어려워했는데, 돌아오고 나서는 그렇지 않았다. 이름난 식당에서 밥을 사달라고 조르고 가방을 빌려달라고 하고 신기정 옷을 몰래 입기도 하고 퇴근 무렵이면 지나는 길에 들렀다며 학교 앞에서 기다리고 있다가 용돈을 받아가기도 했다. 한마디로 진짜 동생처럼 굴었다.

돌아온 후 동생은 몹시 바쁘게 지냈다. 가끔 전화로 소식을 알리는 바에 의하면 그랬다. 여러 개의 동아리에 가입했고 수업에 빠지지 않고 나갔다. 도서관에서 늦도록 시험공부를 했고 소개팅을 한다고도 했다. 산악회에 가입해 일주일간 산행을 가는가 하면 아카펠라 동아리에 가입해 통화중에도 음모엡모 하는 소리를 흥얼거려 질리게 했다. 방학 때는 여행을 떠난다며 한 달 넘게 연락을 끊는 일도 있었다. 어느 방학 때인가는 느닷없이 광고창작 동아리에 가입해 시장점유율이 낮은 생수를 잔뜩 사왔다. 공모전을 준비한다며 계속 물만 먹고 나서는 '돼지도 묻지 않았습니다. 닭도 묻지 않았습니다. 청정수만 묻었습니다'라는 카피를 썼다. 눈살을 찌푸리게 하는 카피였다. 동생은 "구제역이나 조류독감에서 안전하다는 의미야" 하고 묻지도 않은 설명을 덧붙였다. 신기정이 물맛 떨어지는 카피라고 대꾸하자, '우리가 파는 건 한 잔의 물이 아닙니다. 한 단계 높은 품격입니다'라고, 강원도 지명이 들어간 생수 브랜드와는 전혀 어울리지 않는 카피를 쓰기도 했다. 가끔은 학생답게 빈둥대거나 멍하게 지내야 하지 않을까 생각했지만 동생은 잃어버린 시간을 벌충하려는 듯 신기정이 보기에는 별 시답지 않은 일에 매달리느라 바쁘고 정신없이 보냈다.

　동생을 알 법한 사람들에게 연락을 해야만 했다. 홀로 빈소를 지키지 않기 위해, 동생을 쓸쓸히 두지 않기 위해. 가장 먼저 학과에 연락했다. 동생이 복학한 적 없다는 얘기를 들었다. 착오가 있으리라 생각해서 교학과와 학생처 등에 전화를 걸어봤다. 여러 담당자에게서 같은 소리를 들었다. 그럴 수 있었다. 동생은 학과 공부에는 별 관심이 없었다.

　얼마 후에 원주에 있는 동생의 학교로 찾아갔다. 휴학은 해도 동아리 활동은 할 수 있으니까. 가장 먼저 산악회 동아리방으로 갔다. 철제 캐비닛에 사진이 여럿 붙어 있었다. 어떤 사진에도 동생의 얼굴은 없었다. 다음에는 광고창작 동아리방으로 갔다. 거기 있는 학생 중 동생의 이름을 아는 사람은 없었다. 그래도 생수 광고를 만든 적은 있다고 했다. 신기정은 동생이 쓴 카피를 기억하고 있었다. '우리가 파는 건 한 잔의 물이 아닙니다. 한 단계 높은 품격입니다.' 동아리방에 있던 누군가 그것은 유명한 외국 생수 회사의 카피라고 알려주었다. 상금 높은 공모전이 있었다는 사실과 함께.

　경찰이 적극적으로 조사하리라 생각했다. 아니었다. 경찰은 바빴다. 동생의 일에만 매달리지 않았다. 부검 결과를 기다린 후에 수사 방향을 결정할 것이다. 신기정은 동생의 죽음이 경찰에게는 무수한 죽음 중 하나라는 사실을 받아들였다. 경찰이 나선다면 엄마도 당장 알게 될 터였다. 언젠가는 알아야겠지만 지금은 아니었다. 엄마의 반응을 상상하면, 신기정은 자신이 상처를 받을 것 같아 두려웠다.

그래도 경찰은 동생 명의로 개설된 휴대전화 통화내역을 건네주었다. 신기정이 부탁했다. 동생과 자주 연락을 나눈 사람들을 빈소에 불러모으고 싶었다. 엄마의 배웅 없이 떠나는 길이니 조금이라도 덜 외로웠으면 했다.

길지 않은 리스트를 죽 훑던 중, 가장 먼저 눈에 띈 건 자신의 번호였다. 모두 동생이 걸었다. 통화시간이 길지 않았고, 어떤 것은 단 일 초에 불과했다. 동생은 무슨 말인가 하고 싶어했고 신기정은 듣지 않았다. 그리고 또하나의 번호가 눈에 들어왔다. 동생의 휴대전화에 남은 마지막 통화기록이었다. 동생은 그 번호로 계속해서 전화를 걸었다. 그 사람에게 동생의 소식을 알리고 싶었다. 동생이 마지막 순간 여러 차례 전화를 걸었던, 그러나 신기정과 마찬가지로 그 전화를 제대로 받아주지 않은 사람.

내역서대로라면 통화시간은 일 초, 이 초, 삼 초 등으로 짧았고 길어야 십일 초를 넘지 않았다. 일 초 만에 통화가 끝나는 경우는 신기정이 생각하기에 하나뿐이었다. 상대가 누구인지 확인하고 바로 전화를 끊어버리는 것.

그 번호로 전화를 걸어봤다. 학교 매점에 있는 공중전화를 이용했다. 누군지 모르는 상대에게 번호가 알려지는 게 불편했다. 여러 번 걸었지만 전화를 받지 않았다.

이 번호를 가진 곳은 어디일까. 누가 사용하는 번호일까. 동생이 그토록 애타게 찾은 사람은 누구였을까. 동생을 연고도 없는 J시로 이끈 사람일까. 그 사람은 누구길래 전화를 받고 일 초 만에 이 초 만에 삼 초 만에, 길어야 십일 초 만에 동생의 간절한 마음을 닫아버린 것일까.

5

　피해자건 가해자건 가장 힘든 타입이 윤세오 같은 부류였다. 벙어리보다는 거짓말쟁이가 나았다. 인간은 본성상 끝없이 거짓말만 할 수 없기 때문에 거짓말을 하다가도 불쑥 진심이 나오기 마련이었다. 거짓말쟁이는 속을 간파할 수 있다는 자부심이라도 주지만 벙어리는 울화만 끓게 했다.

　윤세오는 내내 입을 다물고 있었다. 아버지 윤수창이 평소 신변을 비관해왔다면서요? 라고 묻자 처음으로 김명국을 쳐다보고 살짝 웃었다. 질문에 답을 하는 게 아니었다. 비웃는 것이었다.

　김명국은 서랍에서 사진을 꺼내 윤세오에게 내밀었다. 증거를 보여주고 그것을 믿게 하는 일. 이런 일에는 이골이 났다.

　"여길 봐요."

호스 단면이 찍힌 사진이었다. 윤세오는 그게 뭔지 대뜸 알아차렸다.

"깨끗하죠?"

확인하듯 김명국이 물었다.

"이거는요, 자른 거예요. 일부러 가위나 칼로 싹둑 잘랐단 말이죠."

아직 수사 결과가 나오기 전이었다. 윤세오의 반응이 보고 싶었다. 입을 열게 하고 싶었다. 윤세오가 사진을 쳐다봤다. 표정에 별다른 변화가 없었다. 과묵한 건 영 못마땅해도 차분히 대응해주는 건 그럭저럭 괜찮았다. 쓸데없이 질문이 많고 여러 번 같은 말을 되풀이해줘야 하는 사람들보다야 경제적이었다.

157번지는 가스 밸브가 잠긴 상태에서 위쪽 호스가 빠져 있었다. 고무관이 노후한 경우라면 보통 밸브를 중심으로 아래쪽 호스가 빠진다. 중력과 시간을 견디기 힘든 건 역시 아래쪽이다. 밸브가 잠겨 있다면 아래쪽 호스가 빠졌다고 해도 가스는 새어나오지 않는다. 그러니까 밸브가 열린 채로 아래쪽 호스가 빠진 경우라면 고의 절단의 가능성이 높다는 뜻이다.

157번지에서처럼 밸브가 잠긴 상태에서 위쪽 호스가 빠진 경우도 고의 사고의 가능성이 높다. 노후를 가장해 고의 사고를 일으키는 악질적인 경우가 가능하다. 얼마 전에 있었던 의정부 가스 사고가 그랬다. 밸브는 잠긴 상태였고 위쪽 호스가 예리한 도구로 절단되어 있었다.

유사 사례가 있다고 157번지에서 일어난 일을 명백히 고의라고 단정할 수는 없었다. 싱크대 상부장이 통째로 떨어져 있는 게 발견되었다. 상부장 낙하가 가스관을 파손시키면서 사고가 발생한 선례도 있었다. 폭발로 인한 낙하인지, 상부장이 떨어지면서 고무관을 건드려 사고를 야기한 것인지 정밀 조사가 필요했다. 시간이 걸린다는 뜻이었다. 고무관 노후면 사고지만, 고무관 절단이면 사건이었다.

윤세오는 사진 속 가스관이 제집에 붙어 있었다는 게 믿기지 않았다. 이십 년 넘는 동안 하루에도 몇 번은 보았을 텐데 모양이나 색깔이 생소했다. 본 적도 없는 가스관을 가지고 확신에 차서 단정적으로 말하는 김명국을 보니 비관적인 생각이 들었다. 경찰은 편의대로 일을 마무리할 것이다. 아빠를 조금도 돕지 않을 것이다.

위로하려는 뜻이겠지만 사람들이 운이 나빠서 벌어진 일이라고 하면 윤세오는 몹시 화가 났다. 그 말은 시험에서 찍은 문제의 답이 틀렸거나 방심하다 넘어져 꼬리뼈를 다치는 경우에나 쓰는 말이었다.

그저 운이 나빠서 벌어진 일이라면, 누구의 운이 나빴던 것일까. 사고로 전신에 화상을 입은 아빠일까. 사고를 피해 살아남았지만 157번지를 잃고 아마도 머지않아 아빠까지 잃게 될 윤세오일까.

김명국은 나쁜 운수 탓이 아니라고 생각했다. 우연과 운수를 가장해 사고를 조작하는 일이 있는데, 바로 그 경우라고 여기는 듯했다. 윤세오는 그게 무슨 의미인지 정확히 몰랐으나 운이 나쁘다는 말보다 더 기분이 나빴다.

김명국이 빤히 윤세오를 쳐다봤다. 제 말을 이해 못한다고 생각했는지 책상 앞으로 바짝 다가와 앉았다.

"호스콕이라는 게 있어요. 그게 뭐냐면요. 요즘은 안 쓰는 거예요. 못 써요. 이젠 못 쓰게 해놨거든요. 위험하니까. 이렇게 슥 자르기가 쉬우니까요. 고무호스라 워낙 그런 일이 많거든요. 그래도 옛날부터 쓰던 집 중에는 안 바꾼 데가 많아요. 그거 일일이 찾아다니면서 조사하는 거 아니니까요. 윤세오씨네가 그런 경우예요. 이건 가스 누설이 워낙 쉽죠. 일단 새기 시작하면 계속 줄줄 흘러요. 중간밸브, 이런 게 없으니까요. 요즘 건 안 그래요. 퓨즈가 다 있어요. 가스가 샌다 싶으면 딱 막아버리죠. 그런 걸로는 사고 내기 힘들어요. 무슨 말인지 알겠어요?"

윤세오가 고개를 끄덕였다. 무슨 말인지 알았지만 그 의미를 온전히 이해한 건 아니었다. 고개를 끄덕인 것은 김명국이 그렇게 할 때까지 쳐다볼 것 같아서였다.

"얼마 전에 비슷한 사고가 있었어요. 뉴스에 크게 났는데, 봤어요? 의정부에서요. 그게 윤세오씨네 경우예요."

기억났다. 사상자가 많아서 연일 보도되었다. 당시에 별다른 뉴스거리가 없어서였는지도. 아빠와 함께 그 뉴스를 보기도 했을 것이다. 아빠가 어떤 표정을 지었는지, 무슨 말을 했는지는 당연히 기억나지 않았다.

"이런 사고가요. 작년에만 백오십 건이 넘었어요. 의정부 사건은 워낙 인명 피해가 많아서 뉴스에도 많이 나왔지만요. 우리 관할에서만도 벌써 세 건이에요. 사실 변두리일수록 이런 사고가 많거든요. 자살률 낮추려면 전국의 가스관을 퓨즈콕으로 싹 바꾸면 돼요."

김명국을 보고 있자니 불쑥 오래전의 출근길이 떠올랐다. 숙소를 나서기 전에 둥글게 모여 서서 큰 소리로 표어를 외쳤다. '팔지 말고 가르쳐라.' 전혀 상관없는 장면이 떠오른 것은 김명국이 그때의 동료들처럼 이런 일에 도가 튼 듯 보여서였다. 누군가를 자극하고 설득하여 뜻을 관철하는 일 말이다.

"이거 본 적 있어요?"

김명국이 툭툭 치는 사진에는 반 넘게 탄 일회용 라이터가 찍혀 있었다.

"널렸죠, 이런 건. 집집마다 한두 개는 다 있어요. 봐도 못 본 것 같고 못 봐도 본 것 같은 물건이죠. 흔해빠져서 증거라기도 뭣하죠. 라이터 좀 다르게 만들지, 죄다 똑같이 만듭니다. 경찰만 죽어나는 거죠. 아버지 담배 피우죠? 저 호스 끊어놓고 담배를 피우셨더라고요. 거실에서 찾았어요, 이거랑 담배. 아버지 요새 어땠어요? 죽겠다, 죽겠다 했다는데……"

윤세오는 눈을 감았다. 세상이 차차 단단한 벽이 되었다. 어둡고 암담하다는 게 아니었다. 벽으로 둘러싸여 안전하다는 뜻이었다. 아빠가 병원에 누워 있는 동안, 살갗이 다 벗겨지고 뼈가 불에 타 고통스러워하는 동안, 장기가 손상되어 관을 삽입하여 호흡을 유지하는 동안 이 사람들은 고작 이런 생각을 했구나 싶으니 도망가고 싶어졌다.

"이제부터 윤세오씨가 잘 몰랐던 아버지에 대해 말해줄 겁니다. 잘 들어요. 우선 아버지한테 빚이 좀 있어요."

김명국이 자료를 뒤적였다. 윤세오도 알고 있었다. 그 많은 빚이 어떻게 생겼는지 정확히는 몰랐지만 대략 짐작은 했다.

"제1, 제2, 제3 금융권. 종합세트네요. 원래 그래요. 1에서 못 갚으면 2로 가고, 또 못 갚으니 3으로 가죠. 3이 뭔 줄은 알죠? 사채예요. 그다음에 4가 있으면 그리로 가겠지만 불행히 그런 건 없어요. 3 다음에 갈 수 있는 곳은 저기뿐이죠."

김명국이 오른손 검지를 들어 위쪽을 가리켰다.

"빚도 못 갚고 계속 거짓말하고 책임도 못 지니, 화도 나고 싸움도 하고 그랬을 테죠. 그러면 당연히 죄도 짓고요. 윤수창씨가 평소 이런 말씀을 자주 했답니다. 예전에 공구가게 할 때 친구들한테요. '죽고 싶다, 힘들어죽겠다, 이렇게 살아서 뭐하냐.' 사고 나기 얼마 전에는 농약 파는 데 아냐고 물어봤답니다. 노인들 자살

성공률이요. 굉장히 높아요. 노인들은 죽을까 말까 고민하지 않아요. 죽자, 마음먹으면 정말 죽습니다."

"그럴 분이 아니에요."

그렇게 말하니 몹시 외로워졌다. 하지만 괜찮다고 다독였다. 몸에 붕대를 감고 병실에 홀로 누워 있는 아빠만큼 외롭지는 않을 테니까. 견딜 만했다. 얼마나 외롭든 아빠만큼은 아닐 것이었다.

"암요. 당연히 그럴 분이 아니죠. 절대 그럴 분이 아니죠."

김명국이 웃었다.

"그런데요, 이런 일은 다 절대로 그럴 리 없는 사람들이 해요. 인간은 원래 그럴 리 없는 존재거든요. 죄다 그럴 것 같은 사람뿐이면 무서워서 어떻게 살겠습니까. 사람은요, 성추행할 리 없는데 그렇게 하고요, 사기칠 리 없는데 사기칩니다. 물론 자살할 리 없는데 자살하고요."

김명국은 윤세오의 묵묵한 얼굴을 마주하고 입을 다물었다. 자살은 무엇보다 동기가 명확해야 했다. 윤수창의 경우는 신변 비관, 생활고 등 어떤 걸 갖다대도 무방했다. 액수가 크진 않지만 사고로 처리될 경우 받을 수 있는 보험금도 있었다. 중요한 건 가족의 동의였다.

윤세오는 김명국을 응시했다. 절대로 홀로 눈을 감지 말자고 다짐했다. 혼자만 벽으로 둘러쳐진 세상에 숨을 수 없었다. 병원에 누워 있는 아빠가 몹시 외로울 테니.

"그날 아버지랑 만나기로 한 사람이 있습니다. 그 사람 알죠? 아버지한테 돈 받으러 오던 사람 있어요, 이수호라고. 집에만 있었다면서요? 본 적 있죠?"

그런 사람이 있는 줄은 알고 있었다. 아빠에게 아는 체한 적은 없었다. 아빠는 윤세오가 그 사람을 아는 것을 바라지 않았다. 모르는 것이나 마찬가지였다. 얼굴을 본 적 없었다. 목소리도 잘 몰랐다. 아빠는 늘 마당에서 그 사람을 상대했다. 가끔 그 사람의 목소리가 집안으로 희미하게 들려올 때도 있었다.

"그 사람 오기 직전에 터진 거예요. 줄 돈이 없었던 거죠. 보여주려고 그런 거지. 네가 자꾸 그러면 확 죽고 만다, 이런 걸요. 맨날 집에만 있던 딸도 마침 내보냈으니 타이밍 기가 막히죠. 아빠가 그런 생각 하는 줄 몰랐죠?"

김명국의 말대로 윤세오는 아빠를 잘 몰랐다. 정확히 말하면 윤세오가 아는 것과 그가 아는 게 달랐다.

아빠는 아침마다 '아이고 죽겠다'면서 삼 킬로그램짜리 아령을 들어올렸다. 운동을 하려는 건 아니고 앓는 소리로 윤세오를 깨우기 위해서였다. 혼자 밥을 먹기 싫어 잠 많은 딸을 깨운다고 했지만, 윤세오가 끼니를 거를까봐 그러는 것이었다. 윤세오와 함께 있으려고 주말이면 소파에 앉아 텔레비전 개그 프로그램을 봤다. 윤세오가 웃으면 "아이고 웃겨죽겠다"면서 말로만 따라 웃었다. 프로그램이 웃겨서가 아니라 웃는 딸이 대견해서였다. 뉴스에서 정치인 관련 소식이 나올 때면 "쯧쯧, 앓느니 죽지" 하고 욕을 했다. 덧없고 힘없는 서민이어서 그러는 게 분명한 순한 체념이었다. 형광등을 갈 때 전등갓에서 떨어진 먼지가 눈에 들어가면 "에이, 죽을 뻔했네" 하고 큰 소리로 엄살을 부렸다. 술 마시고 돌아오는 길에 택시비를 아끼려고 버스를 탔다가 잠이 들어 안경을 벗어두고 내렸을 때는 "아까워죽겠다"고 했고 구멍 난 양말을 뒤집어 감침질하면서 "어때? 솜씨 죽여주지?"라고 자랑했다. 집을 지을 당시 인부를 쓰지 않고 직접 벽돌을 쌓은 일을 두고 독립운동이라도 한 것처럼 자랑하며 "아빠 멋있어죽겠지" 했고, 담장에 자주 실금이 가서 갠 시멘트를 덧바른 자국이 생긴 걸 꼬집으면 벽돌 하나 제대로 못 만드는 건축업계의 현실이 창피해죽을 지경이라고 했다. 윤세오가 찌개라도 끓여놓으면 "맛이 죽이네"라며 요란스럽게 먹었다. 매번 알아서 생리대를 사다주었고, 계속 이러면 "창피해죽을지도 모른다"고 했다. 이런 것들이 윤세오가 아는 아빠 윤수창의 죽겠다는 말이었다.

김명국은 그런 것은 조금도 알려 들지 않았다. 빚이 있고 집구석에 틀어박힌 장성한 딸이 있고 재개발 예정지로 묶인 상가가 철거되면서 십수 년간 해온 가게를 거저나 다름없는 가격에 처분하여 빚이 불어났으니 신변을 비관할 충분한 이유가 있다고 생각했다. 김명국이 옳았다. 어떤 일이 벌어지기까지는 여러 가지 일들이 얽힌다고 생각한 것은.

윤세오도 그렇게 생각했다. 한 가지 일이 아니라 몇 가지 일이 연쇄되어 아빠와 157번지에 나쁜 운수를 구축해나갔고 그 결과로 사고가 일어났다. 김명국은 잘 몰랐겠지만, 윤세오는 그 연쇄 중 하나를 찾아냈다. 아빠에게 극단적인 선택을 하게 만든 사람, 가스 냄새가 퍼지는 가운데 아빠를 외로이 소파에 앉게 한 사람, 목숨을 담보한 적은 액수의 보험금에 의지하게 한 사람. 윤세오는 그 이름을 기억해뒀다.

6

집안에서만 지내던 윤세오가 나가게 된 것은 아빠가 꼬리뼈를 다쳐서였다. 은행에 다녀오는 데 두 시간 반 정도가 걸렸다. 공과금은 창구가 아니라 ATM 기계와 흡사하게 생긴 전용 처리기로 납부해야 했다. 윤세오는 어리둥절했다. 한참 만에 청원경찰의 도움을 받아 기계에 고지서를 밀어넣으면서 자신과 상관없이 세상이 끊임없이, 여전히, 태연히, 빨리 달라지고 있음을 실감했다.

집에 돌아오자 몸이 부들부들 떨리고 열이 났다. 하지만 해낸게 있었다. 밖에만 나가면 자신을 찾으려고 혈안이 된 사람을 만날 줄 알았다. 자신을 만나려고 사람들이 숨어서 기다리고 있으리라고. 그렇지 않았다. 오래전에는 그런 일이 있었지만, 이제는 아니었다. 전봇대 뒤에 숨어서 골목을 엿보는 사람은 없었다. 우편함에는 어떤 협박 편지도 없었다. 담벼락에 저주의 문구가 낙서되어 있지도 않았다.

힐끔거리는 사람은 있었다. 겁이 났으나 조금만 생각하면 커다란 마스크와 계절에 어울리지 않는 털모자 때문이라는 걸 알 수 있었다. 대부분은 그마저도 무심히 지나쳤다. 집에 있는 동안 바깥은 언제든지 자신을 집어삼킬 수 있는 곳이라고 상상해왔다. 실상은 윤세오에게 완전히 무심한 곳이었다.

아빠는 그 일을 통해 윤세오를 집 밖으로 내보낼 방법을 알아냈고 그후로 자주 아팠다. 아플수록 윤세오를 내보내는 데 유리했다.

한 번의 외출로 누군가 자신을 알아보고 쫓아오거나 멱살을 잡는 일이 언제나 일어나는 건 아님을 알았다. 그렇다고 해서 세상이 안전하다고 믿게 된 것은 아니었다. 그저 운이 좋았다. 다음 심부름에 응한 것은 다시 운을 시험해보기 위해서였다. 이번에는 대형마트였다. 하도 고개를 수그리고 있어서 점원의 관심을 끌었다. 점원은 윤세오가 물건을 찾으려고 몸을 낮추면 따라 낮췄고 진열대를 이동하면 따라왔다. 그뿐이었다. 일부러 찾아와 공격하는 사람은 없었다.

오랜 기간을 두고 조금씩 집 근방을 나다니는 시도를 함으로써 세상에는 자신이 두려워하는 게 다 있지만 그것들이 한꺼번에 달려들지 않는다는 걸 배웠다. 조금 맥이 풀리기도 했다. 세상이 태연한 것은 물론이거니와 자기 때문에 괴로우리라 생각한 사람들도 자신을 잊은 게 아닌가 싶어서였다. 그럴 리 없었다. 윤세오가 자신과 연결된 사람을 잊지 못하는 것처럼 그들도 그럴 것이었다. 아직 그들이 나타나지 않는 것은 우연의 호의가 아니라 그들이 여전히 은둔 상태이기 때문이리라.

외출하기 전이면 마주쳐서는 안 되는 사람의 수를 헤아렸다. 어떤 때는 서른 명이 넘었으나, 고작 열 명 정도일 때도 있었다. 어떻게 해도 만나야 할 사람이나 만나고 싶은 사람보다 많았다. 그 간극은 줄지 않았다.

사고가 나던 날은 버스터미널 부근의 백화점에 다녀왔다.

"두시 반쯤 나가면 시간이 딱 맞겠다."

다른 날과 달리 시간을 정해주었지만 윤세오는 왜 그 시간에 나가야 하느냐고 묻지 않았다. 만약 물었다면 아빠는 처음으로 사정을 털어놓고 상의를 하고 설명해주지 않았을까. 언제나처럼 토를 달지 않고 묵묵한 윤세오에게 서운하지 않았을까.

"조심히 잘 다녀와."

막 현관을 나서려는데 아빠가 말했다. 힐끗 아빠를 돌아보았다. 아빠는 현관 앞에 서서 윤세오가 걸어나가는 것을 지켜보고 있었다. 골목 끝에서 집 쪽을 돌아볼 때도 아빠는 여전히 거기에 서 있었다. 윤세오는 누런 개를 쓰다듬고 골목을 빠져나왔다.

아빠가 준 보관증을 들고 백화점 매장에 도착했을 때 점원이 알

은체하며 비닐에 싸인 옷을 가지고 왔다.

"입어보세요."

"네?"

"아버님이 엄청 공들여 고르셨어요."

잘못 들었나 싶어 점원을 쳐다봤다. 점원이 다시 옷을 내밀었다. 옷. 아빠가 고른 옷. 아빠가 나를 위해 고른 옷. 아빠가 나에게 선물하려고 백화점을 돌아 고른 옷. 아빠가 나에게 선물하려고 백화점을 다 돌아 골라놓은 유일한 옷.

윤세오는 아빠가 한 일을 점층적으로 부풀려보았다. 경탄과 감탄과 의문을 줄이는 데 도움이 됐다. 대뜸 최상의 단계로 나아가는 건 자연스럽지 않았다. 반드시 의문이 남기 마련이었다. 도대체 왜 그랬지 같은 질문.

보라색 트렌치코트였다. 목선이 둥글고 밑단이 항아리처럼 좁아졌다. 주머니에는 흰색 체리 두 알이 녹색의 잎과 함께 수놓아져 있었다. 여성스러운 옷이었다. 예쁘지는 않았다. 옷이라기보다는 식탁보 같았다.

"입어보세요. 사이즈 보셔야죠."

내키지 않아하는 걸 알아챘는지 점원이 말했다.

윤세오는 거울 앞으로 갔다. 여성스럽지만 예쁘지 않을 수 있듯이 예쁘지 않아도 어울릴 수는 있으니까. 남색의 긴 패딩을 벗고 보라색 트렌치코트를 입었다. 거울에는 난생처음으로 아빠가 사준 옷을 입고 있는 윤세오가 보였다.

아빠는 한 번도 직접 고른 선물을 사준 적이 없었다. 어렸을 때야 이런저런 것들을 사주었겠지만 자란 후에는 용돈을 주는 게 다였다. 집에 틀어박힌 후로는 용돈도 필요 없었다. 내내 집에서만 지내는 딸이 새옷이 생기면 나가고 싶어할 거라고 생각한 걸까.

아빠는 윤세오에게 요즘 날씨에 입을 마땅한 옷이 없는 걸 알고 있었다. 젊은 애들이 트렌치코트를 즐겨 입는다는 것도 알았다. 하지만 자신이 딸에 대해 잘 모른다는 것은 몰랐다.

"다른 사이즈를 드려볼까요?"

점원이 거울 속 윤세오에게 물었다. 팔뚝이 꽉 끼고 어깨선이 안쪽으로 들어와 있었다. 점원이 한 사이즈 큰 옷을 가져왔다. 아빠는 언제나 윤세오가 제대로 먹지 않는다고 걱정했다. 말라도 너무 말랐어. 뼈밖에 안 남았구나. 아마 점원에게도 그렇게 말했을 것이다. 워낙에 깨작깨작 먹어요. 많이 말랐죠.

"사이즈는 이게 딱 좋네요. 바지를 한번 드려볼까요?"

점원의 말은 사이즈는 잘 맞지만 전혀 어울리지 않는다는 뜻이었다. 윤세오는 얼른 괜찮다고 말했다.

거울 속에는 작달막한 키에 보라색 트렌치코트를 입은 여자가 있었다. 코트 사이로 비어져나온 티셔츠 끝단에서 실밥이 늘어져 있었다. 화장기 없는 얼굴이 푸석했다.

좀처럼 어울리지 않았지만 마음에 드는 점도 있었다. 옷의 두께가 그랬다. 요즘 같은 때 입기 적당해 보였다. 춥다고는 해도 겨울 바람과는 다르므로 이 옷처럼 화사하고 얇게 입어도 좋을 것이다. 무엇보다 아빠가 골라준 첫번째 옷이었다. 물론 그때는 마지막이기도 하다는 걸 알 수 없었다.

7

　죽은 몸을 낱낱이 파헤쳐도 명확해지는 것은 없었다. 부검 결과는 익사였다. 폐에서 플랑크톤이 검출되었다고 했다. 자살인지 사고사인지는 불분명했다. 사망 시점은 대략 삼 개월 전인 1월 초로 추정된다고 했다. 신기정은 묵묵히 경찰의 얘기를 들었다. 모든 것이 불분명한 가운데 자살이라는 신기정의 확신은 여전했다. 경찰 역시 그렇게 생각하는 것 같았다. 동생의 부채가 드러나서였다.

　동생에게는 신기정이 기간제교사를 거쳐 정식으로 발령받아 근무하면서 저축해온 돈과 비슷한 액수의 빚이 있었다. 신기정은 낙담했다. 동생은 살아 있을 때와 마찬가지로 죽은 후에도 짐이 되었다.

　간소한 장례를 홀로 치르는 동안 신기정은 내내 담담했다. 간혹 자신이 지나치게 냉담하다고 느꼈다. 일반적이지 않은 감정이라는 생각이 들어 전형적인 표정과 감정을 연기했다. 오랜 비통에 탈진하여 묵묵한 언니처럼 굴었다. 자신의 속내를 정확히 알 수 없을 때면 종종 그래왔던 것처럼.

장례를 마치고 학교로 돌아갔을 때도 몇 가지 상황에서 연기가 필요했다. 연기는 신기정이 무난히 선생 역할을 수행하는 데 도움이 되었다. 상담을 청하는 아이들에게 어떤 말을 해줘야 할지 고민될 때, 감정 표출이 정당한지 의심스러울 때, 통제할 수 없는 아이들 때문에 화가 날 때면 자신이 선생 역할로 거대한 실험극에 참여했다고 생각했다. 학생 역할을 맡은 사람은 늘 잘못을 저지르고 예측 못할 일을 벌인다고 여기면 마음이 다소 편해졌다.

그렇게 하지 않으면 아이들이 가끔 커다란 벌레처럼 여겨졌다. 발로 밟아 뭉개거나 날카로운 것으로 사정없이 내리치고 싶어졌다. 벌레는 재빨리 기어오거나 갑자기 날개를 펼쳐 날아오르는 방식으로 신기정을 놀라게 했는데, 그런 점에서 아이들과 다를 바 없었다. 아이들은 행동의 방향을 예측할 수 없고 지루하고 끈질기게 고집을 부렸다. 한번 설명한 후 알겠느냐고 물어보면 모르겠다고 대답했다. 다시 천천히 설명해도 마찬가지였다. 신기정은 참을성 있는 선생을 연기하며 아이들에게 설명을 되풀이했다. 신기정이 같은 내용을 칠판에 적기 위해 등을 돌리면 아이들 사이에서 킥킥대는 웃음소리가 새어나왔다.

교사는 엄마가 가장 바라던 직업이었다. 신기정은 기꺼이 그 소 망을 자신의 것으로 채택함으로써 신경질적이고 짜증 많은 엄마 의 지속적인 간섭에서 벗어났다. 신기정이 어떤 행동을 하는 것은 누군가가 그렇게 원한다고 생각해서일 때가 많았다. 늘 다른 사람 의 기대에 부응해왔기 때문에 자신이 원하는 것을 쉽게 결정하는 사람을 보면 열등감에 빠지기도 했다.

직업적 특성상 사명감이 요구됐고 그 일이 잘 맞지 않는다는 걸 깨달았을 때는 교사라는 직업이 그녀를 다른 일에 어울리지 않는 인물로 만들어놓은 후였다. 그렇기는 해도 간혹 이 일을 제대로 해보고 싶었다. 하지만 어떻게 하는 것이 제대로 하는 건지 알 수 없었다. 아이들은 영특했으나 그런 아이들이 자라서 어른이 된다 고 생각하면 모든 것이 가망 없게 느껴졌다.

연기라는 것을 의식한 것은 한 미국 대학교의 실험을 책에서 본 이후였다. 선생과 학생 역할로 양분된 집단에서 '학생'은 단어의 짝을 올바르게 연결하는 간단한 과제를 풀었다. 실수를 하면 '선 생'이 틀린 '학생'에게 전기충격으로 체벌을 가했다. 학습개선 효 과를 높이기 위해서였는데 틀릴 때마다 십오 볼트씩 전압을 높였 다.

신기정은 때로 자신이 그 실험에서의 선생처럼 느껴졌다. 책임 감과 상부의 명령에 사로잡혀 강박적으로 일정한 역할을 수행하 는 사람 말이다.

원도준도 그런 것 같았다. 교무실에 다른 선생들과 함께 있을 때나 교실에서 수업을 들을 때면 '학생' 연기에 몰두했다. 자신이 저지른 일을 반성하고 있다는 듯 우물쭈물하고 기죽어 얌전히 행동했다. 신기정과 단둘이 있을 때는 그렇지 않았다. 신기정이 자신과 공범이며 장물을 착복했으므로 면죄부를 얻은 것처럼 당당했다.

원도준의 부모에게 전화가 걸려왔을 때, 다시 실험이 시작된 기분이었다. '학생'의 아버지 역할을 맡은 사람이 "네가 담임이야?"라고 질문했고, "고작 가게에서 껌 한 통 훔친 걸로 도둑으로 몰아? 훈계는 못할망정 어디서 협박이야?" 하고 큰소리쳤다. 그는 이어 "당신도 장물 받았다며? 어디 보자. 내 새끼가 도둑이면 당신도 도둑이야. 같이 콩밥 먹어봐"라고 말했고, "내 새끼가 상담실 지키면 당신은 집이나 지킬 줄 알아"라고 협박했다. "장물 보러 갈 테니까 이사장실에서 봅시다"라고 경어체로 빈정대기도 했다. 신기정은 실험을 관장하는 누군가가 지켜보고 있으며, 자신은 성공적으로 실험을 끝내야 한다는 생각으로 꾹 참았다.

이제까지와 같은 종류의 실험처럼 보인다는 게 의아했다. 권위에 대한 복종을 확인하는 실험 말이다. 신기정은 얼마간 참다 왜 자신에게 이런 일이 일어났는지 분노할 것이다. 그러다 결국 잘못을 뉘우치고 누구에게랄 것도 없이 사과를 하게 될 것이다.

"괜찮아. 정학 나올 거래. 조금만 참아."

수학이 위로한답시고 그렇게 말했을 때 신기정은 책에서 본 실험이 어떻게 진행되었는지를 생각하고 있었다.

수업을 마치고 교무실로 돌아가는 중에도 내내 그것을 생각했다. 그러다가 문이 열린 상담실 앞을 지날 때 다리를 책상 위에 올려놓고 건들거리고 있는 원도준을 보자 불쑥 생각났다. '선생'은 권위를 이용해 '학생'을 폭력적으로 다스렸다. 실험이 진행될수록 '학생'은 신체적 충격을 받으면서 실험에서 빠지고 싶어했다. '선생'은 실험을 완벽하게 끝내려는 책임감에 사로잡혀 '학생'을 통제하고 점점 심하게 전기충격을 가하는 일을 타당하게 여겼다.

권위하에 놓이게 되면 개인의 비판적이고 자율적인 사고가 위축되는 것을 경고하는 실험이었던 셈이다. 경직된 권위가 타인을 다치게 하면 안 된다는 도덕적 가치와 대립할 때 대다수는 권위가 승리를 거둔다는 것을 입증하는 사례이기도 했다.

원도준이 열린 문 사이로 신기정을 쳐다보았다. 아이가 씩 웃었다. 이리로 와보라는 듯 고개를 까닥거리기도 했다. 원도준은 책상 위에 걸쳐놓은 다리를 내릴 생각도 하지 않았다. 근신중인 학생이라기에는 지나치게 편해 보였다. 주동자가 나오고 경위가 밝혀질 때까지 원도준에 대한 처분을 미루자는 교감의 의견에 신기정이 강하게 반발하여 겨우 얻어낸 징계였다.

신기정은 원도준을 싸늘하게 쏘아봤다. 원도준은 조금도 기죽지 않은 태도로 신기정을 마주보았다. 그 눈빛 때문이었을까. 아니면 원도준의 기대에 이끌렸을까. 신기정은 상담실로 들어가 소리나게 문을 잠갔다. 원도준이 슬그머니 다리를 책상에서 내리고 바르게 고쳐 앉았다. 신기정은 신고 있던 슬리퍼를 벗었다. 원도준이 훔쳐다 준 슬리퍼였다. 그것을 오른손에 쥐고 아이를 향해 힘껏 내리쳤다. 원도준이 작게 소리를 질렀다. 맞지 않기 위해 몸을 벌레처럼 웅크렸다. 그러면서도 신기정이 매질을 멈추면 고개를 들어 번들거리는 눈빛으로 더 때려보라고 채근하듯이 쳐다보았다. 분명히 그랬다.

나중에야 깨달았다. 그때 자신이 미처 생각하지 못한 게 있다는 것을. 실제로 '학생' 집단에는 어떤 전기충격도 가해지지 않았다. 전기충격이 가해지지 않았으므로 아무런 고통을 받지 않았는데도 고통받는 척 연기했다. '학생' 집단은 모두 전문 배우였다.

원도준은 일부러 맞으려고 했다. 체벌을 엄중히 금하는 게 교장의 방침 중 하나였고, 선생들이 모두 그것을 의식한다는 걸 알고 있었다. 원도준보다 신기정이 먼저 처벌받을 수도 있었다. 최소한 원도준의 징계 수위가 낮아지기는 할 터였다. 강력 처벌을 주장하는 건 신기정뿐이었으니까.

8

어둠이 번지고 빛이 들기 시작하자 폐허가 된 157번지가 서서히 모습을 드러냈다. 벽이 완전히 부서진 방, 전소된 주방, 절반 넘게 날아간 장롱, 흉하게 타버린 서랍장, 천장이 내려앉은 거실, 불에 탄 덩치 큰 카세트덱, 떨어져내린 싱크대, 다리가 타서 내려앉은 식탁, 철제 틀과 불탄 스프링만 남은 소파 같은 것들.

거실에서 볼 때 멀쩡한 것은 마당의 나무들뿐이었다. 꽃은 검은 마당에서 홀로 만개했다가 풀 죽은 봄을 보낸 후 떨어졌다. 꽃이 진 자리에 순한 연두색 잎이 피어나 있었다. 바닥에 누렇게 말라 붙은 꽃잎이 지나간 시간을 담담히 증거했다.

내려앉은 거실 천장에는 먼지가 끼어 침침하던 옛날식 샹들리에가 달려 있어야 했다. 오른쪽 벽에는 가죽이 해져 누런 솜이 보이는 소파가 있어야 했고 왼쪽 벽에는 기다란 장식장 위에 덩치 큰 텔레비전이 있어야 했다. 지금 그런 것은 하나도 없었다.

그에 비하면 윤세오의 방은 비교적 괜찮았다. 책꽂이에 둔 아기 천사 모양의 도자기 오르골은 흔들려 떨어지지도 않고 재를 뒤집어쓰지도 않았다. 도자기에 그려진 회색 눈동자가 선한 눈빛으로 윤세오를 쳐다보았다. 윤세오는 그 얼굴을 돌려놓았다. 그런 눈빛으로 보는 건 아빠로 족했다.

병원에 도착하고 나서 윤세오는 들것에 누운 사람이 아빠였더라면, 하고 생각했다. 적어도 그 사람은 들것이 기울면 따라서 몸을 움직일 수 있었다. 도움이 필요하면 손을 흔들어 알리고 앓는 소리를 내어 치료가 필요한 상태임을 설명할 수 있었을 것이다.

아빠는 온몸에 붕대를 두르고 침대에 누워 있었다. 눈앞에 두고도 그 사람이 아빠가 아닐지 모른다는 희망을 놓지 않았다. 아빠임을 알려주는 건 침대 발치의 이름밖에 없었다.

의사가 윤수창의 보호자로서 윤세오를 불렀다. 의사의 말은 쫓기듯 빠르고 불친절했다. 자주 전문용어가 섞였다. 태반은 알아듣지 못했다. 그러나 위급한 상태이며 치료가 어렵고 사망확률이 높다는 뜻임은 어렵지 않게 이해했다. 의사의 설명이 아니더라도 전신에 붕대를 감고 각종 의료장비를 부착한 걸 보면 절망적인 생각이 들기 마련이었다.

병원은 덥고 병실은 더 더웠지만 윤세오는 보라색 트렌치코트를 벗지 않았다. 병실에 있는 동안에는 내내 그 옷을 입고 서 있었다. 언제 아빠가 눈을 뜨고 자기를 쳐다볼지 몰랐다. 아빠에게 새 옷을 입은 모습을 보여주고 싶었다. 의사 말대로라면 아빠는 그 모습을 보지 못할 가능성이 컸고, 실제로 그렇게 되었다.

장례를 치르고 돌아와 처음 맞은 아침은 고요했다. 아빠가 아령을 들어올리며 내는 구령 소리도 없고, 아빠가 중얼거리며 신문을 읽는 소리도 없고, 밥이 익어가는 걸 알려주는 압력밥솥 추가 흔들리는 소리도 없고, 밥을 다 먹고 나면 꼭 들리던 아빠의 트림 소리도 없고, 윤세오가 얼굴을 구기면 필사적으로 트림을 참느라 목울대 안쪽에서 꿀렁거리는 소리도 없었다. 아빠가 제일 무서워하는 건 윤세오였다. 아빠는 윤세오에게 잘 보이고 싶어했다. 아빠가 가장 사랑하는 사람이 윤세오였다.

그런 소리로 채워진 아침과 밤, 낮과 밤, 밤과 밤은 아무리 돌이켜봐도 시시하고 단조로웠다. 그럼에도 이제는 아령 들어올리는 소리와 돼지고기 자박자박 구워지는 소리, 트림 소리 같은 게 세상에서 가장 아름다운 소리가 되었다. 세오야 물 떠와라, 세오야 밥 먹자, 세오야 청소 좀 하자, 세오야 드라마 안 볼래, 세오야 창문 좀 열어라, 세오야 빨래 개자, 같은 세오야를 넣은 짧고 단순한 문장이 세상에서 가장 아름다운 문장이 되었다.

윤세오는 그런 소리와 문장을 잃었다. 조건 없는 애정, 묵묵하지만 다정한 응시, 보호자로서의 책무를 가지고 지켜보는 엄격한 표정을 잃었다. 그것들은 모두 달랐지만 아빠와 동의어나 마찬가지였다. 그런 것으로 채워진 삶은 지나갔다. 그리워해야 마땅한 삶이 되었다.

홀로 지내는 날이 늘면서, 밤의 한기가 잦아들면서 점차 아빠 생각을 하지 않게 되었다. 액자처럼 벽에 걸어둔 보라색 트렌치코트가 보일 때를 제외하고, 거리에서 아빠와 비슷한 연배의 어른을 볼 때말고, 아령 들어올리는 소리 없이 아침에 잠에서 깰 때말고, 안녕히 주무세요 하는 인사 없이 잠자리에 들 때말고, 어딘가에서 고추장 양념이 밴 돼지고기 냄새가 날 때말고, 커다란 개를 볼 때말고, 앞코가 둥근 낡은 구두를 길거리에서 보게 될 때말고, 모든 게 시커멓게 타버린 157번지를 둘러볼 때말고는, 그런 때가 대부분이었지만, 생각하지 않았다.

비교적 잘 지냈다. 가끔은 아빠와 집을 잃고도 살아갈 수 있다는 사실이 어리둥절했다. 붕대를 감은 아빠와 함께 병원에서 지낼 때에도 끼니때마다 배가 고팠다. 매일 병원 구내식당에서 밥을 먹었다. 처음에는 맛도 모르고 꾸역꾸역 내장에 쑤셔넣는 기분이었다. 점차 그 밥이 맛이 없다는 걸 알게 되면서부터 재빠른 소화력을 보이는 내장을 혐오했다. 간혹 병실에 아빠를 둔 채 휴게실에 걸린 텔레비전을 멍하니 보다가 웃음을 터뜨리기도 했다. 드라마를 보던 중 대사를 잘 듣지 못한 한 할머니가 "방금 뭐라고 한 거야?"라고 물으면 윤세오가 대답해줄 때도 있었다.

처음에는 합판 위에 두꺼운 이불을 깔고 누우면 등이 배겨 잠을 잘 수 없고 그 때문에 불편하다는 걸 알고는 충격을 받았다. 이런 때에도 몸이 불편한 걸 느끼는구나 싶어서였다. 아침에 일어나면 천장에서 떨어진 재로 얼굴이 시커메졌는데, 찬물로 꼼꼼히 씻어낸 후에 수분크림을 듬뿍 발랐다. 얼굴이 촉촉해지면 분노도 슬픔도 일시적으로나마 가라앉았다.

윤세오는 방화수를 뒤집어쓴 마룻바닥에 앉아서 검게 타버린 소파를 쳐다봤다. 그러면 묵묵히 소파에 앉아 있고 누군가 오기를 기다리고 그러다가 쓰러지고 도움을 요청하려 생각하지만 뜻대로 되지 않을 거라고 체념하고 까맣게 눈앞에 쏟아져내리는 집을 바라보면서 딸을 생각했을 아빠의 마지막 시간이 불쑥 되살아났다.

아빠에게 그런 시간을 겪게 한 사람은 누구일까. 얼굴을 본 적 없는, 현관문 너머로 가끔 목소리만 들리던 그 사람을 생각했다. 그는 아빠를 위협하여 삶을 가치 없게 느끼도록 하고, 사는 일에 겁을 먹어 빚을 지고 죽음 속으로 걸어가게 만들었다.

모든 것이 사라져버린 지금, 왜 꼭 그 사람을 생각하고 있는지, 그 사람을 알아내는 게 왜 중요한지 알 수 없었다. 알 수 없는 채로 이제는 친숙해진 차갑고 어두운 밤을 지켜보며 생각했다. 무한대로 펼쳐진 꿈속에서 생각했다. 합판 위에서 밤과 밤을 보내며 생각했다. 나무의 연두색 잎이 단단한 녹색이 되는 걸 지켜보며 생각했다. 그 사람이 아빠를 독촉하고 위협하고 두렵게 하여 모든 걸 폐허로 만들었다는 것을 생각했다.

낮의 윤세오는 밤의 생각이 잘못되었다고 여겼다. 모든 게 불분명한 가운데 그것만은 분명했다. 밤의 윤세오는 어리석었다. 어리석은 나머지 조잡하고 보잘것없는 마음을 잃어버린 것들에 의지하려고 애썼다.

낮의 윤세오는 밤의 자신을 형편없다 여겼다. 하지만 이내 언제나 그랬다는 걸 깨달았다. 인생에서 유일하게 쓸 만한 시간은 집에 머물며 아빠와 함께 지낼 때였다.

밤의 윤세오는 물론이고 낮의 윤세오도 자신이 얼마나 형편없고 어리석은지 알았다. 그 사람도 알고 있을까. 그는 자신이 가치 없는 줄도 모르는 채 아빠를 무가치한 인간이라고 비난한 건 아닐까. 그렇게 생각하자 눈물이 날 정도로 화가 났다. 말할 수 없는 증오를 느꼈다. 윤세오가 분노를 느끼는 이유는 간단했다. 이 세계에 사랑할 것이 아무것도 남지 않아서였다.

윤세오는 157번지에 남아 있는 물건들을 종이상자에 담았다. 앞코가 둥근 아빠의 구두를 담았다. 신발이 남아 있어서 다행이었다. 옷은 소용없었다. 빨거나 드라이클리닝을 하면 체취와 체형을 잃게 되니까. 구두는 아빠 발의 기억을 고스란히 품고 있었다. 신문을 읽거나 카드 사용내역서 같은 것을 볼 때 아빠가 끼던 돋보기를 담았다. 안경은 통에 담긴 채 반쯤 녹아 있었다. 욕실에 있던 아빠의 치실과 잇몸보호용 치약도 넣었다. 오르골과 방화수 홍수를 견뎌낸 책과 편지도 담았다. 일부라도 형태가 남아 있는 것은 상자가 찰 때까지 다 넣었다.

마지막으로 157번지를 둘러보는데 불에 타 시커먼 장식장 아래쪽에 뭔가 보였다. 장도리였다. 한쪽은 뭉뚝하고 한쪽은 넓적하게 둘로 갈라져 있는, 주먹만한 머리를 가진 장도리. 장식장 아래 숨어 불길을 피한 모양이었다. 자루 끝이 타기는 했으나 재를 털어내니 그럭저럭 쓸 만했다. 나무로 된 자루는 손에 쥐기 적당하게 따뜻했다. 잴 수 없는 깊은 곳에는 아직까지 불씨가 남아 있는 것일까. 쇠로 된 머리 부분은 자루의 온기와 딴판으로 차가웠다.

장도리를 꼭 쥐어보았다. 아빠는 이것으로 못을 박아 벽에 달력을 걸었다. 윤세오가 처음 받아온 상장을 액자에 넣어 걸어둘 때에도 썼다. 무사히 학교를 졸업했다면 학사모 쓴 사진을 걸 때도 사용했으리라.

비가 오려는지 습기 찬 바람이 불어 재가 날았다. 상자를 들고 검은 집을 천천히 돌아봤다. 이곳에는 지난 시간이 있었다. 그것들은 모두 불에 탔다. 아직 오지 않은 미래의 많은 날이 여기에 있었다. 그것들도 불에 탔다.

이 이별에서 별다른 고통을 느끼지 않았다. 검게 타버린 물건들과 여전히 타는 듯한 냄새가 윤세오의 기억과 추억을 압도했다. 덕분에 이 집에 깃든 인정과 고귀함, 안온함과 너그러움 같은 것들을 쉽게 떨쳐버렸다. 더불어 실망하고 고통받고 분노하고 다시 덤덤해지고 울먹이는 나날이 계속 이어지리라는 것을 예감했다. 언제나 똑같은 모습으로, 수도 없이, 열을 지어 그런 날들이 지나갈 것이다. 미래는 캄캄한 복도일 터였다. 아무리 더듬더듬 찾아가도 복도 끝에 나 있는 문은 꽉 잠겨 있겠지.

윤세오는 무거운 상자를 들고 검은 복도를 향해 걸어갔다. 늘 다니던 골목길은 미래의 어느 날처럼 어둡고 좁고 고요했다. 인정머리 없이 느껴질 정도였다. 예전에도 어쩌다 조용한 밤이 있었다. 앞집에서 아이 울음소리도 들리지 않고 가구 수 많은 맞은편 연립주택에서 일상의 소리가 들리지 않는 밤, 개도 짖지 않고 차 소리도 들리지 않고 텔레비전 소리도 없는 아주 깊은 밤. 그런 밤보다 두텁고 정밀한 고요였다.

157번지에서 홀로 지내는 동안 윤세오는 아무도 모르게 들어와 불빛 없이 밤을 보냈고 밝아지기 전에 나갔다가 깊이 어두워진 후에 다시 들어왔다. 누구와도 마주치지 않았다. 이웃들은 자신이 157번지에 머무는 걸 모를 터였다.

밤의 고요가 그렇지 않다고 말해주었다. 작심한 듯한 고요였다. 어쩌면 그들이 윤세오가 머무는 것을 알고 있었는지도 모른다는 생각이 들었다. 이웃들은 확실히 157번지를 빈집으로 여기지 않았다. 쓰레기를 내다버리는 사람이 없었다. 157번지로 온 우편물을 꼬박꼬박 정리하여 현관 안쪽에 조심스럽게 놓아두었다. 날아가지 않게 돌멩이를 올려두었고 비 맞지 않게 덮어두었다. 어린아이들조차 벽 없고 문 없는 집을 함부로 드나들며 논 흔적이 없었다.

그 생각에 윤세오는 우두커니 멈춰 서서 뒤를 돌아봤다. 짐을 쌀 때만 해도 모든 걸 받아들인 기분이었는데, 좁은 골목길에 서 있자니, 이웃들의 묵묵한 배웅을 받자니, 금세 아득해졌다.

밤이 꾸물거리며 흘러갔다. 다시 걸음을 옮겼다. 이윽고 골목 끝에 이르렀다. 윤세오는 상자를 내려놓고 개 옆에 앉았다. 가만히 드러누워 있는 개의 머리를 쓰다듬었다. 자고 있던 개가 순한 눈을 뜨고 윤세오를 바라보았다.

상자를 다시 들어올리는 순간, 별로 무겁지 않다는 생각이 들었다. 윤세오는 그제야 어른이 된 기분이었다. 한참 지나고 나서 그날 자란 게 있다면 자기 자신이 아니라는 걸 깨달았다. 윤세오 안의 울분이 저 혼자 쑤욱 자라났다. 그걸 깨달은 후에도 그날 어른이 되었다는 생각이 바뀌지는 않았다.

9

교장은 사무에 찌든 얼굴로 책상 앞에 앉아 있었다. 고개를 수그리고 반성하는 포즈를 취하고 있는 원도준도 없고 선처를 구하러 혹은 신기정을 괴롭히러 달려온 그애 부모도 없었다. 그게 이상했다. 자신을 못살게 굴던 사람들이 잠잠한 것이.

교장은 작지만 몸이 다부졌고 움직일 때면 양쪽 어깨에 벽돌을 지고 있는 듯 무거워 보였다. 자주 한숨을 내쉬었다. 의례적인 연설을 할 때도 그랬고, 선생들에게 잔소리를 할 때나 단상에서 학생들에게 상장을 줄 때도 그랬다. 본인도 그 사실을 알고 있는지 궁금했다.

"바쁜 일은 다 끝났어요?"

교장이 앉으라는 말도 없이 대뜸 물었다. 대답을 궁금해하는 얼굴은 아니었다. 신기정은 어정쩡하게 서서 "네" 하고 대답했다.

"다행입니다."

교장이 자리에서 일어나 소파 쪽으로 가더니 신기정에게도 앉으라는 듯 손짓했다. 소파는 육중하고 푹신해서 잘못하면 지나치게 편히 앉은 것처럼 보였다. 신기정은 소파에 살짝 걸터앉으며 생각했다. 도대체 뭐가 다행이라는 거지.

교장은 신기정을 잠깐 쳐다보았을 뿐 아무 말도 하지 않았다. 신기정도 잠자코 있었다. 교장과 함께 있으면 무슨 화제를 꺼내야 할지 몰라 난감했다. 교장은 늘 말없이 있었고 상대가 얘기하기를 기다리듯 뚫어져라 쳐다보았다. 그러면서 종종 한숨을 내쉬었다. 어렵게 얘기를 꺼내면 잘 듣지 않아 같은 말을 몇 번씩 반복하게 했다. 교장과 얘기를 나누고 나면 늘 기분이 상했다. 교장이, 신기정이 말한 것 중 틀린 사실을 지적하거나 그 말을 이미 알고 있다는 듯 대꾸해서 그런 모양이었다.

창밖에서 화단 청소를 하던 아이들이 일제히 웃음을 터뜨렸다. 누군가가 큰 소리로 말했고 뒤따라 와자한 소리가 쏟아졌다. 교장실 분위기는 더 냉랭하고 어색해졌다. 교장이 자리에서 일어나려 했다. 창문을 닫으려는 것 같아 신기정이 먼저 일어나 닫았다. 교장이 작게 한숨을 내쉬었다.

신기정이 다시 소파에 앉자 교장이 옆에 놓아둔 봉투를 내밀었다. 잠자코 그걸 보기나 하라는 듯 아무 말도 하지 않았다.

봉투에 든 종이는 두 장이었다. 한 장에는 문방구나 슈퍼마켓에서 살 수 있는 물품 목록이 나열되어 있었다. 신기정은 곧 그게 무엇인지 짐작했고 '슬리퍼'가 적힌 것을 보고는 확신했다. 다른 한 장은 진단서였다. 원도준이 입원한 걸 알고 신기정은 구역질이 날 뻔한 것을 꾹 참았다.

교장이 천천히 무슨 말인가 하기 시작했다. 신기정은 그 말을 대부분 알아듣지 못했다. 뇌물 수수와 폭행이라는 말은 불명확한 발음에도 불구하고 비교적 정확히 들렸다.

교장이 신기정의 슬리퍼를 가리키며 "그건가보네요" 하고는 한숨을 내쉬었다. 그게 장물의 일부냐는 소리인지, 아이를 때린 게 그거냐는 뜻인지 알 수 없었다. 그 말을 끝으로 교장은 다 됐다는 듯 입을 다물었고, 잠시 신기정을 보고 있다가 책상 앞으로 돌아갔다.

신기정은 그대로 소파에 앉아 있었다. 부당했다. 생각을 정리해서 따지고 싶었다. 교장은 책상에 앉아서도 가끔 한숨을 쉬었고 막힌 코를 큼큼거렸다. 신기정더러 그만 나가보라고 하지 않았고 신기정도 일어나 나가지 않았다.

얼마나 시간이 흘렀을까. 교장이 수화기를 들었다. 곧이어 "납니다" 하고 말하고 "이리 좀 오세요. 6반 임시담임 건입니다"라고 말했다. 신기정은 천천히 소파에서 일어나 인사도 하지 않고 원도준에게 받은 뇌물 중 하나인 슬리퍼를 질질 끌며 교장실을 나왔다.

신기정이 교무실에 들어서자, 모여서 떠들고 있던 선생들이 일제히 입을 다물고 자리로 돌아갔다. 이미 소문이 퍼진 모양이었다. 손이 덜덜 떨려 책상 아래 넣어둔 가방을 꺼내려다 떨어뜨렸다. 바닥에 흩어진 물건을 수학이 집어주었다. 신기정은 수학에게 다정하게 웃어주려고 했다.

실패였다. 얼굴이 딱딱하게 굳어 웃을 수 없었다. 태연한 척 굴려던 생각도 날아갔다. 억울한 일에도 잘 대처하는 걸 보여주려던 결심도 사라졌다.

물건을 건네주는 수학의 얼굴을 신기정은 물끄러미 바라보았다. 원도준을 무자비하게 때렸다고 말한 게 상담실 선생과 그 상황을 내내 찍고 있던 CCTV라면, 원도준에게 늘 뭔가를 받아왔다고 말한 게 수학일까. 원도준에게 받은 걸 나눠주면서 아이들에게 이 정도로 인기 있다는 걸 자랑하고 싶은 마음도 없지 않았다. 그런 허영을 알아챈 것일까.

신기정은 업무에 몰두하는 척하는 선생들에게 자신이 얼마나 부당한 일을 겪었는지 아느냐고 속으로 말하고 있었다. 허영의 대가라기에는 지나치지 않냐고도 말했다. 그러는 동안 화가 난 진짜 원인은 원도준 때문이 아니라는 걸 깨달았다. 그보다 훨씬 더 깊은 곳에 있었다. 이사장에 휘둘리는 교장과 교감에 대한 혐오감, 동문들끼리만 어울리는 선생들 사이에서의 소외감, 원도준의 부모에 대한 경멸감 같은 것들이 뒤섞여 있었다.

굳은 표정으로 천천히 가방을 메고 밖으로 나왔다. 청소중인 아이들이 길을 터주며 힐끔거리다가 신기정이 지나가자 다시 모여 떠들어댔다. "오늘은 퇴근이 이르시네요." 늘 다정하게 대하는 수위가 크게 인사했지만 모르는 체했다.

버스를 타고 얼마쯤 갔을 때 전화가 울렸다. 경찰이었다. 그제야 신기정은 집과는 영 방향이 다른 버스를 타고 있다는 걸 깨달았다. 전화는 곧 끊어졌다. 신기정은 버스에서 내렸다. 경찰이 해줄 얘기를 생각하는 잠깐 사이에 분노가 가라앉았다.

경찰이 전화번호 개설자와 주소지를 알려주었다. 이번에도 경찰은 연락이 통 안 되더라고 했다. 화를 낼 기력이 없어 신기정은 경찰의 무능을 견뎠다. 경찰이 알려준 이름은 생소했다. 동생과 관련한 모든 일이 그랬던 것처럼. 신기정이 잠자코 있자 경찰이 가족사항을 덧붙였다. 동생하고 연배가 비슷한 사람이 있었다.

신기정은 그 이름을 단박에 외웠다. 낯선 이름이었다. 그럼에도 오랫동안 불러온 이름처럼 친근했다.

10

다윗신용정보회사는 마포대교 북단의 E빌딩에 입주해 있었다. 전체 이십오층 건물로, 정면과 좌우 측면의 출입구로 통행했다. 좌측 출입구는 공원 쪽, 우측 출입구는 인도 쪽 방향이었다. 일층 인포메이션에 표기된 입주 업체는 총 서른두 개로, 일층과 이층에 은행이 있고 삼층에서 팔층까지 주로 병원이 입주해 있어서 하루 종일 통행인이 많은 편이었다. 다윗신용정보회사는 십칠층 전체를 사용하며, 고객상담실을 제외한 사무실은 보안시스템이 작동중이어서 내부 직원을 통해야만 출입할 수 있었다.

여덟시 삼십분이 조금 지나면 출근길 인파로 지하철역 입구가 복잡해졌다. 이수호 역시 그 무렵 역에 나타났다. 바로 건물로 들어가지 않고 역 앞 분식점에서 김밥을 사거나 공원 앞 편의점에서

요깃거리를 샀다. 날마다 아침식사를 밖에서 해결하는 것으로 보아 독신이리라 짐작했다가 생각을 고쳐먹었다. 그런 식으로 아침을 해결하는 사람은 많으니까. 이수호에 대해서라면 어느 것 하나도 섣불리 추측하고 짐작하고 단정하지 않기로 했다. 확실하다고 생각한 게 윤세오를 곤란하게 할지도 몰랐다.

이수호에 대해 가급적 많은 걸 알고 싶었다. 가능하면 수집하고 통계내고 확률을 추출하여 짐작과 예측이 가능한 대상으로 만들 작정이었다. 그리하여 그 일을 성공적으로 치러내고 싶었다. 그것은 과거를 모두 잃고 내면이 완전히 사라져버린 지금, 윤세오가 버티는 이유였다.

점심시간에는 자주 이수호를 놓쳤다. 출입구 세 곳을 동시에 지켜볼 수 없었다. 이수호를 찾자고 비슷비슷한 옷을 입은 남자들을 일일이 기웃거리지는 않았다. 아예 건물 밖으로 나오지 않을 가능성도 있었다. 지하 일층 아케이드에는 식당이 몇 군데 있었다.

많을 때는 넷이, 종종 홀로 점심을 먹으러 갔다. 어울리는 사람은 늘 비슷했다. 따로 약속을 잡아 친구를 만나는 일은 없었다. 여럿일 때는 해장국집에 갔고 날이 더워지면서 콩국숫집이나 냉면집에 자주 갔다.

식당으로 가는 이수호를 놓치면 공원에서 기다렸다. 일주일에 두어 번은 식사 후 편의점에 들렀다가 공원으로 왔다. 주로 담배를 샀고 커피나 요구르트 같은 것을 살 때도 있었다.

공원 한쪽에는 미끄럼틀과 시소 같은 놀이기구가 있고 다른 쪽에는 간단한 생활체육기구가 있었다. 어디나 벤치가 넉넉했는데, 이수호는 체육기구가 있는 쪽에 앉아 연신 담배를 피우다가 인도 쪽 출입구를 이용해 사무실로 들어갔다. 두시경에 다시 정문 출입구로 건물을 빠져나왔다. 본격적인 업무가 시작되는 건 그때부터였다.

지하철을 타고 환승하고 내려서 걸어가는 이수호를 뒤따랐다. 운좋게 끝까지 지켜볼 수 있는 날은 많지 않았다. 자주 이수호를 놓쳤다. 이수호는 걸음이 빨랐다. 지켜보기에 적당한 장소가 없는 날도 많았다. 되돌아나오는 이수호를 피하려다 길이 어긋나기도 했다.

이수호를 뒤따라 더위를 무릅쓰고 낯선 동네를 헤맬 때면 이 모든 것이 어디서부터 시작된 것일까 생각하곤 했다. 시작한다고 해서 시작되는 것은 없고 끝낸다고 해서 끝나는 것도 없었다. 그럼에도 윤세오는 이 일에 분명한 시작점이 있으리라 생각했다. 모든 것을 결정짓는 단 하나의 지점. 이전과의 연속성이 깨지는 지점. 많은 시간이 지나 돌아보면 그 순간부터 모든 게 달라졌다고 말할 수 있는 지점.

김명국에게 이수호라는 이름을 들은 순간은 어떨까. 그 이름을 듣자마자 윤세오는 이수호가 157번지에 관여한 순간을 비약적으로 추론했다. 한번 생각하자 다른 가정은 떠오르지 않았다.

이수호를 뒤따르는 동안 주로 아빠에 대해 생각했다. 윤세오 자신에 대한 생각이기도 했다. 윤세오는 아빠를 잘 아는 줄 알았다. 아빠는 절대 그런 선택을 할 리 없다고 여겼다. 그런 생각을 할 이유가 없었다. 윤세오는 자신이 믿는 것에 확신이 있었다.

이제는 아니었다. 지금껏 알던 삶이 언제든지 작동을 멈추거나 방향을 바꾸거나 짐작할 수 없는 곳으로 흘러가는 불확실한 것임을 어렴풋이 알게 되었다.

시작점이 생겼으므로 종착점도 생겼다. 예측할 수 없는 미래가 생겼다는 뜻이었다. 그게 자신을 기쁘게 하는지 슬프게 하는지 알수 없었다. 그것과 상관없이 목표나 결의, 결심과 실행의 의지로 삶이 굴러가기 시작했다. 멈춰 있는 것보다는 나았다.

윤세오는 그동안 이수호의 말투와 몸집, 학력과 취향, 가족과 친구 들을 상상해왔다. 하도 많이 생각한 나머지 처음 이수호를 보았을 때 사람을 잘못 보았다고 여겼다. 상상 속의 이수호는 어깨가 떡 벌어지고 가슴이 발달하고 셔츠를 걷어올린 팔뚝에는 근육이 두드러지고 농구공을 한 손에 쥘 정도로 손이 크고 두툼하며 머리가 검고 얼굴이 시커먼 사람이었다.

이수호는 우락부락할 정도로 덩치가 크지 않았다. 마주치기만 해도 겁을 먹을 정도로 사납게 생기지 않았다. 사람을 압도할 만큼 키가 크지도 않았다. 자주 침을 뱉었지만 불량해 보인다기보다는 꾀죄죄해 보였다. 못마땅한 시선으로 건들거리며 걷거나 날카로운 눈빛으로 주위를 두리번거리지 않았다. 손질하기 편하게 머리를 짧게 깎지도 않았다. 면 티셔츠에 양복을 입고 운동화를 신는 타입도 아니었다. 눈이 부리부리하거나 눈매가 찢어지지도 않았다. 목소리가 쉬어 갈라지지도 않았다.

키는 백칠십오 센티미터쯤 되려나. 늘 검정색 구두를 신었다. 굽이 부드러운 재질인지 걸을 때 소리가 나지 않았다. 체구가 작았고 몸이 말랐다. 안쪽과 바깥쪽 색깔이 다른 플라스틱 안경을 썼고 테를 자주 추어올리는 버릇이 있었다. 동료들과 얘기할 때의 말투는 굼떴고 자신감이 없는 듯 말끝을 얼버무렸다.

양복은 두 벌을 번갈아 입었다. 두 벌 다 바지가 헐렁하다못해 속이 텅 빈 듯 보였다. 마른 체형이어서가 아니라 사이즈에 맞지 않는 것 같았다. 재킷 어깨가 실제보다 바깥쪽으로 빠져 있는 게 오래전에 판매된 제품으로 보였다. 바지 치수를 줄여야 하거나 어깨 품이 남아돌 만큼 갑자기 살이 빠졌을 수도 있었다. 가방을 메고 옷매무새를 살피지 않아 재킷 한쪽이 허리까지 말려올라갈 때가 많았다. 무늬가 요란한 넥타이를 맸고, 그 때문에 촌스럽고 나이든 인상을 풍겼다.

가까이 서면 옅은 땀냄새와 담배 냄새가 났다. 아침에 역에서 나올 때면 비교적 반듯하게 정돈된 머리가 오후에는 헝클어지고 기름이 꼈다. 양복 상의에 비듬이 내려앉은 게 보일 정도였다. 자를 때가 지난 뒷머리가 살짝 위로 들떴다. 지치고 피로해 보이는 모습이었다.

피곤해서 선량하게 느껴지는 모습과 달리 이수호는 선하지 않았다. 정확히 말하면 선하지 않아 피로해진 사람이었다. 끈질기게 다른 사람을 괴롭히고 신경질적이며 강압적인 말을 퍼부었다. 보상이 변변치 못한 업무를 화풀이하듯 채무 이행을 종용했다. 다른 사람의 재산에 권리를 주장하면서 의무이행을 강요했다. 그 과정에서 폭언을 퍼붓고 욕지거리를 일삼았다. 가족의 이름을 들먹이며 협박했다. 일생을 부단한 노동으로 보냈음에도 빚만 남은 사람들을 한껏 조롱했다. 그렇게 함으로써 채무자들이 도와줄 형편이 안 되는 가족을 원망하거나 가족에게 짐이 되는 걸 미안해하게 했다. 그간의 성실하고 소박한 인생을 혐오하게 만들었다.

이수호는 성향이나 기질, 의지나 기분 때문이 아니라 업무의 효율성을 강조하는 회사 분위기나 사내교육 방식과 일의 특성 때문에 그렇게 했을 수도 있다. 아마 그럴 것이다. 비아냥과 조롱, 힐난과 욕설로 상대를 겁에 질리게 하면 회수율이 향상된다는 착각이 들기도 할 것이다.

그렇기는 해도 말과 행동은 사람을 좀먹게 되어 있다. 애초에 어떤 사람이었건 이수호는 이미 물들었다. 업무상 필요해서 말을 고르고 행동을 선택한 것이 아니라, 말과 행동에 적합한 일을 하게 된 사람이었다.

김명국의 말대로 사람이란 본래 그럴 리 없는 존재였다. 상대를 진심으로 대하고 선의를 가졌으며 다른 사람을 위해 양보할 줄 알았다. 대부분의 일들이 불확실한 가운데 벌어지며 그 내막과 진실은 알 수 없는 것임에도, 인간이 선의를 가진 존재라는 것은 세상의 몇 안 되는 진실 중 하나였다.

그러나 진실을 아는 것이 결심을 바꾸지는 못했다. 그것을 결행하려면 진실에 침묵해야 했다. 무엇보다 사람이란 본래 그럴 리없는 일도 하는 존재였다. 다른 사람을 때리거나 거짓말을 일삼고 농락하고 사기치고 협박해서 차라리 죽는 게 낫다고 생각하게 만드는 것은 다 사람이 하는 일이었다.

11

전철을 타고 맞은편 차창을 멍하니 보고 있을 때면 처음 외근을 하고 돌아오는 길에 팀장과 나란히 앉았던 순간이 떠올랐다. 그날 이수호는 식은땀을 흘리며 한기를 느꼈다. 팀장이 말없이 손수건을 내밀었다. 반듯하게 다려진 체크무늬 손수건이었다. 겉으로 보면 IT회사의 사무원이나 여의도 증권맨처럼 보이는 팀장의 외모와 잘 어울리는 물건이었다.

이수호는 덜덜 떨리는 손으로 손수건을 받아들어 겨우 이마의 땀을 훔치는 시늉만 하고 돌려줬다. 팀장이 조금도 젖지 않은 손수건을 받아들고는 크크크 소리를 내며 작게 웃었다. 이수호는 차창에 비친 팀장의 얼굴을 슬쩍 살폈다. 그림자가 팀장의 얼굴을 세로로 길게 관통했다.

"너 지금 내가 무섭지?"

팀장이 차창에 비친 이수호에게 물었다.

"아, 아닙니다."

거짓말이었다. 무서웠다. 동시에 부러웠다. 자신도 그런 힘을 갖고 싶었다. 말 한마디로 누군가를 죽일 수 있는 힘, 인상 한 번으로 누군가를 얻어맞게 하는 힘, 단 한 번의 거친 숨소리로 상대를 주눅들게 하는 힘.

팀장이 고개를 돌려 이수호를 봤다. 이수호는 고개를 돌리지 않았다.

"잘 들어. 이 일을 하는 동안 절대로 흘려서 안 되는 게 두 가지 있어. 그게 뭐겠어?"

이수호는 고개를 조금 숙였다. 팀장과 눈이 마주치면 아예 대놓고 몸을 떨게 될 것 같았다.

"이 새끼, 나 안 봐? 무서워?"

팀장이 복화술을 하듯 입을 거의 벌리지 않고 말했다.

"아, 아닙니다."

"대답해봐. 눈물이라고 하면 죽어. 남자도 울고 싶으면 울어야지. 왜 참으라고 지랄이야, 지랄이."

팀장이 방금 만나고 온 채무자에게 그랬듯 이를 악물고 읊조렸다. 이수호는 막 눈물이라고 말하려던 참이라 급하게 "치, 침입니다" 하고 바꿔 대답했다.

"어쭈, 침? 새끼, 창의적이네. 두번째는?"

"바, 바, 밥이요."

"크크크, 바, 바, 바, 밥. 이 새끼 말 더듬으니까 존나 웃겨."

이수호는 따라 웃어야 할지 말지 생각하느라 차창을 봤다. 팀장이 일그러진 얼굴로 웃고 있었다. 우는 것처럼 보이기도 했다.

"침이야 말하다 튈 수도 있지. 침 튄다고 회사 관둘 거냐? 젓가락질 못하면 밥도 흘리고 그러는 거지. 젓가락질 잘해야만 밥을 먹나요, 잘 못해도 서툴러도 밥 잘 먹어요. 이 노래도 몰라? 이 새끼, 너 앞으로 나랑 밥 먹을 때 밥풀 흘리지 마. 죽을 줄 알아."

"네."

"네에? 사내새끼가 그렇게 네, 네, 그러는 거 아니다. 나중에 뭐가 될라고. 새끼가 긍정적이어도 너무 긍정적이야. 다음부터 그러지 마."

"네."

"잘 들어. 식은땀하고 오줌이야. 그 둘은 돈 없는 놈한테 얻어맞는 것보다 더 치욕이야. 넌 이미 하날 흘렸어. 오줌까지 싼다면 끝이겠지? 명심해. 넌 이미 하날 흘린 거야. 알았어?"

이수호는 사타구니에 힘을 꽉 주었다. 팀장이 크크크 웃으며 맞은편 여자 승객 쪽으로 시선을 돌렸다.

그날 이후 이수호는 이미 하나를 흘렸다는 말을 내내 의식했다. 그것은 기회가 단 한 번밖에 남지 않았다는 뜻이었다. 흘려서는 안 되는 게 식은땀과 오줌이라면, 앞으로는 오줌을 흘리지 않기 위해 노력해야 했다. 최선을 다해 오줌을 지켜야 했다. 오줌을 지킨다니. 우스꽝스러웠다. 하지만 두고두고 생각해도 그게 이수호가 할 일의 전부였다.

한참을 말없이 가던 팀장이 내릴 즈음에 다시 입을 열었다.

"너 우리 회사 이름이 왜 '다윗'인 줄 알아?"

"모, 모, 모릅니다."

"이런 애사심 없는 새끼. 다윗과 골리앗은 알지?"

"네."

"뭐야?"

"그게…… 다윗이 골리앗 이긴 얘깁니다."

"이 새끼가 국어를 중국에서 배웠나, 왜 그렇게 대강대강해. 그게 무슨 의미야?"

"그, 그게…… 아무리 힘이 없어도 머리를 쓰면 거인을 이길 수 있다, 뭐, 이런……"

"우리는 다윗이고 채무자들은 골리앗이야. 다윗이 골리앗이랑 싸우러 갈 때 빈손으로 간 게 아니야. 돌멩이를 챙겼어. 그걸 골리앗한테 던졌어. 용케 맞혔어. 골리앗이 쓰러졌어. 다윗이 냅다 뛰어가서 그 새끼 칼을 뺏었어. 그 칼로 골리앗을 벴어. 끝."

"우, 우리가 골리앗 아닙니까?"

"그런 뻔한 얘기면 내가 하겠냐? 원래 줄 게 있는 놈이 갑이야.

남한테 돈을 받는 게 을이고. 돈 줄 게 있으니까 채무자가 당연히 갑이지. 사장이 월급 주니까 갑인 것처럼. 채무자 놈들, 절대 우리한테 끄떡 안 해. 갑이란 놈들이 원래 그렇잖아. 게다가 그놈들은 돈이 없어서 간땡이가 거인처럼 부었거든. 걔네는 깡이라도 있지. 우리한텐 뭐가 있냐? 종이쪼가리밖에 없지. 그런 놈들 상대하려면 우리도 돌멩이 다섯 개쯤은 있어야 돼."

"돌멩이요?"

"그래, 시발. 돌멩이. 맞으면 아픈 거. 욕, 협박, 쥐어패기, 이런 거. 알겠어? 우리가 괜히 욕하는 거 아니야. 그놈들이 워낙 골리앗 같으니까, 워낙 갑질을 하니까, 돌멩이라도 던져보는 거야."

"네."

"그러면 골리앗을 찔러 죽일 칼은 뭐겠냐?"

"도, 도, 돈이요."

"새끼야, 돈은 칼로 찔러야 나오는 거지. 응용력이 없어, 응용력이. 칼, 치명적인 거, 맞으면 당장 죽는 거. 그게 뭐겠냐? 가족이겠지? 찔러야겠다 싶을 때 가족 얘기 슬쩍 꺼내는 거야. 그러라고 우리가 가족관계, 이런 거 다 알아보는 거잖아."

칼, 치명적인 거, 맞으면 당장 죽는 거, 가족. 그 말을 되새기자 이수호의 입안에 흥건히 침이 고였다.

전철에서 내리자마자 이수호는 바닥에 침부터 뱉었다. 식은땀과 오줌을 흘리지 않으려고 의식하면서부터 체액의 일부를 그런 식으로 배출하는 버릇이 생겼다. 침을 뱉고 주위를 둘러봤다. 길 가던 덩치 큰 여자가 침 뱉는 걸 보았는지 슬쩍 옆으로 비켜 걸었다. 이수호는 바닥의 침을 구둣발로 문질렀다. 담배를 피워물고 간판이 벽을 가득 채운 상가들을 지나 고잔동 쪽으로 방향을 틀었다.

직장을 고른 기준은 간단했다. 양복을 입고 아침 아홉시까지 출근하는 회사일 것. 그뿐이었다. 오래전 죽은 아버지는 날씨에 따라 노동 여부가 좌우되는 일만 해왔다. 그렇지만 않으면 괜찮았다.

운이 좋았다. 제대 후 몇 년이 지나도록 빈둥거리고 있는데 군대 동기에게서 연락이 왔다. 마포의 한 돼지갈빗집에서 만난 동기는 양복을 입고 있었다. 마포대교와 강변북로를 향해 끊임없이 질주하는 차들과 불을 밝힌 고층빌딩이 도로를 감싼 거리에 썩 어울리는 차림이었다.

적당히 구겨진 양복에 넥타이를 느슨히 풀고 와이셔츠 소매를 걷어올린 채 덜 익은 돼지갈비를 집어먹으며 소주를 마시는 동기는 근사해 보였다. 가게에는 동기말고도 그런 사무원들 천지였다. 그들은 너나없이 에이, 시발, 좆같아, 하면서 누군가를 욕하고 있었다. 부러웠다. 이수호가 욕할 수 있는 사람은 무능한 자신뿐이었다.

복무 시절만 해도 기집애라고 놀림을 받던 친구였다. 소심하고 수줍음이 많아서 선임에게 갈굼을 당하면 화장실에 가서 눈이 벌게질 때까지 울고 돌아왔다. "너한테 잘 맞을 거야. 아마 디게 잘

할걸." 동기가 고기를 씹으며 말했을 때, 이수호는 녀석이 잘하는 일이라면 자신이 당연히 더 잘하리라 자신했다.

수월하게 면접을 통과했을 때는 얼마나 기뻤던가. 여태껏 그에게 주어진 운이 대부분 불운이었다는 걸 감안하면 마포에 있는 이십오층 건물에 양복을 입고 아침 아홉시까지 출근하는 회사에 합격한 것은 인생을 통틀어 거의 유일한 행운이었다.

행운은 거기까지였다. 볼품없는 이력을 고려할 때 짐작 못한 건 아니었다. 연수도 없이 바로 실무에 투입되었을 때는 의아했으나 양복에 대한 신의를 저버리지 않았다. 양복이 허튼 일을 시킬 리 없었다. 그 일이 폭언과 협박, 비아냥, 조롱을 일삼는다는 걸 알았을 때, 팀장이 그렇게 했을 때, 그는 겁먹은 것을 들키지 않으려고 애썼다.

팀장이 마치 전도하러 온 장로교 집사처럼 조신한 태도로 초인종을 누를 때만 해도 기대를 버리지 않았다. 채무자와 정중하게 악수를 주고받고 계고장을 내밀어 약속 이행 부분을 확인하고 서류로 명시화하는 일일 것이라고.

첫 외근에서 돌아오자마자 이수호는 동기 녀석을 만났다. 몹시 화가 났는데 누구에게 화를 내야 할지 몰라서였다. 이래서 직장인들이 모이기만 하면 욕을 하는구나 싶었다. 도대체 날 어떤 인간이라고 생각했길래 추천한 건지 따지고 싶었다. 잘할 거라고? 이 일은 숫제 깡패가 하는 일보다 악랄했다.

"너한테 딱 어울리는데 뭘 그래?"

동기가 실실 웃으며 말했다. 와이셔츠가 심하게 구겨져 있었다. 어디서 멱살이라도 잡힌 것 같았다.

"뭘 봐서 나한테 어울려?"

"너 정말 몰라서 물어?"

"뭐가 어울려, 새끼야."

"잘 생각해봐."

"뭘 생각해?"

"이 일은 운좋은 놈이 잘하게 돼 있어. 운칠기삼이라고. 내가 보기엔 네가 딱 그래."

"웃기는 새끼, 좆도 모르면서…… 내가 얼마나 재수가 없는데……"

동기가 무표정하게 그를 보다가 한순간 히죽 웃음을 터뜨렸다. 그 표정이 익숙했다. 언젠가 보았던 표정, 동기 녀석이 아니라 자기가 지었던 표정, 잘 생각해보라는 말.

어떤 기억이 떠올랐다. 그와 동기가 이등병이던 시절, 성질 고약한 선임은 얼차려를 시킬 때면 체형이 비슷한 그와 동기를 각각 담요로 둘둘 말아놓고 다른 사람을 시켜 게임판의 말처럼 뒤섞었다. 그러고 나서 무작위로 한 놈을 골라 팼다. 특정인을 지목하면 자신이 부당한 게 되지만, 무작위로 골라 패면 맞는 놈이 운이 없어서라는 게 선임의 주장이었다. 그때마다 동기 녀석이 걸렸다.

운칠기삼. 동기를 패기 전 선임이 하던 말이었다.

이수호는 동기가 분통을 터뜨릴 때마다 재수 없는 놈이라고 이기죽거렸다. 미안한 마음을 숨기려 일부러 그랬다. 운은 이수호의 노력의 대가였다. 이수호는 얼차려에서 벗어나기 위해 평소 동기가 보지 않는 곳에서 선임에게 할 수 있는 건 다 했다.

모든 일에서 스스로를 보호해야 했다. 가진 게 아무것도 없으니까. 이수호는 운을 만들었고 동기는 운에 의지했다. 동기 녀석이 그걸 모르는 줄 알았는데, 어쩌면 모두 알고 있다는 생각이 들었다.

"석 달만 버텨. 마의 삼 개월이라고. 석 달 버티는 놈이 삼 년 버티고 그러면 저절로 십삼 년이 간대."

동기가 이수호를 달래는 투로 말했다.

"채무자 빚이 니 돈이라고 생각해. 그럼 다 잘되게 돼 있어."

"내 돈도 아닌데 어떻게 그러냐. 이 새끼, 용기를 이상하게 주네."

비아냥거리기는 했지만 이수호는 그 말을 듣고 나서야 이 일의 핵심을 파악했다. 집요하고 악랄해야 하는 일. 빌려준 내 돈을 받겠다는 듯.

첫날 흘린 식은땀은 큰 교훈이 됐다. 이수호는 팀장에게 보고 배운 대로 했다. 그가 오래전에 했던 것처럼 운을 만들 수 있다면 이 일에서도 그럴 수 있을 것 같았다. 약속 없이 불쑥 찾아가 채무자를 놀라게 하고 법의 한도 내에서 일상을 방해하고 자연스럽게 주위 사람들에게 알려지게 했다. 절대로 웃지 않고 자주 눈을 치뜨고 아랫입술을 깨물었다. 간혹은 상냥한 말투를 썼고 다정하게 웃으며 불법으로 수집한 가족의 이름과 정보를 얘기하기도 했다.

그렇게 하기까지 얼마 걸리지 않았다. 그 일을 그럭저럭하는 정도가 아니라 썩 잘해낸다는 생각은 그를 자괴감에 빠뜨렸다. 잠시뿐이었다. 협박이나 비난, 비아냥과 조롱 같은 것은 팀장의 말대로 다윗의 돌멩이였다. 벌목꾼이 간벌을 위해 멀쩡한 나무를 베어내듯이 이수호는 돈을 위해 기꺼이 스스로를 흠집냈다.

동기의 말대로 채무자들에게 자신의 돈을 빌려줬다고 생각하면 편했다. 빚을 받아내야 월급을 받는다는 점에서 아예 틀린 생각도 아니었다. 그렇다고 괴롭히기만 한 것은 아니었다. 사정에 따라 한두 달 정도는 기다려주었다. "서로 돕고 사는 거, 그게 사람 아닙니까?" 웃으면서 말할 때도 있었다. 최소한 건져낼 게 있는 사람에게만 그렇게 했다. 이수호가 기회를 주면 겁에 질려 있던 사람들은 쉽게 의지했다. 어떻게 하면 빚을 갚을 수 있는지 상의했다. 노력해서 갚고 싶어했다. 이수호를 좋은 사람이라고 생각했다.

조금이라도 받을 게 생기면 이수호는 금세 태도를 바꾸었다. 가차없이 굴었다. 빚을 진 사람은 누구에게도 기대지 말아야 하고 언제라도 도망칠 만반의 준비를 해둬야 했다.

약속을 매번 어기면서도 채무자들은 하나같이 억울하다는 투로 말했다. "돈이 거짓말하지 사람이 거짓말합니까." 거짓말하는 건 역시 사람이었다. 그들은 신용을 우습게 알았다. 부채를 변제하겠다는 약속, 정해진 기일에 상환하겠다는 약속을 지키는 법이 없었다. 대출받을 당시에는 생각도 하지 않았으면서 지금에 와서는 시간의 예측 불가능성을 고려해주지 않는다고 채권자를 비난했다.

남의 돈을 가져다 쓴 주제에 "돈이 없다고 이렇게 막 해도 되는 거야?" 하고 되레 소리질렀다. "응, 그래도 돼." 이수호가 나지막이 대답하면 "돈 없으면 함부로 해도 돼? 이런 쓰레기 같은 놈들" 하고 소리쳤다. 이수호는 "나 쓰레기 맞아" 간단히 대꾸했다.

고잔동에 사는 구기인도 마찬가지였다. 처음에는 억울해하고 미안해하더니 이제는 될 대로 되라는 식이었다. 구기인에게 남은 재산은 거의 없었다. 특별한 일이 아니었다. 저축은행에서 채권이 넘어온 경우는 죄다 그랬다.

억울하게 빈털터리가 된 채무자들, 기껏해야 주머니에 든 잔돈이 전부인 사람들. 한숨이 나오는 얘기였지만 그런 식의 뻔한 사정을 이수호는 입사 이후 내내 겪었다.

어찌어찌한 사정으로 은행권 대출을 변제 못해 가압류 처분이 내려져 구기인은 저축은행을 찾았을 것이다. 저축은행은 근저당을 잡고 돈을 빌려준다. 그러라고 있는 게 저축은행이니까. 구기인은 돈을 빌리기는 하지만 먼저 압류를 풀고 그사이 집이 팔리면 빚도 갚을 수 있으리라 생각했을 것이다. 구기인이 유난히 어리석어서 그렇게 생각한 게 아니다. 그 지경이라면 누구라도 그렇게 생각한다. 집은 팔릴 뻔한다. 그것도 몇 번이나. 낡았지만 제법 터가 넓어서 단독주택을 허물고 다세대주택을 지어 임대 수익을 노려볼 만했을 것이다. 보나마나 저축은행 담당자가 여러 번 매매계약을 펑크냈을 터였다. 저축은행 담당자는 근저당권자의 동의가 없으면 근저당을 해지하거나 말소하기 어렵다는 사실을 악용했을 것이다. 빚은 불고 집은 팔리지 않으니 구기인은 또다시 빚을 내야 했을 것이다.

그러면 끝이다. 모든 걸 잃는다. 저축은행에서 구기인의 채권을 다윗으로 넘긴다. 이수호가 맡는 것은 대개 그런 식으로 다 잃은 채무자들이다. 그 지경이 되지 않으면 저축은행에서 채권을 넘길 리 없다.

이수호는 채무 발생 경위를 잘 알았다. 채무자들은 몰랐다. 함부로 돈을 가져다 쓴 주제에 빚이 생기는 경로와 빚이 불어나는 과정, 빚에 파먹히는 속도에 대해서는 이수호만큼도 몰랐다. 어리둥절해하다가 억울해하고 화내고 대드는 게 전부였다.

채무자에게 채무이행을 독촉하는 통지서를 발송하고, 이에 응하지 않는 채무자를 상대로 법원 절차를 밟아 확정판결을 받더라도 채무를 확정하는 이상의 의미는 없다. 강제집행도 마찬가지다. 건질 게 없는 경우가 많다. 그러다 파산신청이라도 하면 골치 아프다. 절차를 밟게 되면 채무독촉에 따르는 비용만 늘어나고, 받을 수 있는 돈이 원리금보다 적은 경우가 대부분이다. 어떻게든 그런 일이 벌어지기 전에 한푼이라도 건져야 한다.

구기인을 실사한 결과, 건질 건 고물상에서도 쳐주지 않을 가재도구뿐이라는 게 이수호의 판단이었다. 레스토랑에서 아르바이트를 하는 딸은 월급을 받을 때마다 소액이라도 변제하겠다고 약속했고, 실제로 두어 달 그렇게 했다. 그래봐야 겨우 오만원이나 십만원이었다. 그 정도면 이수호에게 떨어지는 건 오천원이나 만원에 불과했다. 안산까지 구기인을 찾아다니며 쓴 차비도 안 되는 액수였다.

"이 사람들 말이야, 어쩌다 이렇게 된 거 같아?"

팀장이 입사 일주일 만에 이수호에게 처음으로 채권을 넘겨주며 물었다.

"그, 그, 그게……"

이수호가 더듬거렸다. 팀장은 성격이 급했다.

"무능해서라고 하면 니가 진짜 무능한 새끼야."

그렇게 말하려던 이수호는 입을 다물고 멍한 표정으로 팀장을 봤다.

"떼인 돈 받으러 다니는 놈들도 이 정돈 알아야 돼. 왜? 그래야 안 꿀리거든. 자부심이 생기는 거야. 나는 니들 다 안다, 니들이 잘못한 건 아니다. 세상에 속은 거다, 어떻게 속았는지 내가 설명해주마. 이런 자세가 돼 있어야 해. 알았어?"

"네."

"아, 이 새끼, 아무리 봐도 예스맨이야. 뭐든지 네, 네 하기만 하고."

이수호는 고개를 푹 수그렸다. 길든 짐승에게 그러는 것처럼 팀장이 커다란 손을 들어 이수호의 머리를 쓰다듬었다. 누군가 머리를 만지면 화부터 났는데, 팀장이 그러자 눈물이 날 것처럼 고마웠다.

"잘 들어. 전문가들은 보통 이렇게 말해. 규제 없는 금융이 문제라고. 금융이 나서서 저금리 중독자를 양산한다는 거야. 금리를 낮춰서 돈을 막 빌려줘. 무리해서 빚을 지게 해. 자기 돈인 줄 알고 대출해서 차도 사고 집도 사. 돈도 없는데 다들 뭘 믿고 그러냐고? 그러게 돼 있어. 믿을 게 있다고 보는 거지. 부동산. 땅은 거짓말을 안 한다고 생각하는 거야. 그래서 아파트도 사고 땅도 사. 맞아. 땅은 거짓말 안 해. 시장이 거짓말을 하지. 시장이 얼면 부동산이 제일 먼저 얼어. 소비 침체, 가계 부실, 부동산 침체, 이건 말하자면 서로 맞물린 톱니야. 맞물려서 굴러. 구르고 구르다가 결국 서민들만 망해."

"네?"

"정부는 언제나 가계보다 은행을 먼저 구하게 돼 있어. 가까스로 시스템이 구제되면 그걸로 끝이야. 지들끼리 배불리는 거지. 개인은 파산하건 죽건 나 몰라라 해. 무슨 얘긴지 알겠어? 사람들이 바보 같아서 거지가 되는 게 아니라는 거야. 제도가 좆같아서

거지가 되는 거라고. 알겠어?"

"네."

"알긴 뭘 알아. 내가 한 말 똑같이 할 수 있어? 못하면 모르는 거야. 잘 기억해둬. 빚쟁이 중에서도 좀 배운 새끼들은 꼭 이런 걸로 잘난 척해. 자기 잘못이 아니라는 거지. 세상이 좆같겠지. 하지만 명심해. 그 새끼들 누가 시켜서 그런 게 아니야. 스스로 좆이 된 거야. 욕심내고 돈 빌려서 좆됐다고. 알았어? 성경에도 있어. 악인은 꾸고 갚지 아니하나 의인은 은혜를 베풀고 주는도다. 오죽하면 하나님이 그런 말씀을 했겠어? 꾸고 갚지 아니한 그 새끼들, 다 악인이야."

채무자의 잘못이 아니지만 결국에는 채무자의 잘못이라는 얘기였다. 그 모순된 생각은 이수호가 보기에 둘 다 진실 같았다. 구조의 문제였지만 동시에 채무자 문제였다. 채무자들은 적어도 돈을 빌리기 전에 자신이 어떤 음모에 빠진 건 아닌지 주위를 둘러봤어야 했다. 돈을 빌려 갚지 않았으니 죄인이지만, 스스로를 탓하기 전에 감당할 수 없는 대출을 어떻게 받을 수 있는지 따져봐야 했다.

물론 그걸 안다고 바뀌는 건 없었다. 가장 좋은 방법은 지킬 만한 게 조금이라도 남아 있을 때 욕심을 멈추는 것이다. 빚을 탕감할 생각이라면 집을 잃어야 한다. 그러나 채무자들은 자기 건 내놓지 않으면서 빚을 탕감해주기만을 바랐다.

구기인도 마찬가지였다. 집을 지키려다 모두 잃었다는 걸 모르는 척했다. 전적으로 빚을 권하는 사회에 속았다 생각했다. 이수호는 필히 구기인에게 아직도 남은 게 있다는 걸 상기시켜주리라 작정했다. 딸이 다니는 레스토랑 이름을 말하면 구기인은 자신에게 '남은 것'을 최선을 다해 생각할 것이다. 이수호가 할 수 있는 충고는 단 하나였다. 가급적 살아 있을 때 뭐든 해보라는 것. 죽은 후에는 아무것도 할 수 없으니까.

천천히 초인종을 눌렀다.

"접니다. 이수호요."

아무 소리도 들리지 않았다. 빈집처럼 조용했다. 인간들은 보통 이렇게 했다. 위기 앞에서 숨을 죽이고 움직이지 않는 방법으로 몸을 사렸다. 하지만 조금만 위협이 가해지면 벌레처럼 급하게 몸을 움직여 도망갈 것이다.

이수호는 팀장이 한 말을 대부분 잊지 않았지만 그중 이 말은 유독 정확히 기억했다.

"알고 보면 다 불쌍한 놈들이야. 채무자라고 때리고 협박하고 약점 잡고 못살게 굴면 되겠냐? 안 되겠지? 당연히 안 되지. 인간이 인간한테 그러는 거 아니야. 인간이 인간을 때려도 되니? 욕해도 되니? 물건을 뺏어도 되니? 당연히 그러면 안 돼. 알았어? 인간한테는 그러는 거 아니야. 하지만……"

팀장이 말을 멈추고 이수호를 쳐다봤다. 이수호는 침을 꿀꺽 삼켰다. 팀장이 히죽 웃었다. 불확실하고 모순된 웃음이었다. 한마디로 인간의 웃음.

"짐승한테는 괜찮아. 인간은 말이야. 개구리를 바위에 던져 죽여. 벌레를 손으로 꾹 눌러 죽여. 개를 발로 차. 구워먹고 삶아먹기도 해. 채무자들은 인간이 아니야. 인간이면 그렇게 무책임하고 무능력할 수가 없지. 걔들은 벌레야. 쥐야. 개구리야. 잘해야 개새끼야."

이수호는 깊숙한 데서 끌어모은 침을 뱉은 후 발로 문지르고 문을 쿵쿵 찼다. 안에 있는 짐승은 슬슬 몸을 움츠리고 있을 터였다. 현관문이 열리면 안으로 들어가 짐승을 그렇게 걷어찰 생각이었다. 만약 안 열리면 담을 넘어들어가 그렇게 하고, 담을 넘어갔는데 짐승이 없으면 어디로든 찾아가 그렇게 할 생각이었다.

더 세게 문을 걷어찼다. 이수호는 지금 쥐덫을 놓는 중이었다. 살충제를 뿌리는 중이었다. 사람의 집이 아니라 개집을 두드리는 중이었다.

12

악의가 악이 되는 것은 언제부터일까. 상상하고 품는 것만으로 악이 되는 걸까, 실행될 때 비로소 악이 될까, 실행하더라도 실패하면 악은 존재하지 않는 것일까.

악이 아니라면 얼마든지 행동을 바꾸고 거처를 옮기고 생활을 바꾸게 해도 좋은 것일까. 그렇다면 악의는 환상이나 몽상인 걸까. 환상이나 몽상은 종종 현실을 바꾸기도 하니까.

윤세오가 악의를 품은 시점은 언제일까. 김명국에게 그의 이름을 들었을 때일까. 붕대로 온몸을 휘감은 아빠를 보았을 때, 아빠에게 끝내 보라색 트렌치코트 입은 모습을 보여주지 못했을 때일까. 불에 탄 157번지에서 홀로 밤을 지새운 다음날일까. 그보다 훨씬 나중에, 아무리 해도 아빠가 끓여주는 라면 맛이 나지 않아

젓가락을 그냥 내려놓을 때, 혹은 느닷없이 아빠의 잔소리가 떠오를 때일까.

우락부락하지도 사납게 생기지도 않은 이수호를 직접 보았을 때일까. 이수호가 누군가를 죽음으로 내몰기보다 죽음을 목격하면 호들갑을 떨 겁쟁이로 보였을 때일까. 그간의 상상대로 이수호가 걸핏하면 침을 바닥에 내뱉는 걸 보았을 때일까. 모든 걸 이수호 탓으로 돌리는 건 부당하다는 걸 알았을 때일까. 그게 아니라면 악의를 증폭시킬 때에만 생겨나는 생소한 생기를 깨달은 후였을까.

그 모두가 최초의 시점이었다. 각각의 순간들이 흩어져 있다가 어느 지점에서 희미하게 하나로 이어졌다. 서로 연결되어 윤세오를 둘러싼 채 지금에 이르렀다.

윤세오에게 악의는 차갑지만 뜨겁고 단단하지만 여리고 뭉툭하지만 날카롭고 묵직하지만 가벼운 무기와 같았다. 마음이 용광로처럼 들끓다가 얼음처럼 차가워지는 것은, 그 주기가 잦고 빨라진 것은 악의의 본성 탓이었다.

말하자면 악의는 157번지에서 주워온 장도리였다. 그것을 사용한다면 묵직한 무게감 때문일 것이다. 애초에 용도를 짐작하고 챙겨넣은 것은 아니지만 장도리 스스로 용도를 찾아냈다. 어떤 때는 당장 꺼내지 않기 위해 그리 멀지 않은 훗날의 적당한 때에 반드시 기회가 생기리라고 스스로를 설득해야만 했다.

장도리로 어딘가를 가격한다면 말할 것도 없이 뇌이다. 단번에 공격하면 좋을 것이다. 뇌는 치사율이 높은 기관이니까. 심장을 겨누는 것보다 즉사에 이를 확률이 높다.

다른 곳을 가격할 수도 있다. 면적이 넓어 상대적으로 맞힐 확률이 높은 가슴이나 등, 마구 휘두르다보면 자연스럽게 닿는 팔이나 다리 같은 곳. 한 달 정도 병원에 누워 있게 하고 말 거라면 그 정도로도 괜찮다. 피하조직에 있는 모세혈관이나 정맥을 터뜨려 멍을 만드는 것으로 만족한다면 말이다. 죽일 작정이라면 어림없다.

뇌는 표면적이 신문지 한 장 정도밖에 되지 않고 무게로 따지면 몸무게의 2퍼센트, 약 1.5킬로그램 정도라고 한다. 그런 작은 뇌가 신장 백칠십 센티미터가 넘는 인간을 움직이는 것이다. 밥을 먹게 하고 버스를 타게 하고 누군가를 원망하게 하고 미움을 품게 하고 인생을 바꿀 중대한 결심과 소소한 결심을 하게 한다. 누군가에게 사기를 치거나 거짓말로 회유하고 붙잡아둔다. 누군가를 위협하고 협박하고 폭력을 가하라고 명령한다. 누군가 죽을 결심을 품게 하고 홀로 그것을 실행하게 한다.

연탄가스를 맡거나 독한 담배를 많이 피우면 산소 결핍으로 뇌 조직이 제일 먼저 손상을 입는다. 무엇보다 뇌는 고열에 약하다. 뇌가, 몸이, 집안이, 세계가 불길에 휩싸이는 고통을 차마 상상할 수 없어서 윤세오는 장도리를 힘껏 움켜쥐었다.

장도리를 쥐면 할 일이 분명했다. 무엇인가를 향해 힘을 주어

내리치는 일.

쌩.

두들겨맞은 바람이 사나운 소리를 냈다. 뇌가 움찔할 정도로 박력 있는 소리였다.

여러 번의 가격 연습을 통해 윤세오는 장도리를 든 팔을 머리 위쪽까지 들어올렸다가 단번에 내리칠 때 가장 많은 힘을 받는다는 걸 알았다. 그것은 장도리로 뇌를 공격하려면 이수호보다 커야 한다는 의미였다. 그렇지 못하므로 한 번의 가격으로는 치명상을 입히지 못한다는 뜻이기도 했다. 이수호는 이유도 모르는 공격을 피하기 위해 거세게 덤빌 것이다. 장도리를 휘두른 후 무작정 달아나야 할 텐데 곧 잡히고 말리라.

채무자의 집에서 나오자마자 다시 바닥에 침을 뱉는 이수호를 보고 윤세오는 전철역 쪽으로 걸음을 옮겼다. 이내 이수호가 뒤따르는 소리가 들렸다. 걸음이 빠른 이수호는 금세 윤세오를 앞질렀다.

퇴근길 인파로 북적이는 상가 옆 도로변에서 이수호를 놓쳤다. 몇 번이나 왔던 곳이라 방심했다. 짐작 가는 곳이 있었다. 도로 앞쪽에 즐비한 식당가. 이수호가 자주 가는 곳이었다.

근처 식당을 이곳저곳 둘러봤다. 없었다. 아무리 뒤따라다녀도 이수호의 허기와 식성을 짐작하기는 어려웠다. 전철역 쪽으로 다시 걸음을 옮기다가 이수호를 보았다. 콩국숫집에서 벽에 걸린 텔레비전을 멍하니 보며 음식을 기다리고 있었다. 이 부근에서 이수호가 그 식당에 간 것은 처음이었다.

이수호를 다시 만나게 한 것은 그동안의 관찰에 의한 통계나 가능성 높은 확률이 아니었다. 순전히 우연이었다. 그 사실을 깨닫자 이쯤에서 끝내고 싶어졌다. 더 시간을 끌 것도 없이 밥을 먹고 나오는 이수호의 머리를 가방에 든 장도리로 내려치면 될 테니까. 불시에 당하는 일이어서 이수호는 방어하지 못할 것이다. 사람들로 붐비는 곳에서 연고 없는 사람에게 폭행을 당하는 건 드문 일이 아니었다.

그럴 수 없었다. 윤세오에게 그 일은 필연이나 의무에 가까웠다. 가능한 때를 위해 충동을 참아야 했다. 충동은 윤세오가 느끼는 분노와 증오를 모두 담지 못했다. 장도리를 사용하는 것보다 좋은 방법을 찾을 수 있을 터였다. 윤세오는 그것을 찾아낼 때까지 기꺼이 악의와 동행할 생각이었다.

악의는 윤세오에게 할 일을 주었다. 슬픔을 떨치고 일어나게 했다. 기운 차려 움직이게 했다. 밥을 먹게 했고 누워만 있는 것이 아니라 이곳저곳 다니게 했다. 고시원에서의 단출한 생활을 군말 없이 꾸리게 했다. 덥고 어두운 밤 창도 없는 고시원에서 소음을 만들지 않기 위해 그저 누워만 있는 시간을 견디게 했다. 아무와도 말하지 않는 시간을 참게 했다. 재만 남은 157번지로 돌아가지 않게 했다.

윤세오는 이수호를 두고 전철역 쪽으로 천천히 걸음을 옮겼다. 입구는 한 곳뿐이었다. 붐비는 곳에 서 있으면 눈에 띄지 않고 이수호를 기다려 전철을 타고 함께 돌아갈 수 있을 것이다. 윤세오는 혼자가 아니었다. 언제 어디서건 이수호와 함께였다.

어떤 때는 하도 생각을 많이 해서 이미 그 일이 일어난 게 아닐까 싶기도 했다. 실제 일어난 일과 상상 속에서 일어난 일을 구분하기 힘들 때도 있었다. 미래의 시간인데 과거의 일처럼 여겨졌다. 일어나지 않은 일을 그려보는 게 아니라 일어난 일을 되새기는 게 아닐까 싶을 정도로 그 일에 대한 상상은 구체적이고 명확하며 세부가 뚜렷했다. 알려진 사실이나 자명한 인과가 아니라 추측과 비약에서 비롯된 것인데도 그랬다. 논리도 타당성도 없는 것이 깊이 파고들어왔다. 윤세오는 이미 그것을 분리할 수 없는 지경에 이르렀다.

13

　태양고시원은 이름과 달리 햇빛이 전혀 들지 않는 골목의 가장 깊은 곳에 있었다. 여름이라 지금은 시원하겠지만 겨울이면 말할 수 없이 추울 것 같았다. 워낙 오래된 건물인지 벗겨진 페인트가 계단 여기저기에서 너덜거리는 종이포스터처럼 흔들렸다. 입구에 박힌, 건립일과 건립시기가 적힌 기초석은 글자를 알아볼 수 없을 정도로 닳아 있었다. 계단참의 창은 유리가 깨져서 틀만 남았는데, 비가 사납게 오는 날이면 복도와 계단이 물바다가 될 게 분명했다. 일층은 곱창집 상호가 유리창에 그대로 붙은 자리에 '임대' 쪽지가 붙어 있었고, 이층과 삼층은 상호 없이 검정색 시트지가 붙은 창들이 죽 이어져 있었다. 고시원은 사층이었다.

　신기정은 일층 현관문에 붙어 있는 고시원 전화번호를 눌렀다.

"태양입니다."

"고시원인가요?"

"네, 태양이요."

"방을 좀 보려고 하는데요."

"삼십에 십이나 십삼요."

"네?"

"보증금은 삼십. 월세 십은 창 없고, 십삼은 창 있어요."

"아, 네."

"이 동네에서 제일 싸요. 다녀보면 알겠지만 이만한……"

"아뇨, 너무 싸서요."

"싸요? 그럼 십삼 들어와요. 십짜리는 내가 봐도 좀 심해요. 맨땅에 지붕 얹고 자는 거라고 생각하면 돼요. 언제 들어올래요?"

"그전에 방을 좀 보고 싶은데요."

"고시원이 다 그렇지, 뭐. 딴 데랑 똑같아요. 볼 수 있는 빈방도 없어요, 지금."

"네?"

"대기 삼번이에요. 두 달쯤 기다리면 날 거예요. 더 빨리 날 수도 있고요. 요샌 다들 고시원을 찜질방 드나들듯 하니까 알 수가 없어요. 들어올래요? 이름이 뭐죠?"

신기정은 전화를 뚝 끊었다. 그 정도로 싼 숙소가 있다는 데 놀라서가 아니었다. '들어올래요?' 하고 묻는 전화 속 여자의 말투가 무서웠다. 한번 들어가면 빠져나올 수 없을 것 같았다.

동생 때문에 시작된 일이지만 동생 때문에 시작한 것은 아니었다. 동생을 위하는 일인지 알 수 없었다. 그럴 수도 있지만 아닐 수도 있었다. 주변을 탐문하고 만나려던 사람을 대신 찾아다니는 일을 어떻게 동생이 원한다고 생각할 수 있단 말인가. 동생을 홀로 죽게 했다는 죄책감을 덜고 자신을 괴롭히는 생각들로부터 벗어나려고 시작한 일이었다. 어떻게 해서든 지금의 처지를 상기시키는 것으로부터, 원도준의 분노로부터 멀어지고 싶었다. 동생만큼 그 자리를 완벽하게 채워주는 것은 없었다.

좀처럼 원도준을 이해하기 힘들었다. 그애는 수시로 욕설이 담긴 문자메시지를 보내왔다. 그러다보니 저질스런 사진을 첨부한 성인 광고 문자, 저금리로 유인하는 대출 관련 문자, 가입하지 않은 여러 사이트의 상품 할인 정보, 시도 때도 없는 대리운전 안내 번호가 담긴 문자메시지 같은 것도 그애가 보냈다는 생각에 시달렸다.

집밖에 나가면 원도준은 저멀리에서 신기정을 노려보고 있다가 돌아갔다. 학교에 있을 시간이나 그렇지 않을 때나 가리지 않았다. 신기정네 우편함에 돌을 넣어두거나 빈 음료캔을 우그러뜨려 넣어두었다. 한밤중에 아파트 현관을 두드리고 밖에서 크게 소리를 질러 잠을 깨웠다.

여러 종류의 스팸문자를 보내오거나 아파트 공동현관 비밀번호를 알아내서 우편함에 접근하는 일, 학교에 있을 시간에 신기정네 집 앞을 배회하는 일을 원도준이 어떻게 해내는지 조금만 생각하면 자신의 의심에 허점이 많다는 걸 알았을 것이다. 신기정은 생각하지 않았다. 자신에게 일어나는 나쁜 일을 모두 원도준 탓으로 돌렸다.

처음에는 화가 났다. 원도준이 느끼는 원망과 피해의식, 거기에서 비롯된 분노와 증오는 다분히 과장되어 있었다. 어려서부터 인생에 걸릴 것이 없고 지나치게 보호받으며 성장해온 아이답게 자신이 부당한 대우를 받을 수 있다는 걸 상상하지 못했다.

조금 지나자 자학이 시작됐다. 제대로 못한 것들이 떠올랐다. 아이들을 통제할 목적으로 수행평가 점수를 이용한 일, 뻔한 내용에 질려 과제물은 보는 둥 마는 둥, 평소 태도와 그간의 성적만으로 점수를 매긴 일, 그러다보니 개개인의 노력이나 성과와 상관없이 인상과 편견에 따라 점수를 주게 되는 일, 말끝마다 노골적으로 핀잔하거나 진심을 담아 빈정거린 일, 사정을 무관심하게 듣고 흘린 일, 칭찬에 인색하고 의도를 의심하고 추궁한 일, 업무에 대한 피로감을 아이들에게 내비친 일.

신기정은 이미 그애에게 당할 만큼 당했다. 처벌을 받은 것은 원도준이 아니라 그녀였다. 그녀는 사회적으로 합의된 방식으로 징계를 받았다. 원도준은 단숨에 피해자가 되어 무사히 빠져나갔다. 그런 식의 자의적 처벌이 아니었다면 원도준을 가해할 방법은 없었을 것이다.

선생으로서 교육 차원에서 학생을 두어 대 때리는 게 고의로 선생을 곤란에 빠뜨리는 것보다 나쁘단 말인가. 경우에 따라서는 그랬다. 신기정도 알았다. 무엇보다 그녀의 행동에는 악의가 담겨 있었다. 신기정이 잠깐이나마 울분을 잠재우는 순간은 원도준을 후려칠 때의 짜릿한 기분이 떠오를 때였다. 신기정은 자신의 징계를 그 때문이라고 이해했다. 나쁜 생각은 생강이나 마늘처럼 냄새가 강해서 일단 품으면 숨길 수 없는 것이라고.

진심 어린 사과를 하면 용서 받을 수 있을까. 잘못한 게 뭔지 모르는데 진심이 담길까. 아이의 분노가 사그라들면 개운할까. 삶이 다시 시작되는 기분일까.

사과를 하려고 해도 원도준이 외면할 것이다. 얼마 전 마주쳤을 때 신기정은 원도준을 큰 소리로 불렀다. 원도준은 힐끗 돌아보았으나 멈추지 않고 계속 달렸다. 신기정은 절박한 심정으로 그애를 쫓았다. 혼내려는 게 아니야. 그렇게 생각했지만 신기정의 모습은 화가 나서 뒤따르는 사람처럼 다급했다. 이렇게 계속 거리를 유지한다면 원도준과 영영 얘기 나눌 기회를 얻지 못할 터였다.

붙잡을 수 없을 만큼 원도준이 달아나버린 후에는 차라리 안도했다. 얘기를 나누지 못해 다행이었다. 원도준에게 해소된 기분을 주지 않아 마음이 놓였다. 그애는 누군가의 미움을 받고 다른 사람을 탓하고 원망하는 세계에 사는 게 당연했다. 다른 누가 그렇게 한 게 아니었다. 자초했다.

　그렇게 생각하려 해도 잘 되지 않았다. 화해의 기회를 잃어버렸다. 기회를 놓친 것이 원도준인지 자신인지 알 수 없었다. 그저 피하고 싶었다. 사는 곳을 바꾸거나 집 전화번호를 바꿀 수는 없었다. 그러려면 엄마에게 모두 털어놓아야 했다. 그러지 않을 작정이었다. 엄마가 알게 된다면 그녀는 위로받지 못할 것이다. 엄마는 유일한 자부였던 딸이 회복 불능의 상태가 될지 모른다는 사실에 절망할 것이다. 실제로 그렇게 될까봐 두려워할 것이다. 이렇게 말할지도 모른다. "네가 걔처럼 되면 어떡하지." 신기정 역시 엄마가 생각하듯이 '그애'처럼 별 볼 일 없는 인생으로 전락할까봐 겁이 났다.

　신기정은 중학생 때 갓난아이였던 동생을 처음 만났다. 동생의 엄마네 집에서였다. 집에 홀로 있을 엄마를 생각하니 아이가 예쁜 걸 티낼 수 없었다. 엄마에게서 아이에 대한 경멸과 혐오가 고스란히 전달되었다. 이 아이 때문에 엄마가 고통스러워한다는 게 느껴졌다. 아빠는 이 아이 때문에 행복해 보였다. 아이는 언제나 방긋거리고 더러운 줄도 모르고 손가락을 빨고 간혹 발가락도 빨고 알아들을 수 없는 말을 옹알거렸는데 그게 몹시 귀여웠다. 신기정은 동생 때문에 삶이 대체로 양가적인 것으로 이루어져 있다는 사실을 어렴풋이 깨달았다.

　신기정은 미움을 받고 싶지 않았으므로 엄마가 좋아하는 것이나 아빠가 바라는 것을 먼저 물었다. 자신의 생각보다 부모의 기대에 따름으로써 불화를 줄였다. 때로는 원하는 걸 알 수 없어 그렇게 했다.

여러모로 동생의 삶은 신기정보다 나아 보였다. 동생은 일찌감치 원하지 않는 것을 제쳐두는 능력이 있었다. 신기정의 엄마로부터 사랑을 받으려고 애쓰지 않았고 그 때문에 딱히 불행해하지 않았다. 늘 엄마가 살뜰히 챙겨주는 신기정은 끊임없이 애정결핍에 시달렸지만 동생에게는 그런 게 없었다.

자신은 언제나 성실하고 계획적으로 사는데도 불안하고 걱정이 많은데, 동생은 어째서 조용하지만 용기 있고, 가진 게 없으면서 여유있고, 미래가 불확실한데도 즉흥적일까. 무엇이 동생의 삶을 그렇게 만들었을까. 무엇이 그런 동생을 죽음으로 내몰았을까. 뒤늦은 질문에 윤세오가 답을 해줄 수 있지 않을까.

주소지 근처에서 157번지를 찾지 못해 몹시 헤맸다. 골목은 모두 비슷하게 생겼고 번지수를 표시해놓은 집이 거의 없었다. 여러 차례 왕복하는 동안 신기정은 돌아가고 싶은 걸 꾹 참았다. 이번 방문으로 모든 게 끝나리라 생각해서였다. 그게 무엇인지 모른다는 게 문제였지만.

부동산 사무실을 거쳐 위치를 확인한 후에 157번지를 찾을 수 있었다. 그제야 부동산 주인이 157번지라는 말에 왜 그토록 경계하는 눈빛을 띠었는지 알 것 같았다. 신기정이 다시 부동산에 찾아가 그 집에 대해 묻자 주인은 아무 말도 하지 않으려 들었다. 이상했다. 사람들은 보통 좋지 않은 일을 쉽게 떠벌리려고 하지 않나. 아마도 157번지에는 그 정도의 경박함도 허용할 수 없는 일이 벌어진 모양이었다.

난감했다. 윤세오 역시 만날 수 없다는 걸 확인했을 뿐이다. 신기정은 천천히 골목길을 걸어나왔다. 모든 게 끝나리라 생각했는데 시작조차 못했다. 어떻게 시작해야 할까.

경찰은 그러길래 별 도움이 안 될 거라고 하지 않았느냐고 핀잔했다. 신기정은 꿈쩍도 하지 않고 담당 경찰을 쳐다보았다. 마치 그가 157번지에서 윤세오를 빼돌리기라도 한 것처럼. 담당 경찰이 답답하다는 듯 자기도 그리 한가하지 않다고 푸념했다.

신기정은 경찰의 협조가 어려운 상황에서 도움을 청할 수 있는 업체를 떠올렸다. 얼마간 망설였으나 생각보다 간단했다. 직접 찾아갈 필요도 없었다. 전화로 설명했고 계좌로 착수금을 넣었다. 직원은 흔쾌히 말했다.

"걱정 마십시오. 곧 됩니다."

장담과는 달랐다. 얼마 후 다시 전화를 걸어온 직원은 간단치 않은 일이라고 말을 바꿨다. 개통된 휴대전화도 없고 신용카드 사용 내역이나 인터넷 접속 기록을 찾을 수 없다고 했다.

신기정은 의례적인 일이라고 생각했다. 어려울수록 비용이 높아지니까. 쉬운 일도 어렵다고 해야 직성이 풀리는 사람들일 것이다. 이런 일이 처음이므로 신기정은 속지 않으려고 바짝 긴장했다. 하지만 이미 입금한 착수금이 아까워 직원이 추가비용을 말할 때마다 머뭇거리며 인터넷뱅킹에 접속했다.

의기양양한 목소리로 전화가 걸려온 것은 의뢰한 시점으로부터 석 달쯤 지나서였다.

"떴습니다. 떴어요."

구직 사이트에 접속한 기록을 찾았다고 했다. 구인공고를 낸 한 슈퍼마켓에 이력서를 넣었다는 것이다. 이력서에 전화번호가 기재되어 있었다. 태양고시원 번호였다.

동생과는 학교 시절 친구였을까. 얼마나 친하게 지냈을까. 157번지에 살던 윤세오, 슈퍼마켓 취업을 희망하는 윤세오, 태양고시원에 머물고 있는 윤세오, 휴대전화도 없이 고시원 번호를 제 것으로 사용하는 윤세오. 동생을 만나기라도 하는 것처럼 두근거렸다.

고시원은 좁은 복도를 사이에 두고 양쪽으로 출입문이 여백 없이 붙어 있었다. 문 하나당 방이 하나일 텐데, 믿기지 않는 간격이었다. 폭이 일 미터도 안 되는 복도는 깊었고 대낮인데도 어두웠다. 복도에서 무슨 냄새가 계속해서 났는데, 얼마 전에 다녀온 157번지와 비슷한 변고를 당한 것처럼 보였다. 재난이나 다름없었다. 이렇게 좁은 방이 다닥다닥 붙어 있다니. 복도에 있을 때보다 방안에 있을 때 재난이 될 게 분명했다.

신기정은 433호의 문을 가만히 두드렸다. 그 소리가 복도에 울렸다. 안에서는 아무 소리도 들리지 않는가 싶다가도 무슨 소리인가 계속해서 들렸다. 텔레비전 소리, 라디오 소리, 물 떨어지는 소리, 웅얼거리는 소리, 콧노래 소리, 냉장고 소리, 선풍기 팬 돌아가는 소리, 물 끓는 소리, 물건 떨어지는 소리, 의자 끄는 소리, 딸꾹질 소리 같은 것들. 사방에서 그런 소리가 들렸다. 433호에서 나는 것인지 다른 방에서 나는 것인지 알 수 없었다.

잠시 후 방문이 벌컥 열렸다. 433호는 아니었다. 오른쪽 방이었다. 부스스한 검은 그림자가 열린 문 사이로 빠져나왔다. 그림자는 검은 연기처럼 보였다가 이내 물컹거리는 점액질로 바뀌었다. 점액질의 물체가 발을 질질 끌면서 서서히 복도 끝 어둠으로 스며들었다. 복도는 다시 텅 비었다. 신기정은 하릴없이 433호 문고리를 돌려보고는 공기가 통하지 않아 후덥지근한 복도를 걸어 고시원을 빠져나왔다.

14

　동생의 방문은 늘 닫혀 있었다. 몇 년 전 말없이 사라졌을 때에
도, 돌아온 후에도, 다시 얼마간 집을 떠났을 때에도, 신기정 혼자
서 동생의 간소한 장례를 치른 후에도. 그녀는 닫힌 방문을 한 번
도 이상하게 여기지 않았다. 그 방은 다용도실이나 창고처럼 늘
문이 닫혀 있는 게 자연스러웠다.

　태양고시원을 다녀오고 나서야 그 방에 들어가봤다. 방은 비교
적 잘 정돈되어 있었다. 사용하는 사람이 없어 여름임에도 냉랭한
기운이 감돌았지만 창고나 지하실에서 느껴지는 냉기는 아니었
다. 잘 소독되고 정돈된 병원과 유사한 느낌이었다.

　방을 조금 둘러보았지만 먼지의 층으로 시간을 짐작하는 것 말
고는 어떤 것도 알아낼 수 없을 것 같았다. 주인이 방을 떠나면서

일부러 정리하고 치워둔 느낌이었다.

잠긴 서랍을 무심히 넘기지 않았다. 공구함에서 스크루드라이버를 가지고 와서 여러 번의 시도 끝에 책상 서랍을 뜯어냈다. 요란한 소리를 듣고 엄마가 달려왔다. 엄마는 동생 방 문을 넘어서면 큰일난다는 듯 팔짱을 끼고 문턱에 서서 혀를 찼다.

"뭘 찾길래 이 난리니. 그나저나 앤 도대체 뭐하는 거니. 방학이 돼도 안 오고 전화 한 통 없고. 어른을 우습게 봐도 유분수지."

신기정은 대꾸하지 않았다. 동생이 죽었다는 사실은 되도록 늦게 말할 생각이었다. 언제 말하든 그 사실이 변하지는 않을 테니까. 엄마의 반응에 상처를 받을 것 같았다. 엄마가 어떻게 하든 동생은 상처받지 않을 것이다. 이미 죽어버렸으니까.

약속이나 짧은 일기 같은 걸 적어놓은 수첩은 어디에도 없었다. 탁상용 달력에는 하다못해 자기 생일도 표시되어 있지 않았다. 서랍에서 두어 권의 노트가 나왔으나 모두 사용하지 않은 것들이었다. 갈피를 넘겨가며 책을 들춰봤지만 밑줄도 그어져 있지 않았다.

책 제목이 힌트가 되지 않을까 싶어 죽 소리내어 읽어보았다. 미학이론, 로버트 카파 그는 너무 많은 걸 보았다, 아로마 냄새의 문화사, 작은 것들의 신, 황천의 개, 첫사랑, 만엔원년의 풋볼. 그 책들은 동생이 다방면에 관심을 가졌으나 어느 하나 깊이 파고들지 않았다는 걸 알려줄 뿐이었다. 동생은 이 방에 자신을 알려줄 만한 단서를 하나도 남겨두지 않았다.

신기정은 동생이 늘 덤벙대고 칠칠치 못하고 자기 의견을 내거나 주장할 줄 모르고 남의 집에 들어와 산다는 자격지심을 당당하고 천진하게 웃는 것으로 바꿔버렸다고 생각해왔다. 어쩌면 동생은 갑자기 생긴 가족과 조화를 이루는 방법으로 완벽하게 자신을 숨기는 쪽을 택했는지도 몰랐다. 이런 일이 벌어질 줄 예상하고 자신에 관한 모든 것을 평소 깨끗이 정리하고 치워둘 만큼 철두철미한 성격일 수도 있었다.

내친김에 신기정은 동생이 졸업한 고등학교를 찾아가봤다. 담임선생은 동생을 기억하고 있었다. 동생이 실종되었다고 하자 몹시 놀랐다. 그편이 나을 것 같아서 순간적으로 둘러댔다. 담임이 동생과 친하게 지내던 몇몇 아이들의 연락처를 알아봐주었다.

연락이 닿은 친구 중 신기정을 만나러 와준 아이는 한 명뿐이었다. 연락처가 아예 바뀐 아이도 있고 동생의 이름을 대자 무뚝뚝하게 대응하며 별로 안 친했다고 잡아떼는 아이도 있었다. 자신을 대하는 태도에서 친구들이 동생을 탐탁지 않게 여기며 동생의 소식을 전해듣고 싶어하는 아이는 하나도 없다는 것, 새삼 그 언니로부터 연락온 것을 마땅찮아한다는 게 느껴졌다. 이해했다. 친구의 가족으로부터 오랜만에 걸려오는 전화가 반가울 리 없었다.

신기정을 만나러 와준 아이는 대학을 졸업하고 공무원 시험을 준비하고 있다고 했다. 대체로 그럴 나이였다. 뭔가를 준비하거나 준비한 것에서 실패하고 다시 시도할 나이. 뭔가를 끊임없이 채우려 하지만 채워진 것 없는 나이.

동생과 같은 반이었던 그애는 인사만 하는 정도로 지냈고 졸업한 후에는 연락하지 않았다고 했다. 슬쩍 떠봤지만 동생의 가족관계나 그로 인한 갈등 같은 건 잘 모르는 것 같았다. 동생의 버릇이 무엇인지, 좋아하는 연예인이 누구였는지도 기억하지 못했다. 신기정이 뭘 묻건 "걘 조용히 웃기만 해서……"라고 대답했다. 나중에는 친하지도 않으면서 이 자리에 나온 걸 미안해했다.

"실은 소문이 돌았어요."

알 만한 친구를 소개해줄 수 없느냐고 부탁하자 머뭇거리며 그애가 말했다.

"무슨 소문요?"

"걔한테 당했다고요. 반갑게 전화해서 알바 소개해준다고 하길래 아무 생각 없이 나갔더니 다단계였대요."

"다단계요?"

"네, 그게 소문이 쫙 퍼졌어요. 저한테까지 얘기가 들어올 정도였으니까요. 그때 방송에서도 좀 시끄러웠거든요. 불법 다단계가 어쩌고저쩌고…… 걔네가 거지밥을 먹고 혼숙한다는 소문도 돌고 막 그랬어요. 하도 겁을 줘서 오랜만에 친구한테 전화가 걸려오면 무조건 다단계라고 의심할 때였어요. 그런데 정말로 걔한테 전화가 왔어요. 한 번도 통화 같은 걸 해본 적 없는 사인데…… 진짜 안 친했거든요. 이름하고 얼굴하고 잘 매칭이 안 되는 정도였으니까요. 친구들한테 얘기들어보니까 다 그런다더라고요. 졸업 앨범 보고 계속 전화만 한대요. 걔가 이름을 말하는데 워낙 들은 얘기가 많아서 아는 체도 안 하고 바로 끊어버렸어요."

"그럴 수 있죠."

"죄송해요. 말을 들으면 막 홀릴까봐 겁났거든요. 그런 애들이 진짜로 말을 잘한다고 그러더라고요. 잠깐만 들어도 다 속는다고요. 그리고 나서는 얼마 동안 계속 전화가 왔어요. 저도 안 받았죠. 그러더니 안 왔고요."

이거였을까. 동생이 꽁꽁 숨겨놓은 비밀이. 다단계라는 걸 알게되자 퍼즐의 첫 조각도 맞추지 않았는데 이미 그림이 다 그려지는 것 같았다. 경찰이 알려준 동생의 부채도 이것과 관련된 모양이었다. 동생은 성공하기 위해 돈을 걸었고 그것에 실패해 빚을 졌고결국 책임지지 못해 목숨을 내놓은 것이다.

신기정은 그 아이로부터 여러 단계를 거쳐 동생의 회유로 다단계 합숙에 들어간 적 있는 친구들을 만났다. 그애들을 만나서는 동생이 죽었다는 사실을 털어놓았다. 수월하게 사정을 설명하려면 그게 가장 나았다. 놀람과 판에 박힌 위로의 말이 반복됐다.

친구들은 하나같이 말했다. 동생이 얼마나 열성적으로 자신을속이려 했는지, 그곳에 붙잡아두기 위해 어떻게 위악적으로 굴었는지, 허황된 꿈에 현혹된 말을 얼마나 되풀이했는지. 그애들의말을 어디까지 믿어야 할지 알 수 없었다. 하지만 믿고 말고 할 것

도 없이 그런 일은 흔했다. 그녀가 알던 동생과 영 다르다는 것은
변명이 안 됐다. 그녀가 아는 동생과 친구들이 아는 동생은 당연
히 다를 수밖에 없었다.

신기정의 굳은 표정을 본 동생 친구가 억울하다는 듯 말했다.

"저도 걔 때문에 거기에 석 달이나 있었어요. 한 학기 휴학했고
요. 등록금을 몽땅 날렸어요. 엄마한테 얼마나 혼났는데요."

"동생 얘기가 그렇게 믿을 만하던가요?"

"그때는 그랬어요."

"그럼 누가 동생을 거기로 데려갔나요?"

"걔 상부요?"

"상부요?"

"상부라인. 휴, 아직도 기억하잖아요. 얼마나 들었는지. 거기선
다 그렇게 말해요. 상부라인, 하부라인."

"친구를 데려가면 하부가 생기는 거예요?"

"제가 걔 하부였죠."

"동생의 상부가 누구예요?"

신기정의 목소리가 조금 떨렸다. 드디어 윤세오와 동생의 연결
고리를 찾아낸 것 같았다.

"부이라는 사람이었어요."

"부이요?"

"네, 고등학교 선배였는데, 걔 남자친구였어요."

동생에 관한 모든 것이 신기정에게는 처음이었다. 남자친구가 있었다는 것도 생소했다.

"윤세오는요? 윤세오라는 사람도 거기에 있었어요?"

"윤세오는 누군데요?"

"들어본 적 없어요?"

"혹시 같이 죽었어요?"

　동생 친구가 금세 미안한 표정을 지었다. 미안한 일은 아니었다. 죽음에 대해 둔감하고 무례하게 굴어도 좋을 나이였다.

　집에 돌아온 신기정은 네트워크마케팅에 관한 책을 찾아봤다. 책에서는 노동의 방법을 조금 바꾸는 것으로 인생의 한 시기를 단축할 수 있다고 했다. 인적 네트워크를 활용하라는 것이다. 중간 도소매 단계를 거치지 않고 소비자가 직접 판매원이 되어 연쇄적인 인적 소개를 통해 시장을 확대해나가는 방식이다. 하부라인을 기하급수적으로 양산한다면 일 년 안에 일반 사무원의 삼십구 년 연봉에 해당하는 돈을 벌 수 있다.

　삼십구 년이라는 수치가 어떻게 나온 것인지 책에서는 명확하게 설명하지 않았다. 대신 수익구조를 반복적으로 설명했다. 하부조직원이 한 명인 경우, 두 명인 경우, 점점 늘어나 열 명이 되는 경우, 그 하부조직원이 다수의 하부조직원을 거느리게 되는 경우 벌 수 있는 어마어마한, 실감나지 않는 급여 비율 같은 것 말이다.

　핵심은 일 년만 투자하면 삼십구 년이 편해진다는 것이다. 일

년을 참으면 반드시 성공하니 처음 몇 개월의 고생은 일종의 투자금으로 봐야 한다. 끈질기게 살아남아야 뭐든 할 수 있다. 포기하는 것은 그저 확실한 실패일 뿐이지만 일 년을 버티면 성공 가능성이 높아진다.

누구나 성공하는 게 아니라 누구나 고생하다가 결국에는 망한다는 소리를 믿는 사람이 있을까. 이상적인 상황을 과장하여 노력하면 큰돈을 벌 수 있다고 되뇌는 말을. 신기정은 의아했지만 믿는 사람이 제법 많은 걸로 봐서 어딘가 믿을 만한 구석이 있는 게 분명했다.

신기정은 멈추지 않았다. 이번에는 부이라는 사람을 찾기 위해 다시 학교로 갔다. 신기정의 직업이 선생이어서 비교적 수월하게 도움을 받을 수 있었다.

과정은 수월했지만 부이를 찾지는 못했다. 전화번호는 결번이었고 주소지에는 다른 사람이 살고 있었다. 부이가 진학한 것으로 알려진 대학에는 그런 신상의 재학생이나 졸업생이 없다고 했다.

신기정은 부이라는 이름을 여러 번 소리내어 불러보았다. 동생의 이름을 쓰고 그 옆에 부이라고 적은 후 각각의 이름을 동그라미로 둘러쌌다. 둘러싼 동그라미를 선으로 이었다. 하부라인과 상부라인의 구조가 만들어졌다. 이번에는 윤세오의 이름을 적고 세 개의 이름을 각기 감싼 동그라미를 가능한 방향으로 연결해보았다. 맨 처음 동생이 있다. 그다음 윤세오, 그리고 부이. 순서는 얼마든지 바뀔 수 있었다. 어디로 선을 긋건, 윤세오-동생-부이로 연결되는 선이건, 동생-부이-윤세오로 이어지는 선이건, 그들은 서로 연결되어 있었다. 상상 속에서는 모든 게 가능했다. 그 세 이름 중 신기정이 제대로 아는 사람은 하나도 없기 때문이었다. 신기정은 여러 방향으로 뻗어나가는 동시에 각자의 자리에 머무는 그 선을 뚫어지게 쳐다봤다. 마치 거기에 그 사람들이 있는 것처럼. 이름을 보면 세 사람의 얼굴이 보이기라도 하는 것처럼.

함께 연결되어 있던 시절에는 그들도 차마 몰랐을 것이다. 그들 중 누군가 몇 년 후 외로이 죽음을 맞게 되리라는 것을. 그들 누구도 그 죽음을 애도하는 일에 참여하지 못하리라는 것을.

15

김우술은 그간 채용에 지나치게 고집을 부렸다. 채용 전문 사이트를 통해 이력서를 받을 때도 그랬다. 마음에 드는 지원자가 몇 명 있었다. 활달하고 성실해 보이는 사람들이었다. 정작 그 사람들은 슈퍼마켓을 직접 보고는 마음에 들어하지 않았다. 자신들이 근무할 직장이 아파트 부속 상가의 작은 구멍가게에 불과한 것에 노골적으로 실망한 표정을 지었다. 김우술이 면접 삼아 뭔가 질문을 던지면 시큰둥하게 대답하거나 오히려 연간 매출이 얼마나 되느냐고 물었다.

그럴 바에야 가게를 직접 보고 지원하는 사람을 채용하는 게 낫겠다 싶었다. 헬프서비스 플래너 모집. 크게 써서 유리문에 붙여뒀다. 신재형이 허세를 부린다며 비웃었다. 김우술 역시 그 말이

썩 내키는 것은 아니었지만 의미가 불분명해서 고집을 부렸다. 무슨 일을 하는 거냐고 물어오는 사람이 있다면 당장 뽑을 생각이었다. 그러나 이력서를 내거나 채용 문의를 해오는 사람은 없었다.

"저렇게 애매하게 써놓으니까 그렇죠. 직원, 스태프, 함께 일하실 분, 도우미, 이런 말이 널렸는데 헬프서비스 플래너가 뭐예요, 도대체."

슈퍼마켓의 유일한 직원인 신재형이 구시렁거렸다. 본인의 말대로라면 허구한 날 과중한 업무에 시달려 과로사 직전에 놓여 있었다.

"그러라고 저렇게 써놨어. 딱 보고 뭔지 알아차릴 만큼 센스가 있어야지. 모르면 창피해하지 말고 당당하게 물어보거나. 저게 뭐냐고, 저게 뭔지 모르겠다고, 왜 말을 못해."

"그냥 평범하게 써놓는 건 어때요? 아르바이트 모집, 간명하잖아요."

"싫어. 정규직 뽑을 거야."

"사장님도 참…… 그게 구직자를 위하는 게 아닐 수도 있다니까요. 누가 이런 슈퍼마켓에서 정규직으로 일하고 싶어해요."

"니가 곱게 자라서 모르는 거야. 비정규직의 설움을 너무 몰라."

"암요, 전 사장님처럼 명예퇴직 당해본 적도 없는데요."

"사장한테 말하는 태도를 보니 곧 당하겠는데?"

"원하는 대로 뽑으면 되잖아요. 알바 하겠다면 알바, 정규직 하겠다면 정규직."

"그래, 알았어. 이력서 받으면 일단 무조건 면접은 볼게."

농담처럼 그렇게 말했던 터라 윤세오가 이력서를 내밀었을 때 김우술은 신재형부터 흘깃 살폈다. 신재형은 오후시간에 배달이 밀리면서 이곳저곳 다니느라 얼굴이 쑥 내려 있었다. 죽겠다는 소리가 엄살이 아니라는 것쯤은 김우술도 알았다.

'얼른 받아요.' 신재형이 눈으로 재촉했다. 김우술은 모르는 척 신재형에게서 고개를 돌리고 '이게 뭡니까?' 하는 눈빛으로 흰 봉투와 윤세오를 번갈아 보았다. 윤세오는 멀뚱히 아래를 내려다보았다. '이력섭니다'라고 대답하며 꾸벅 허리를 숙이거나 '잘 부탁합니다'라고 공연한 인사말을 하거나 좋은 인상을 남기기 위해 상냥하게 웃지도 않았다. 손에 들고 있지만 그게 뭔지 모르겠다는 태도였다. 어떻게 반응해야 좋을지 고민하는 것도 아니었다.

할 수 없이 김우술이 먼저 입을 뗐다.

"이력선가요?"

윤세오가 희미하게 고개를 끄덕였다. 그랬다. 정말 희미하게 움직였다. 윤세오는 몸집이 큰 편이었다. 덩치라면 김우술의 아내를 빼놓을 수 없는데, 그녀보다도 큰 것 같았다. 아내는 조금만 움직여도 커다란 그림자가 일렁였는데, 윤세오는 정물처럼 몸의 움직임을 전혀 느낄 수 없었다. 그림자조차 그 자리에 붙박인 것 같았다. 고개를 끄덕인 것도 실제로 그렇게 한 것이 아니라 그저 느낌에 지나지 않았다. 실제로는 어떤 움직임도 느낄 수 없었다. 정확히 말하면 눈꺼풀이 떨리듯 조금 흔들리기는 했다.

"우리는 헬프서비스 플래너를 뽑아요. 그게 무슨 일을 하는 사람 같아요?"

목소리를 들어보기 위해 김우술이 질문을 던졌다.

"장사하는 일 아닌가요?"

느릿느릿 윤세오가 대답했다. 뜻밖에도 마음에 들었다. 김우술이 절대로 뽑지 않으리라 생각한 답변이 몇 개 있었다. 고객 감동이나 고객 행복 같은 말을 섞어 대답하는 것. 서비스를 과잉 포장한 답변은 질색이었다. 슈퍼마켓은 물건을 파는 곳이지 서비스를 파는 곳이 아니었다. 친절 운운하며 지나치게 감정을 소모해서는 안 되었다. 이왕이면 친절한 게 좋지만 좋은 물건을 파는 게 기본이었다. 자본, 비즈니스, 영업, 마케팅, 서비스 같은 말로 장사를 그럴듯하게 꾸민 답변도 별로였다. 쓸데없이 의미를 부여하는 건 피곤했다. 슈퍼마켓에서의 일은 공산품을 사고파는 게 전부라고 해도 좋았다.

그렇다고 윤세오를 채용할 생각은 아니었다. 아무리 친절 봉사가 중요한 게 아니라고 해도 이렇게 그림자처럼 무뚝뚝하고 덩치 큰 여자를 뽑을 수는 없었다. 윤세오 말대로 명색이 장사인데, 장사는 화폐를 매개로 재화를 공급하는 일이고, 슈퍼마켓에서 화폐를 내주는 건 역시 사람이니 말이다.

"우린 남자를 뽑아요."

거짓말을 하는 데 어쩐지 용기가 필요했다. 거대한 그림자처럼 뭉개진 실루엣에서 오히려 더 큰 존재감이 느껴졌다. 그게 신기하고 낯설어서 김우술은 윤세오를 계속 지켜봤다. 윤세오는 별로 아쉬워하는 기색도 없이 때이른 보라색 트렌치코트 주머니에 천천히 이력서를 집어넣고는 슈퍼마켓 밖으로 빠져나갔다.

신재형이 비겁하다는 듯 김우술을 쳐다봤다. 김우술은 딴청을 부리다가 벌떡 일어서 밖으로 나가서는 근린공원 쪽으로 가는 윤세오를 불렀다. 작게 두 번, 크게 한 번. 뒤돌아보는 윤세오의 얼굴에 일자리를 얻게 될지도 모른다는 기대나 설렘 같은 건 보이지 않았다. 고작해야 슈퍼마켓이어서는 아닌 것 같았다. 한 가지 표정밖에 지을 줄 모르는 것 같았다.

본격적인 면접을 위해 좁은 창고에서 윤세오와 마주앉았다. 김우술은 천천히 윤세오가 내민 이력서를 펼쳤다. 예상대로 경력 없이 단출한 이력서였다. 다니던 대학을 중퇴한 후에는 아무 일도 하지 않은 것으로 되어 있었다. 얼핏 계산해도 대략 오 년 정도의 공백이 있었다. 그동안 이 사람은 뭘 한 걸까. 의문과 함께 김우술은 스스로에게 의아해졌다. 왜 이 사람을 궁금해하지. 얼핏 알 것도 같았다. 간절하거나 절박해 보이지 않아서였다. 뭔가 다른 계산이 있어서 그러는 건 아닌 것 같았다. 자연스럽게 그런 태도가 나왔다. 연연하지 않는 태도 말이다. 그 생각은 다른 질문의 답이 되었다. 왜 이 여자를 채용하려는 걸까, 하는 질문.

김우술은 조금 망설이다가 손을 내밀었다. 윤세오는 멀뚱히 김우술을 쳐다봤다. 아무래도 잘못 생각했나 싶었지만 결정을 번복하지는 않았다. 스스로 납득할 수 있는 이유는 있었다. 윤세오는 더이상 채용을 미루면 안 될 시기에 나타났다.

헬프서비스는 고객이 전화로 주문하면 용도에 맞춰 재료를 손질하고 밑간을 한 후에 배달해주는 서비스였다. 인근 아파트 단지는 소형 평수가 많아 젊은 맞벌이 부부의 거주 비율이 높았다. 그들을 상대로 원하는 물건을 원하는 시간에 가져다주는, 한마디로 대신 장을 봐주는 일을 시작해보자고 제안한 사람이 신재형이었다.

아파트 단지에 광고 전단지를 붙이고 신문에 끼워 돌렸다. 재료를 손질해주는데 비용도 저렴하다는 입소문이 나면서 고객이 꾸준히 늘고 단골도 제법 생겼다. 맞벌이 부부가 저녁 찬거리를 주문하는 경우가 가장 많았다. 아기용 이유식 재료나 손님맞이 음식 재료 같은 것들도 꾸준히 나갔다.

윤세오에게는 계산대 일을 맡겼다. 오후에는 간간이 주문을 처리하는 일도 부탁했다. 배송지별로, 배송시간대별로 상품을 손질해 종이 박스에 꾸려넣는 일이었다. 공산품의 경우 선호하는 브랜드를 물어 물건을 담기만 하면 되니 어려울 게 없었다. 물론 그때에도 유통기한이나 포장 상태 등을 꼼꼼히 따져야 했다. 유통기한

이 얼마 남지 않았거나 제품 상자가 우그러진 물건을 보내면 고객들은 슈퍼마켓이 재고를 떠넘겼다고 생각했다. 채소나 육류, 생선 등의 주문은 손질이 까다로웠다. 신선도는 물론이고 크기나 양이 늘 말썽이었다. 주문을 받을 때 철저히 따져 묻지 않으면 시비가 일기 일쑤였다.

윤세오는 재료 손질 전후를 사진으로 찍어 매번 고객 휴대전화로 전송했다. 배송 상자에 재료 손질 상태를 알기 쉽게 정리한 메모를 넣어뒀다. 제가 한 일을 과시하는 법도 없었다. 김우술이 배송 전에 우연히 상자를 열어보지 않았다면 몰랐을 터였다.

처음의 무뚝뚝한 인상대로 윤세오는 서비스직에 어울리지 않게 표정이 없었지만 불친절한 것은 아니었다. 신재형과 김우술의 쓸데없는 대화에 유쾌하게 끼어들지는 않지만 가만히 귀 기울여 듣고 있었다. 출근할 때와 퇴근할 때 나누는 인사말 빼고 하루종일 한마디도 하지 않을 때가 많았는데, 간혹 무표정한 윤세오를 웃기고 싶다는 생각도 들었다. 그애가 이 슈퍼마켓에서의 삶을 무척이나 동경하는 듯 보이면서도 자주 이 모든 것이 의미 없다는 듯 무심한 태도를 취해서였다. 둘 다 진심처럼 보인다는 게 의아했다.

16

연립주택을 포함한 재개발 예정지 일대에 철거 통지문이 나붙으면서 동네에는 빈집이 많아졌다. 그 탓에 이른 아침의 공원도 조금 한산해졌다고 했다. 열을 지어 에어로빅을 하는 노인의 수가 줄었다는 것이다. 김우술의 말에 따르면 처음에는 노인 몇 명이 띄엄띄엄 흩어져 몸을 풀던 것이 에어로빅 강사 출신 노인이 섞이면서 군무가 되었다가 재개발 지구 주민들이 속속 이사를 나가면서 다시 소규모로 줄어들었다고 했다.

적은 수이긴 하지만 열을 이룬 노인들이 큰 소리의 음악에 맞춰 절도 없이 몸을 움직이는 걸 보고 있으면 윤세오는 기분이 좋아졌다. 아침마다 아령을 들고 구령을 붙이며 입으로만 운동을 하던 아빠가 생각났다.

한 무리의 에어로빅 군단이 지나가면 배드민턴 클럽이 공원을 차지했다. 라켓을 든 사람들이 셔틀콕 없이 허공을 가르거나 허리를 앞뒤로 구부렸다 펴며 몸을 풀었다. 공중에 셔틀콕이 날기 시작하면 윤세오는 그 규칙적인 왕복운동과 연립주택 쪽을 번갈아 지켜보았다.

출근을 서두르는 직장인들이 근린공원을 지나쳐 역 쪽으로 걸어갔다. 그중에 이수호도 있었다. 배드민턴 한 세트가 끝날 즈음, 윤세오가 앉은 자리에서 연립주택 현관을 나서는 이수호가 보였다. 이수호는 물기가 덜 마른 뒷머리를 손으로 털며 전철역 쪽으로 빠르게 걸어갔다. 윤세오도 몸을 일으켜 따라갔다.

이수호가 나타나면 몸에 힘이 들어갔다. 일 미터 정도로 가까워지면 가슴이 바짝 얼어붙었다. 누군가 몸을 결박하는 것 같았다. 이수호가 볼 리 없는데도 자연스러워 보이려 애썼다. 지나치게 의식한 탓에 어떤 때는 뚫어져라 이수호의 뒷모습을 쳐다보았고 어떤 때는 아예 쳐다보지도 못했다.

윤세오는 그간 이수호의 일정과 행동반경, 출근시간과 귀가시간, 만나는 사람들을 꼼꼼히 기록해왔다. 우편물을 이용해 집 전화번호나 생년월일 같은 것을 알아뒀고 가족관계를 유추했다. 식성과 사소한 습관도 알아냈다. 현재 담당하는 채무자가 누구인지, 그의 빚이 얼마나 되는지도 알 수 있었다. 그런 정보들이 이수호의 행동을 예측하게 하리라 생각했다.

아니었다. 상황과 감정은 도무지 알아차릴 수 없었다. 이수호는 자주 윤세오가 짐작 못한 식당에 갔다. 한 달 내내 팥칼국수를 먹지 않다가 일주일간 점심마다 팥칼국숫집에 갔다. 매번 지하철을 타고 가던 길을 느닷없이 버스로 가기도 했다. 집으로 돌아갈 때도 마찬가지였다. 전철에서 내리면 대개 번화한 상가 쪽 도로를 이용해 집으로 돌아갔지만 드물게 아파트 공사현장 쪽으로 갈 때도 있었다. 사무실 동료들과의 술자리에서 어떤 날은 술을 진탕 마셨고 어느 날은 한 모금도 마시지 않았다. 채무자에게 욕설을 퍼부을 때도 있지만 부드럽게 달랠 때도 있었다. 채무자의 집 현관문을 거칠게 걷어차기도 했고 초대받은 손님처럼 벨을 눌러 차분히 기다리기도 했다.

예외 없이 하는 행동은 실내에서 바깥으로 나오면 침을 뱉고 신발로 문질러 흔적을 없앤 후 담배를 한 대 피운다는 정도였다. 줄담배를 피우는 것은 아니고 장소가 바뀔 때면 낯을 익히듯 담배를 피워 물었다.

이수호에 대한 완벽한 통계나 절대적 확신은 불가능했다. 윤세오는 어렵게 그 사실을 깨달았다. 그러므로 하루종일 아무 일도 하지 않고 이수호를 지켜보는 건 무의미했다. 얼마라도 벌어 생계를 도모하는 게 나았다. 재정적으로 그럴 수밖에 없는 시점이었다.

돈이 없어 이수호를 뒤따르지 못하는 날이 늘었다. 어떤 날은 차비만 가지고 겨우 따라다녔다. 기다리다 놓치고 다시 따라잡았으나 결국 놓쳤다. 이수호가 택시라도 타는 날에는 따를 재간이 없었다. 뒤따르다 허기가 지면 더 악착같아졌다. 악의는 쉽게 가난과 결탁하고 기꺼이 돈독해졌다. 윤세오는 무력하게 그것을 지켜봤다.

일자리의 기준은 간단했다. 최소한의 생계를 가능케 할 것, 이수호의 주거지와 가까울 것. 인터넷 사이트에서 슈퍼마켓 구인 공고를 본 것은 몇 개월 전이었다. 지역을 중심에 두고 지원 가능한 업체를 검색하는 중에 이곳이 나왔다. 서류를 접수했고 휴대전화가 없어 고시원 연락처를 적어뒀다. 면접을 보라는 연락 같은 건 오지 않았다. 그럴 법했다. 백지나 마찬가지인 이력서가 눈에 띌 리 없었다. 근방의 편의점에서 아르바이트를 구하는 게 가장 현실적인 방안이었다.

전철역부터 연립주택에 이르는 길목에 세 곳의 편의점이 있었다. 아르바이트생을 뽑는 곳은 한 곳도 없었지만 언젠가는 뽑겠지 싶어 이력서를 내뒀다. 두 달쯤 지나 그중 한 곳에서 연락이 왔다. 면접을 보고 돌아가는 길에 연립주택 근처에 들렀다가 뜻밖에도 슈퍼마켓 유리문에 구인 공고가 붙은 것을 보았다.

뜻밖에 합격했을 때는 기뻤다. 오랜만에 느끼는 감정이었다. 이수호 근방에 머문다는 생각이 윤세오를 기쁘게 했다. 윤세오에게 악의는 일시적으로 파동을 일으키고 사라지는 감정이 아니었다. 이수호와의 아침 출근길 동행 때마다 그것을 확인했다. 악의는 생활에 지치지 않았다. 오히려 생활을 부추겼다. 이수호와 멀지 않은 곳에 있고 언제든 마음만 먹으면 그 일을 치를 수 있다고 생각해야 비로소 보통의 일상이 가능해졌다.

슈퍼마켓에서의 일은 재미있었다. 스캐너를 갖다대면 숫자가 찍히고 다시 갖다대면 합산된 금액이 표시되는 과정이 썩 마음에 들었다. 어떤 우연이 끼어들지 않고 논리도 필요 없었다. 바코드를 인식 못해 수동으로 코드번호를 입력하거나 적립을 하지 않아 계산을 취소하고 다시 결제하는 일이 종종 생겼지만 그런 게 아니라면 느닷없달 게 생기지 않았다.

가장 좋은 것은 손님이 계산대에 올려둔 물건이나 헬프서비스를 이용해 주문한 상품을 볼 수 있다는 점이었다. 많이 팔리는 즉석식품과 과자, 요구르트, 계산대 앞에서 충동적으로 집어드는 껌이나 젤리, 건전지 같은 것, 신선식품과 세제, 생수의 브랜드도 기억해뒀다. 슈퍼마켓 계산대는 일상이 사소한 공산품들을 소비하는 과정이라고 일러줬다.

지난 몇 년간 윤세오는 물건을 싸게 사려고 슈퍼마켓별로 가격을 비교해본 적이 없었다. 관공서에 가서 삼십 분 넘게 줄을 서거나 담당자를 찾아 이 부서 저 부서를 헤맨 적도 없었다. 물건을 환불해주지 않는 판매원과 입씨름해본 적도 없고 애프터서비스 센터에 전화를 걸어 약속을 잡고 방문시간을 재확인하고 정해진 시간에 도착해달라고 간청해본 적도 없었다. 그런 일은 다 아빠가

했다. 윤세오는 그런 일상을 피해 집에서만 지냈다.

슈퍼마켓에서의 시간이 좋기만 한 건 아니었다. 오래전 알았던 사람과 닮은 얼굴을 만날 때도 있었다. 닮은 사람이 아닌데도 누군가 윤세오를 빤히 쳐다보면 몹시 당황했다. 얼굴이 달아오르고 손이 떨렸다. 당장이라도 윤세오의 이름이 불려질 것 같았다. 그런 일은 일어나지 않았다. 그저 결제를 위해 내민 카드나 잔돈을 기다리며 쳐다보는 것이었다.

용기를 내어 손님들 얼굴을 힐끔거리다가 다소 엉뚱한 생각에 빠질 때도 있었다. 이런 얼굴은 도대체 몇 살쯤 된 얼굴일까 하는 생각. 윤세오가 나이를 정확히 아는 사람은 자신뿐이었다. 자신을 보면 스물일곱 살의 얼굴이라는 게 이런 것일까 싶었다. 살이 찐 게 아니라 부어 보이는 얼굴. 부당한 일을 겪었다는 듯 불만에 가득찬 입술. 화가 난 것처럼 입꼬리가 처지고 입술선을 따라 팔자 주름이 도드라진 얼굴. 딱히 피곤하지 않아도 눈꺼풀이 처져 있어 졸리고 무료해 보이는 눈매.

이것이 보통 스물일곱의 얼굴이라면 이수호의 얼굴은 스물아홉의 얼굴이라고 할 수 있을까. 그렇다면 피로하고 따분해 보이면서도 신경질적이고 피해 의식에 젖어 굽실거리는 이수호의 얼굴은 윤세오가 곧 가지게 될 얼굴일까.

더불어 이것저것 물건을 고르는 사람들을 보면서 그들이 막 스무 살이 되었을 무렵에는 무슨 일을 하고 있었을까 하는 생각도 했다. 어떻게 스무 살을 통과해야 이런 슈퍼마켓에서 생수를 사고 시금치를 고르고 즉석밥을 사는 사람이 될 수 있을까.

그러다보면 조미연이 생각났다. 실은 그애를 잊은 적이 없었다. 표면에 떠오르는 때와 그렇지 않을 때가 있을 뿐. 그애는 어디에서 이런 생활을 하고 있을까. 언제부터 이런 것들이 가능해졌을까. 그때로부터 얼마나 시간이 지나서 사람들과 자연스럽게 얘기를 나누게 되었을까.

신재형이나 김우술과 얘기를 나누면서 윤세오는 자신의 대화 능력이 현저히 떨어진다는 것을 알았다. 아빠와만 얘기할 때는 아무 문제가 없었다. 집에서 지내는 동안 드라마와 뉴스, 버라이어티 프로그램을 자주 보았다. 포털에서 이슈가 되는 일은 잘 봐뒀다. 어떤 사건에 대해서 의도치 않게 소상히 알게 될 때도 있었다. 실제의 대화는 텔레비전 속의 상황이나 인터넷 정보와는 달랐다. 말은 까먹지 않았지만 대화는 잘 되지 않았다.

대화의 방법을 잊었거나 적당한 화젯거리가 없어서는 아니었다. 두 사람을 보면 자신이 다른 사람과 어울릴 처지가 아니라는 게 실감났다. 농담에 정색하고, 웃고 싶어지면 되레 무뚝뚝해지는 게 그 때문이었다. 미래를 생각하지 않고 격의 없이 얘기를 나누기가 미안했다. 상상 속에서 이수호를 두고 날마다 벌어지는 일을 생각하면 그들과 우정을 나누는 것이 두려웠다.

두 사람은 윤세오와는 다른 세계에 속해 있었다. 선의를 가진 인간들의 세계. 그러나 인간이 선량한 존재라는 생각에 취해 있을 때 꼭 그런 것만도 아니라는 사실도 그들이 일러주었다. 시시한 비아냥거림을 아무렇지 않게 툭툭 내뱉고 실없는 웃음을 터뜨리고 기분 나빠 툴툴대다가도 의기투합하는 걸 보면 인간은 선과 악 같은 구분과 상관없는 존재였다.

그런 생각이 들 때면 윤세오는 이 작은 슈퍼마켓에 자신을 내맡기고 싶어졌다. 사람이 서로에게 덫이 되거나 먹이사슬로 긴밀하게 연결되어 있거나 원망과 분노를 품는 것이 아니라, 즐겁게 일하고 뭔가를 시도해보고 동료라 부를 수 있는 사람들을 사귀고 함께 농담하고 얘기를 나누는 것에서 자신을 발견하고, 그러는 데에서 소소한 행복을 깨닫는 삶을 살아보고 싶었다.

헛된 바람이었다. 늦어버렸다. 일단 마음에 품은 악의는 없던 것이 될 수 없었다. 그것은 어떤 식으로든 내면을 좀먹었다. 이수호를 떠올리면 윤세오는 쉽게 상처와 거짓말과 죽음과 분노의 세계로, 협박과 조롱과 폭력과 비아냥이 빈번한 곳으로 돌아갔다. 그것은 이수호만의 세계가 아니었다. 윤세오는 이미 그 세계와 낯을 익힌 적이 있었다. 한때는 윤세오의 세계이기도 했다.

17

그 무렵의 일은 언제고 불쑥 떠올랐다. 이수호를 뒤따라다닌 후로는 더 심해졌다. 누군가를 지켜보고 감시하는 일이 누가 뭐래도 그 시절의 일부여서인 것 같았다.

뭐든지 할 수 있지만 아무것도 할 수 없던 시절, 벗어나고 싶지만 어디로 가야 할지 모르던, 벗어나 도달한 곳이 다시 벗어나야 할 곳이 되던 시절, 밤과 낮이 같고 여름과 겨울이 같고 오늘과 내일이 같은 시절이었다. 생각해보면 지금과 별다르지 않았다. 당시는 그걸 몰랐다. 생의 가장 참혹한 시기를 지나는 줄 알았다. 그 시절을 건너고 나면 또다른 시절을 건너기 위해 발목을 적셔야 한다는 걸 알 수 없었다.

집 밖으로 나오기 시작한 후 윤세오는 자주 조미연을 닮은 사람

들을 만났다. 조미연과 비슷한 마른 체격, 무뚝뚝해 보이지만 친
숙한 사람만 알아볼 수 있는 가벼운 웃음, 어깨까지 오는 숱많은
검정 머리, 단조로워 보이지만 디테일이 들어간 옷이나 가방. 조
미연의 유일성에 비해 그런 사람은 흔했다.

그런 사람을 목격하면 얼어붙었다. 허둥대느라 넘어져 시선을
끌었다. 앞질러 걸어가 노골적으로 얼굴을 살피기도 했다. 어떻게
든 조미연이 아니라는 걸 확인해야 마음이 편해졌다. 동시에 이토
록 오랫동안 모습을 드러내지 않는 것에 화가 났다. 모순된 감정
때문에 아직도 그 시절이 지속되고 있다는 것을 깨달았다.

조미연과는 어린 시절부터 단짝이었다. 함께 자라다시피 하면
서 우정뿐만 아니라 의리나 가족애 같은 것도 품고 있었다. 뭐든
지 얘기할 수 있었다. 무슨 말이든 오해하지 않고 들어주는 사람
은 없다. 오로지 조미연뿐이었다. 오해를 두려워하지 않고 아무
말이나 하는 사람도 없다. 조미연과만 가능했다. 둘은 틈만 나면
얘기하고 또 얘기했다. 혼자만 아는 것을 서로가 샅샅이 알게 될
때까지 그렇게 했다.

간혹 윤세오는 조미연의 귓불을 만지작거렸다. 보드랍고 작게
멍울진 귓불을 만지작거리고 있으면 미연의 입술이 살짝 벌어졌
다. 윤세오는 뭔가 얘기를 하거나 들으면서 미연이 벌어진 입술
사이로 숨을 내뱉는 걸 지켜보았다. 조미연의 숨이 닿을 때마다
알 수 없는 곳이 간지러웠다.

조미연은 초등학생일 때 귀를 뚫고 반짝거리는 큐빅 귀고리를 달았다. 귀고리가 달려 있을 때 귓불을 만져본 적은 없었다. 그것은 액세서리의 일부처럼 보였다. 중학교에 올라가 단속이 심해지면서 조미연은 더이상 귀고리를 하지 못했다. 귀를 뚫은 자리는 한번 상처가 생기면 절대로 처음과 같이 아물지 않는다는 걸 보여주듯 멍울이 남았다.

다른 친구들은 윤세오가 조미연의 귓불을 만지작거리거나 긴 속눈썹을 천천히 쓸어내리는 걸 보면 기겁했다. 윤세오는 오직 자신만 할 수 있는 그 일을 결코 그만두지 않았다.

고등학교에 입학한 후 조금씩 달라졌다. 처음에는 시간이 부족해서라고 생각했다. 다른 학교에 다니게 되면서 설명해야 할 것이 점차 많아졌다. 하다못해 체육복의 색깔까지 알려줘야 했다. 윤세오는 조미연이 하나도 빼놓지 않고 얘기하기를 바랐으나 그게 불가능하다는 걸 깨달았다. 더이상 예전처럼 완벽하게 아는 상태가 될 수 없음을 받아들여야 했다. 조미연은 어땠는지 모르지만 윤세오에게는 시간이 걸리는 일이었다.

게다가 조미연은 자기 얘기를 하기는커녕 윤세오의 얘기를 듣는 일도 벅차게 느꼈다. 전화 통화를 하는 동안 계속해서 손으로 뭔가 달그락거리는 소리를 냈다. 형식적으로 대꾸하다가 윤세오가 의견을 묻거나 동의를 구하면 들키지 않으려고 얼버무렸다. 만나서 얘기할 때도 윤세오가 귓불을 만지려 들면 얼굴을 굳히며 슬쩍 뒤로 물러났다. 굳이 말리지는 않았으나 굳은 표정을 풀지 않았다. 윤세오는 모른 척했다. 그런 무심함과 정색하는 태도는 윤세오가 좋아하는 조미연의 일부였다.

윤세오도 모든 걸 얘기한 건 아니었다. 조미연이 조금씩 달라진다는 게 그녀에게는 가장 큰 고민이었다. 어떤 화제는 얘기를 꺼내는 순간 결정적인 것이 되는데, 이 얘기가 그럴 것이었다.

자랄수록 조미연은 냉담하고 변덕스러운 성향이 강해졌다. 기분 내키는 대로 상냥하고 친절했으나 대체로 무심했다. 가끔 윤세오는 조미연의 비위를 맞추고 있다고 느꼈다. 언젠가는 힘들어지는 때가 올 거였다. 예전에는 조미연을 잘 안다고 생각했는데, 이제는 아니었다. 조미연이 아버지 없이 자라서 그러는 게 아닐까 싶어 가엽게 여기기도 했다. 조미연에게 우월감을 느끼고 싶거나 우정에 아무런 보상도 없다 싶을 때면 드는 생각이었다. 반대로 조미연이 윤세오의 지나친 애착을 엄마가 없는 탓이라고 여기면 몹시 화가 났다.

무슨 얘기인가 해주기를 기다리면서 말없이 있는 시간이 늘었다. 귓불을 만지는 일도 더이상 하지 않았다. 주로 두 집의 중간쯤 되는 놀이터에서 만났는데 멀거니 그네를 타거나 벤치에 앉아 있었다. 침묵을 의식하게 되자 비어 있는 그네를 보는 일이나 한쪽으로 기운 시소, 아무도 오르지 않는 정글짐, 녹슨 미끄럼틀 같은 것을 지켜보는 게 조금 힘들어졌다.

그간 나눈 이야기는 모두 어디로 사라져버린 걸까. 이야기들이 서로의 몸에 핏줄처럼 새겨진 줄 았다. 아니었다. 이야기들은 지구의 깊은 틈으로 곤두박질쳤다. 차가운 협곡 아래로 빠졌다. 어두컴컴한 동굴 속으로 들어갔다.

윤세오는 조미연의 시간을 상상해보았다. 자신과 마찬가지로 조미연에게는 혼자만의 시간이 있었다. 당연했다. 없을 리 없지 않은가. 그 시간에 뭘 하는지, 어떤 생각을 하는지는 각자의 호흡법과 숨의 간격이 다르듯 다를 수밖에 없었다. 그것은 그림자처럼 전적으로 개인에게 속한 공간이자 시간이었다. 그것을 어째서 이제야 안 걸까. 윤세오는 어리석게도 애착과 집념을 우정으로 오해해왔던 것이다. 부끄러웠다.

그런 생각을 한 후에도 윤세오는 자신만의 우정을 포기하지 않았다. 조미연을 먼저 배려하고 이타적으로 굴어야 한다고 생각했다. 그렇게 할수록 참기 싫은 자괴감이 비밀스럽고도 단단히 자랐다.

시간이 지나면 괜찮아질 거라는 희망을 꺾은 사람이 부이였다. 부이는 조미연과 같은 고등학교 친구였다. 미연의 얘기 속에 부이라는 남자아이가 등장하는 횟수가 늘면서 윤세오는 풀이 죽었다. 부이 얘기를 하는 동안 조미연은 들떴다. 대수롭지 않은 장난을 되새기며 자주 싱겁게 웃었다. 사소한 것을 반복해서 얘기했다. 정작 어떤 얘기는 하다 말고 멈췄다. 윤세오가 졸라도 결코 이어서 말해주지 않았다. 아마도 부이와 관련한 얘기일 거라고 짐작했다.

조미연은 부이에게 숫제 경외심을 갖고 있었다. 부이가 무척 재치 있고 관대하며 사려 깊고 상냥하다고 했다. 부이가 좋아하는 것들을 얘기할 때면 마치 자신이 좋아하는 것을 말할 때처럼 기분이 들떴다.

윤세오도 부이를 본 적 있었다. 학원에서였다. 윤세오가 있으면 조미연은 부이와 데면데면 굴었다. 그런 상황을 부자연스럽게 받아들인 것은 윤세오뿐이었지만 의식하지 않을 수 없었다.

윤세오는 그애가 영 별로였다. 솔직히 말하면 싫어하는 쪽이었다. 부이를 친구로 택한 조미연의 안목에 실망할 정도였다. 부이는 지나치게 활동적이었다. 지루한 걸 견디지 못하는 것 같았다. 툭하면 썰렁한 말을 내뱉었다. 조미연을 딱히 좋아하는 것 같지 않았다. 그 점은 다행이었다.

어느 휴일, 버스에서 우연히 부이를 만났다. 부이가 먼저 아는 체했다.

"웬일로 혼자야? 늘 붙어다니더니?"

그 말을 듣자 기분이 좋아졌다.

"참, 오늘 미연이 어디 간다고 했지."

곧바로 이어진 부이의 말에 기분이 상했다. 모르는 얘기였다. 어젯밤 통화에서 아무 말도 듣지 못했다. 부이에게 들은 것과 추측한 것 때문에 멍해졌다. 윤세오는 조미연의 행선지를 묻는 대신 부이에게 어딜 다녀오느냐고 물었다.

"교회."

부이가 짧게 대답하고는 창 쪽으로 시선을 돌렸다. 윤세오는 부이가 진지하고 심각한 면모를 가장하고 있다고 생각했다. 하지만 부이는 그저 할말이 없었을 뿐이었다. 윤세오는 잔뜩 삐뚤어져 있었다. 미연을 사이에 두고 부이와 싸우느니 친구가 되는 편이 낫다는 생각을 겨우 해냈다. 부이에게는 애당초 그럴 마음이 없었지만.

"티셔츠 예쁘다. 잘 어울려."

"그래?"

뭔가 내키지 않는 듯한 대답이었다. 질문을 더 하지 않는 게 좋지 싶었다. 하지만 그게 뭔지 알아내고 싶어졌다.

"어디서 샀어?"

부이 역시 윤세오가 그저 티셔츠에 관심이 있는 게 아님을 알아챈 것 같았다. 어깨를 으쓱하고는 그만이었다.

"이런 프린트 흔치 않거든."

알록달록 커다란 부엉이가 프린트된 티셔츠였다. 얼룩말이나 호랑이였더라도 그렇게 말했을 것이다. 아무 무늬가 없더라도 상관없었다. 부이는 무슨 생각을 하는지 킥 웃었다.

"왜?"

윤세오가 다정하게 물었다. 따져묻는 것처럼 보이면 비밀스럽게 굴 테니까.

"미연이랑 너 말이야. 참 비슷하다 싶어서."

부이가 말했다. 으스대는 말투였다. 뭔가를 알고 싶어하는 사람에게 과시하거나 폭로하고 싶을 때 쓰는 말투. 시시한 부류의 아이들이나 그런 말투를 썼다. 부이가 그랬다.

조미연이 부이와 어떤 대화를 나누길래 비슷하다고 하는지 상상이 되지 않았다. 부이는 조미연에 대해 무엇을 알고 있는 거지. 얼마나 많은 얘기를 했기에 성격이나 취향, 말투 같은 것을 비슷하다고 말할 수 있는 거지. 도대체 미연은 부이에게 어떤 얘기를 털어놓는 거지.

미연에 대해 잘 아는 듯 구는 부이는 확실히 충격을 주었다. 윤세오는 완화할 방법을 궁리했다. 조미연이 모르는 사실을 부이에게만 알려주고 싶었다. 조미연이 그런 것처럼 자신도 비밀을 만드는 것이다. 얼마간은 유지되지만 결코 지켜질 리 없는 비밀을.

윤세오는 다시 교회에 나가기 시작했다. 부이가 다니는 곳이었다. 부이는 입이 가볍거나 자랑하기 좋아하는 성격이 아니었다. 그래도 언젠가 말할 것이다. 비밀로 품을 생각이 없을 테니까.

교회에 세번째 간 날, 윤세오는 부이에게 시계를 주었다. 아이들 사이에서 선풍적으로 인기 있는 스포츠시계였다. 미연에게 사주려고 모아오던 돈을 털었다.

예배가 시작되기 직전을 택했다. 아이들이 우르르 몰려와 구경하지 않을 시간. 관심을 가질 아이가 영 없지도 않을 시간.

"이게 뭐야?"

포장지에 답이라도 쓰여 있는 것처럼 부이가 상자를 이쪽저쪽으로 돌려봤다.

"선물."

"그러니까 나한테 왜 주냐고."

뜻밖이어서 불만이라는 표정으로 부이가 말했다. 고마워하는 기색은 없었다. 포장지를 풀어볼 생각도 안 했다.

"네 생일이잖아."

"사 개월 있다 오는 생일 말하는 거야, 팔 개월 전에 지나간 생일 말하는 거야?"

말투만 들어서는 좋아하는 건지 싫어하는 건지 알 수 없었다.

"둘 다. 올해도 축하하고 내년 생일도 미리 축하해."

"가족도 대강 지나가는 생일인데, 너한테 한꺼번에 두 번이나 축하 받을 줄은 몰랐네."

확실했다. 내키지 않아했다. 선물을 돌려받게 될지도 몰랐다.

"남들 다 줄 때 주면 재미없잖아."

그 말에 부이의 표정이 조금 풀어졌다. 짐작 못할 일이 벌어지는 건 즐겁기도 하니까. 부이는 조금 머뭇대다 고맙다고 짧게 말했다. 윤세오는 그게 마음에 들었다. 부이가 머뭇댄 것도, 결국 선물을 받아준 것도.

"안 열어봐?"

"나중에 볼게."

순전히 귀찮아서 그러는 것 같았다. 부이가 서둘러 예배실로 들어가려고 했다. 윤세오가 부이의 팔을 잡았다.

"아무한테도 말하지 마."

"응?"

"그거 말이야, 선물."

부이가 몸을 돌려 윤세오를 마주보았다.

"누구한테 말하지 말라는 거야?"

"모두에게. 아무한테도 얘기하면 안 돼."

"난 그런 거 싫어해. 이거 다시 돌려줄게."

"받아줘. 네 거야."

윤세오는 간절하고 수줍은 투로 말했다. 그럴수록 비밀은 가치가 생긴다. 비밀이 무거우면 반드시 새어나가게 마련이다.

"네가 선물을 주려던 건 말하지 않을게. 그러니 이건 다시 가져가."

부이가 윤세오 손에 선물을 쥐여주고 예배실 안으로 들어가버렸다. 윤세오는 눈물이 날 것 같은 기분을 꾹 참았다. 어쨌거나 생겨난 비밀에 대해서만 생각하려고 했다. 겨우 비밀을 품게 되었는데 몹시 속이 상했다.

얼마 지나지 않아 윤세오는 학원에서 아이들이 자신을 두고 수군거린다고 느꼈다.

"얘기해도 되는지 모르겠는데……"

윤세오가 무슨 일이냐고 물어보자 같은 학교 친구가 기다렸다는 듯 입을 뗐다. 그렇게 시작되는 것치고 들을 만한 얘기는 없지만 윤세오는 참았다. 딱히 공부를 잘하는 것도 아니고 성격이 좋지도 않고 조미연과만 붙어다니는 윤세오를 아이들은 탐탁지 않아했다. 무슨 말인가 해준다는 건 윤세오에 관해서거나 조미연에 관한 얘기라는 소리였다.

짐작이 맞았다. 직접 이름을 말하지 않으려고 일부를 훼손했지만 그것은 윤세오의 일이기도 했다. 그날 들은 얘기 중에는 윤세오가 부이에게 한 일도 있고 한 말도 있었다. 아마 부이나 조미연도 실제로 한 말도 있고 한 일도 있을 것이다. 하지만 떠도는 동안 부풀려지고 덧붙여진 얘기가 더 많았다. 윤세오조차 그중 어떤 것이 실제이고 어떤 것이 꾸며진 것인지 구별할 수 없었다.

바로잡아야 할 게 있지만 모른 척했다. 애쓴다고 뜻대로 될 리 없었다. 이런 소문은 어쩌다 퍼지는 게 아니었다. 잠잠해지려면 시간이 걸렸다. 윤세오가 걱정하는 것은 소문이 확산되는 게 아니었다. 떠돌다가 과장되는 부분이 생겨 터무니없다 여겨질까 걱정됐다.

당장은 아니더라도 조미연도 소문을 듣게 될 것이다. 내용을 모르더라도 수군거리는 아이들의 태도에서 뭔가 눈치챌 것이다. 뒤늦게 전해 듣고는 과장되었다거나 사실이 아니라고 말하고 싶을 테지만, 어떤 일은 사실일 테니 참을 것이다. 떠도는 얘기 속에서 세 사람 가운데 주도적인 역할을 하는 것은 조미연이었다. 소문은 조미연에게 불리하게 돌아갔다.

둘은 그에 대해 아무 말도 하지 않았다. 소문의 내용에 대해서나 해명이 필요한 부분에 대해서 입을 다물었다. 그럼에도 아무렇지 않은 척 간간이 만났다. 하지만 두 사람 모두 부이 얘기는 꺼내지 않았다. 피해야 할 화제가 생기면 어떤 얘기는 아예 말할 수 없고 어떤 얘기는 일부만 말할 수 있었다. 그 때문에 윤세오는 부이가 언제나 그들 곁에 있는 느낌을 받았다.

어느 날 저녁의 놀이터에 홀로 앉아 있는 윤세오 옆으로 누군가 다가왔다. 조미연이었다. 윤세오는 옆을 돌아보지 않았고 조미연은 먼저 말을 걸지 않았다. 얼마쯤 시간이 지나 윤세오가 고개를 돌려 먼저 조미연에게 물었다.

"무슨 할말 있어?"

"넌 할말 있니?"

날카로운 윤세오와 달리 조미연이 부드럽게 되물었다. 살짝 웃기도 했다. 먼 웃음이었다. 윤세오는 그게 뭔지 모르겠어서 입을 다물었다. 희미하게나마 욕심과 질투가 평범한 우정에 어떤 힘을 휘두르는지, 관계가 완전히 틀어지는 것이 얼마나 쉬운지를 깨달았다.

그뿐이었다. 두 사람은 얼마간 더 잠자코 앉아 있었다. 목구멍에서 쏟아져나온 얘기들이 윤세오의 입안에 고였다. 철근을 삼킨 것처럼 무거웠다. 이제 털어놓고 싶었다. 질투, 조미연의 냉담함, 부이를 사이에 둔 긴장의 부자연스러움 같은 것을. 부이에게 주려던 시계와 부러 만들어낸 소문에 대해서.

그 침묵 속에서 윤세오는 우정을 망친 것이 다름아닌 자신이라는 것을 분명히 알게 되었다. 윤세오는 아직도 조미연을 위해 어떤 것이라도 할 수 있음을 증명하고 싶었다. 변함없는 애정을 털어놓고 그간 저지른 일을 사과하고 싶었다. 어린 시절에 그랬던 것처럼 귓불을 만져보고픈 강렬한 욕망에 시달렸다. 참았다. 그저 손가락 끝을 허벅지에 대고 초조하게 두드렸다.

이런 상황을 상상해본 적 없다는 것에 윤세오는 당황했다. 자신의 어리석음을 처음 깨달은 것처럼 후회되었다. 좀처럼 차분해질 수 없었다.

18

전화는 삼 년 만이었다. 의심부터 해야만 했을까. 다정하게 이름을 부르고, 오랫동안 부르지 못해 아쉬웠다는 듯 활짝 웃으며 사흘 만에 안부를 묻는 사람처럼 "뭐하고 있었어?" 하고 조미연이 물었을 때 말이다.

전화를 건 상대가 조미연임을 알고 윤세오는 잠시 주저했다. 대답하는 대신 질문을 그녀에게로 돌렸다.

"넌 잘 지냈어?"

"좀 바빴어. 그래도 재밌게 잘 지내지."

조미연이 대답했다. 흔쾌한 게 뭐 어렵냐는 투였다.

"세오 넌 어디야, 집이야?"

"응."

대학에 입학하고 네번째 맞는 방학이었다. 아빠는 상가 재개발에 밀려 적자를 면치 못하던 공구가게를 정리하는 중이었다. 폐업과 함께 빚이 남을 것이었다. 어쩌면 다음 학기는 휴학을 해야 할지도 몰랐다.

"넌 어디야?"

"난 휴학하고 일하고 있어. 놓치기 아까운 일인데 운좋게 취직이 됐어. 요즘 같은 때 정말 어려운 일이잖아."

어색해서 무슨 말을 꺼내야 할지 모르는 윤세오와 달리 조미연은 이런 순간을 견뎌야 하지 않겠느냐는 듯 명랑하게 말을 이어갔다.

"우리 한번 만나야 하는데. 그지?"

점심을 먹었냐거나 아침에 연예인 스캔들 뉴스를 보았냐고 묻는 투였다.

윤세오가 할말을 찾지 못해 가만히 있는데, 수화기 너머에서 누군가 조미연을 부르는 소리가 들렸다. 조미연이 수화기를 멀찌감치 떨어뜨리고 "네, 팀장님. 곧 가겠습니다" 하고 대답했다.

"세오야." 조미연이 말했다. "정말 미안해. 지금 팀장님이 급하게 좀 보자셔. 같이 회의할 게 있거든. 갑자기 끊어서 미안해. 다시 전화해도 되지?"

윤세오는 조미연이 앞에 있는 것처럼 고개를 끄덕이다가 통화중이라는 걸 깨닫고 "그래, 다시 통화하자"라고 말했다. 윤세오가 당황한 것은 조미연이 미안하다고 말해서였다. "정말 미안해"라니. 예전의 미연은 절대로 사과하지 않았다.

다시 전화가 걸려오지 않았다면 조미연의 변덕이려니 생각하고 말았을 것이다. 만나자는 게 빈말이 아니었다는 듯 조미연은 나서서 시간과 장소를 정했다. 그 과정에서 조미연은 이전과 많이 다르지 않았다. 의견을 묻지 않고 일방적으로 시간과 장소를 알려줬다. 예전과 같다니, 얼마나 다행인가. 다만 친하지 않다는 걸 의식했는지 이전보다 다정하고 배려하는 말투였다.

윤세오는 조금 들떴다. 가게를 정리하며 자주 한숨을 내쉬는 아빠 몰래 쇼핑도 했다. 강남역으로 가는 도중에 약속 장소를 교대 근처로 바꾸자는 연락을 받았다. 번거롭게 만든 것에 대해 조미연은 지나치게 정중한 느낌으로 여러 번 사과했다. 윤세오는 이상한 기분에 사로잡혔다. 이전의 그녀라면 장소를 바꾸는 데에 그럴 만한 이유가 있으니 딱히 미안해하지 않았을 것이다. 윤세오 역시 조미연을 배려가 없다는 이유로 비난한 적은 없었다. 그 정도는 양해가 되는 관계였다.

교대역으로 가려고 지하철을 갈아타다가 조미연이 삼 년 만의 전화를 왜 하필 근무시간에 걸었을까 의아해졌다. 윤세오라면 근무가 끝나고 집에 돌아가 홀로 우두커니 남은 밤을 택했을 것이다. 밤은 곧잘 외로움을 충동질해서 불쑥 연락할 용기를 주기도 하니까.

조미연은 어떤 오후를 보내길래 일을 하던 중에 윤세오를 떠올린 걸까. 팀장이 급하게 찾을 정도로 바쁜 업무 와중에. 윤세오는 다소 침울해졌다. 조미연은 기껏해야 짐작할 수 없는 어떤 사소한 계기로 윤세오를 떠올리고 즉흥적으로 안부를 물었을 것이다. 유일한 기대라면 무겁고 어려운 그동안의 침묵을 피하기 위해 일부러 어수선한 시간을 택했으리라는 생각이었다.

　갈팡질팡하다가 지하철에서 내렸다. 반대편 플랫폼으로 돌아가고 싶어졌다. 조미연은 그런 상황을 예상이라도 한 듯 때마침 전화를 걸어서 잘 오고 있느냐고 물었다. 약속을 잡고 장소를 바꾸고 잘 오고 있느냐고 확인하는 일련의 과정에서 조미연이 자신을 반드시 만나고 싶어한다는 게 느껴졌다. 배려는 아니었다. 조바심이 묻어났다. 무슨 이유에서인지 모르겠으나 조미연은 윤세오 마음에 들려고 애쓰고 있었다.

　조미연은 약속시간보다 조금 늦게 카페에 도착했다. 활짝 웃으며 곧장 윤세오가 앉은 쪽으로 다가왔다. 윤세오 역시 마주 웃었다. 이런 식으로 만나는 것은 낯설었으나 의심했던 게 미안해질 정도로 생기 있는 목소리가 살짝 들떠 있었다.

　조미연은 다소 야위어 있었다. 피로해 보였으나 사무원답게 어엿하고 듬직해 보이기도 했다. 두 사람은 오랜만에 만난 친구답게 근황을 묻고 사는 곳을 묻고 가족의 안부를 물었다. 질문하고 짧게 답을 하는 중에도 조미연은 자주 주위를 두리번거리고 입구 쪽을 힐끔거렸다. 윤세오가 쳐다볼 때면 굳은 표정을 애써 풀고 부러 환한 미소를 지었다. 쉽게 할 수 있는 얘기가 바닥나자 조미연은 잠시 깊은 숨을 쉬었다. 그러고 나서는 자신이 하는 일이 얼마나 돈벌이가 되는지 얘기해댔다. 윤세오가 뭐라고 반응하기도 전에 다른 일화를 소개하는 식이었다. 오랜만에 만나 어색해서 계속 같은 화제를 말하는 모양이었다. 조미연이 아니라면 윤세오가 무슨 주제든 찾아 그렇게 했을지도 몰랐다. 이 자리에 나올 때에도 어느 순간 화제가 끊겨 조미연이 지루해하고 연락한 걸 후회하면 어쩌나 걱정을 했다.

계속 회사 얘기를 늘어놓던 조미연이 급기야 "아빠 가게는 어때? 요새 거의 다 망한다던데?" 하고 물었다. 윤세오는 이제껏 이름만 아는 사람과 얘기를 나눈 기분에 사로잡혔다. 경솔하고 무례했다.

어느 정도까지 달라졌을 때 윤세오에게 조미연은 계속 조미연이 되는 걸까. 조미연이 더이상 친구가 아니게 되는 경계는 어디일까. 예전의 조미연은 냉담하고 변덕스러웠지만 신중하고 속 깊었다. 무심한 중에도 티나지 않게 배려할 줄 알았다.

지금은 그렇지 않았다. 얘기를 나눌수록 비아냥거리는 것 같았다. 웃고 있는데 즐거워 보이지 않았다. 과장된 수다는 어색해서가 아니라 본심을 숨기려는 노력 같았다.

조미연이 잠시라도 말을 멈추는 때는 주위를 둘러보거나 시계를 보거나 휴대전화를 확인할 때였다. 그러면 윤세오가 뭔가 얘기를 꺼내야 했다. 침묵이 그들의 우정이 진즉에 끝장난 걸 들통낼 것 같았다. 조미연이 한 얘기에 뒤늦게 살을 붙이는 식이었다. 조미연에게 받은 질문을 똑같이 던지기도 했다. 집은 언제 이사 갔니, 회사 일은 안 힘드니, 언제 복학하니 같은 오래 만나지 않은 흔적이 보이는 질문들이었다.

짤막하게 대답을 이어가던 조미연이 갑자기 굳은 표정으로 말했다.

"이제 저녁 먹으러 가자."

조미연이 벌떡 일어서서 성큼 카페를 나가버렸다. 저녁을 먹기에는 이른 시간이었지만 윤세오도 따라 일어섰다. 윤세오가 커피값을 내고 나가니 조미연이 카페 입구에 서서 누군가와 통화를 하고 있었다.

"뭐 먹을래?"

통화가 끝나기를 기다려 윤세오가 물었다. 조미연이 대답 없이 걸음을 옮겼다. 따라갔다. 나란히 걷고 있어서 잘 볼 수 없지만 조미연은 카페에서 나온 후 눈에 띄게 침울해져 있었다.

"여기 가자."

조미연이 고른 곳은 카페에서 그리 멀지 않은 설렁탕집이었다. 거기에 가기까지 망설임이 없던 것으로 보아 미리 생각하고 온 듯했다.

윤세오는 아주머니가 테이블에 올려놓은, 국물이 희멀건 설렁탕 그릇을 두 손으로 감싸안았다. 잠깐이지만 이것이 조미연과 먹는 첫번째 설렁탕이라고 생각했다. 시시했다. 어떤 울림도 없는 처음. 재회의 감격은 국물처럼 민숭민숭해졌다.

카페에서와 달리 말 한마디 없이 설렁탕 먹는 일에만 열중하던 조미연이 문득 숟가락을 내려놓았다. 그러곤 물끄러미 윤세오를 쳐다보았고 잠시 머뭇대다 입을 뗐다.

"세오야, 사실은……"

윤세오는 조미연의 말을 기다리며 막 입에 넣은 국물을 꿀꺽 삼켰다. 국물은 이미 식었는데도 목구멍이 뜨거웠다. 얼굴이 뜨거워졌고 몸이 점점 달아올랐다. 자신이 뜨거워지는 것이 다름아닌 조미연 때문이라는 게 겁이 났다.

가만히 윤세오를 바라보는 조미연의 눈은 여전히 크고 검었다. 예전에 그 눈은 곧잘 윤세오를 매혹시켰다. 바라볼 때마다 기묘한 광채가 뿜어져나왔다. 눈빛은 예전과 달랐지만 여전히 매혹적이었다. 한참 들여다보고 나서야 그것이 이전과는 완전히 다른 매혹이라는 걸 알았다. 정확히 무엇인지는 알 수 없었다. 윤세오의 표정이 굳는 것을 알아챘는지 조미연이 살짝 미소지었다. 미소는 나무랄 데 없이 자연스러웠다. 미소가 자연스럽다는 생각이 들수록 조미연의 얼굴이 점점 어둡고 가차없게 느껴졌다. 삶에 파먹힌 얼굴이 있다면 이럴 것 같았다.

19

　조미연이 사라진 것은 윤세오가 자동출납기에서 돈을 뽑아 몇 번이고 세어보던 다음날 새벽이었다. 여섯시 조회시간에 조미연이 보이지 않았다. 잠깐 자리를 비운 것일 수도 있었다. 화장실에 갔을지도 모른다. 일찍 잠이 깨어 산책을 나갔을 수도 있고 아침 식사를 준비하다 말고 뭘 사러 갔을 수도 있었다. 그 모든 가능성에도 불구하고 윤세오는 조미연이 떠났으리라 생각했다. 추측이라기보다는 확신에 가까웠다.

　웅성거리는 소리에 깨어났다. 그 방에서 깰 때면 늘 그렇듯 자신이 모르는 사람들과 나란히 누워 있다는 데 당황했다. 농도가 다른 어둠이 서로 겹쳤다가 분명해지면서 다시금 여기가 어딘지 의아해지는 순간이 반복되었다. 나중에는 무색에 가까운 어슴푸

156

레한 빛 속에서 아무 생각도 않고 누워 있었다. 가장자리가 짙은 밤색으로 몰딩된 천장이 보였다. 천장의 무늬는 알아볼 수 없었다. 무늬들은 조그맣게 줄어들었다가 커지곤 했다.

벽은 텅 비어 있었다. 이상할 건 없었다. 어제만 해도 조미연은 윤세오가 누운 옆자리 벽에 오도카니 기대서 졸았다. 이제 조미연은 편히 잠들 수 있었다. 오백만원이 그 일을 했다. 아빠에게 거짓말을 하고 마련한 돈이었다.

방 두 개가 마주보고 있고 그 사이에 복도처럼 좁은 부엌 겸 거실이 있었다. 잠에서 깬 사람들이 거기 모여서 비밀로 삼으려는 게 분명한 작은 목소리로 뭔가 얘기했다. 사람들이 하나둘씩 모일수록 웅성거림이 커졌다.

"조미연씨는 오늘부터 다른 팀으로 이동해서 근무해요."

윤세오가 조미연을 찾기도 전에 팀장이 말했다. 팀장의 말을 기점으로 수런거리던 눈빛이 일순 고요해졌다. 이어진 잠깐의 고요가 윤세오를 외롭게 했다. 누군가 계속 수군거렸다면 노골적인 비밀로부터 자기만 소외된 느낌을 갖지 않았을 것이다.

교육장으로 가는 동안 팀장과 나란히 걸었다. 다행히 팔짱을 끼지는 않았다. 팀장은 어제까지의 친절한 태도와는 사뭇 다르게 무심한 태도로 허공을 보며 입을 열었다.

"얘기 하나 해줄까요?"

예의 성공담이겠거니 생각했다. 교육을 받는 내내 들었던 그런

이야기들.

"한 회원이 사무실로 들어가는 척하다가 그대로 달아났어요. 근처 편의점으로요. 거기밖에 갈 데가 없었죠. 그 시간에 문을 연 가게는 거기뿐이니까요. 편의점 문을 열고 들어가자마자 알바생한테 막 소리쳤어요. 얼마나 절박했겠어요. 왜 절박해야 하는지 모르겠지만요. 아무튼 도망친다고 생각하니 절실했겠죠. 막 소리쳤대요. 도와주세요! 살려주세요!"

하도 실감나게 말하는 바람에 팀장이 도와달라고 애걸하는 것처럼 들렸다. 이런 얘기를 한두 번 하는 게 아닌 것 같았다.

"편의점 알바가 어떻게 했을 거 같아요?"

팀장이 우뚝 멈춰 서서 윤세오를 바라보았다. 팀장은 생각할 시간을 준다는 듯 잠시 말을 멈췄다.

"입이 찢어져라 하품을 했어요. 교대시간 직전이니 얼마나 졸렸겠어요. 그러고는 '왜요? 또 감금이에요?' 그러더래요."

팀장이 킥 웃더니 다시 걸음을 옮겼다.

"도망친 회원이 알바생한테 전화기를 빌려달라고 사정했어요. 우리 전화기는 다 팀장이 회수하잖아요. 경찰에 전화를 하고 싶어도 할 수가 없죠. 알바생은 안 빌려줬어요. 최신 폰이었거든요. 함부로 빌려주면 큰일나죠. 왜 그런 사람들 있잖아요. 휴대전화 빌려달라고 하고 그대로 가지고 달아나는 사람들이요. 그러니 빌려줄 리가 없죠. 그래서 이번에는 경찰에 대신 전화를 좀 해달라고 사정했어요. 누군가 쫓아올까봐 계속 편의점 바깥을 살피면서요. 알바생이 할 수 없이 경찰에 전화했어요. 도와달라는 사람이 있다고 한 게 아니라 이상한 사람이 편의점에 있다고 신고한 거였어요. 경찰이 도착할 동안 그 사람은 누가 쫓아오지도 않는데 쓰레기통 옆에 숨었어요. 왜 라면국물 쪼르르 따라버리는 통 있죠? 냄새나고 주변에 라면 찌꺼기 떨어져 있는 통 말예요. 그 통 옆이요. 누가 들어오기만 하면 물건 진열대 사이에 숨었고요. 알바생은 계속 신경쓰여서 쳐다보고 나중에는 자꾸 진열대 건드리지 말라고 짜증도 내고 그랬죠. 그때마다 굽신굽신, 죄송합니다, 죄송합니다, 그러면서 버텼죠. 이십 분쯤 후에 경찰이 왔어요. 느릿느릿. 천천히 편의점 문을 열고 '신고했어요?'라고 했죠. 그 회원이 엄마라도 만난 것처럼 달려가서 안겼대요. 경찰이 귀찮다는 듯 그 사람을 떼어내고 나서 '또 거깁니까? 다단계요?'라고 물었대요. 그런 사람이 너무 많았던 거죠. 그런데 그 사람, 그후에 어떻게 됐을 것 같아?"

팀장이 다시 멈춰 서더니 갑자기 반말로 물었다. 한동안 아무 말도 않고 있다가 걸음을 옮겼다. 답을 생각할 시간을 주는 게 아니었다. 경찰도 도와주지 않는 도망자의 미래를 추측해보라는 것이었다.

"일주일 후에 다시 왔어. 생각해보니 결국 다 맞는 얘기거든. 세상은 절대로 실패한 사람한테 기회를 주지 않는다는 걸 몸소 깨달은 거지. 그런 사람은 아무도 도와주지 않으니까. 기회를 얻으려면 스스로 성공하는 수밖에 없다는 걸 안 거야. 성공하려면 지금 여기서 이 일을 열심히 해야 한다는 걸 말이야. 여기는 기회가 균등하게 주어지는 곳이니까. 세상에서 유일하게 민주적인 곳이니까. 그 사람, 바로 나야."

윤세오는 별로 놀라지 않았다. 묵묵히 고개를 끄덕였다. 지난 오 일간 받은 교육은 나름대로 효과가 있었다. 그저 수용하고 따르면 대체로 일이 수월해졌다. 상대가 방심했고, 원하는 대로 할 수 있었다. 지금 윤세오가 원하는 것은 팀장의 목소리를 더이상 듣지 않는 것이었다.

팀장은 조미연이 조만간 돌아오리라고 얘기하는 것 같았다. 윤세오가 듣고 싶어하는 얘기임을 잘 알고 있었다. 조미연은 반드시 돌아와야 했다. 돌아와서 사과해야 했다. 설령 단순한 양심의 가책이라 할지라도. 그간의 길고 깊은 우정을 조금도 고려하지 않은 것이라 하더라도.

더불어 그 말은 윤세오에게 떠나봤자 다시 돌아올 수밖에 없을 것이라고 경고했다. 도망갈 생각을 하느니 성공할 생각을 하는 게 낫다는 뜻이었다. 그 말 때문은 아니었지만 윤세오는 남았다. 교육장이나 숙소에 있는 동안 팀장의 지도하에 매뉴얼에 의존해서 사업을 했다.

자주 조미연을 생각했다. 조미연보다는 홀로 남은 자신을 더 많이 생각했다. 조미연을 생각하면 그녀가 다시 돌아오지 않으리라는 것 때문에 울적해졌다. 자신을 생각하면 조미연이 돌아오지 않는 것을 어느 정도 이해할 수 있었다.

조미연이 떠난 뒤 등뒤의 인기척에 귀를 기울이는 버릇이 생겼다. 아침에 숙소를 떠날 때에는 어떤 희망도 품지 않았다가 일이 끝나고 다시 숙소로 돌아갈 때면 조미연이 돌아와 있을지도 모른다는 생각에 약간 힘이 났다. 하루종일 어리석은 긴장감 속에서 조미연을 기다린 적도 있었다.

일주일이 지났다. 조미연은 돌아오지 않았다. 그런 일은 팀장이나 다른 회원들에게만 일어나는 모양이었다. 한번 등을 돌리면 절대로 마주하지 않는 조미연의 세계에서는 벌어지지 않는 일이었다. 부인하고 싶은 마음이 간절함에도 불구하고 그 사실은 변함이 없었다. 조미연은 조금도 달라지지 않았다.

조미연이 미웠다. 의지하고 우정을 느낀 만큼 미움을 느꼈다. 예전에 그랬던 것처럼 우정을 제대로 돌려주지 않아 미운 게 아니었다. 함께 떠날 수도 있었을 텐데 굳이 윤세오가 회원이 되기를 기다린 후에 떠나버린 게, 하필이면 이 일의 마지막 '손님'으로 윤세오를 택한 게 미웠다. 자신을 두고 홀로 떠난 것, 무엇보다 떠나는 것을 비밀로 한 것 때문에 미웠다. 조미연은 오래전에 그랬던 것처럼 윤세오에게는 아무것도 털어놓지 않았다.

본격적으로 사업을 시작했다. 전화를 받은 친구가 윤세오의 형편이 좋지 않다는 걸 눈치채지 못하도록 목소리를 크고 또렷하고 명랑하게 바꾸었다. 처음에는 자신의 말을 가장 잘 믿어줄 거라 기대하는 사람의 전화번호를 눌렀다. 나중에는 그저 아는 사람들에게 연락했다. 오랫동안 연락하지 않았거나 이름도 잘 기억나지 않는 고등학교 동창에게, 초등학교 동창에게, 중학교 때 같은 교회에 다닌 친구에게, 다니는 동안 그저 몇 번 얘기를 나눈 게 전부인 대학교 친구에게 전화를 걸었다. 이용할 수 있는 네트워크 중 가장 효과적인 게 조미연과 윤세오 같은 관계였다. 각별했으나 연락이 끊긴 친구.

전화를 걸 때마다 거절을 당할까봐 겁이 났다. 여러 번 그 일이 반복되자 거절에도 이력이 붙었다. 열 명에게 전화를 하면 모두 거절당하지만, 백 명에게 전화를 하면 적어도 이십 명은 얘기를 들어준다는 팀장의 말에 의지했다. 전화를 걸고 또 거는 수밖에 없었다. 처음에는 나쁜 일에 끌어들인다고 자괴했으나 점차 그렇게 생각하지 않게 되었다. 자신은 돈을 구걸하거나 남들이 생각하는 것처럼 실패가 보장된 일에 끌어들이는 게 아니었다. 그들에게 미래를 선택할 특별한 기회를 가르쳐주는 것이었다.

이름만 아는 사람들에게 연락을 하고, 매번 거절을 당하고, 어쩌다 친구를 만날 때마다 모욕을 당하고 돌아오는 일이 계속되었다. 드물기는 하지만 윤세오가 그랬던 것처럼 숙소에 와서 오 일을 머문 후에 오백만원을 입금하고 '손님'에서 '회원'이 된 친구도 있었다. 윤세오의 지시 아래 사업을 시작한 친구가 다른 친구들을 더 불러들였다. 나중에 그들은 함께 윤세오를 비난하고 욕설을 퍼붓고 나가버렸다. 윤세오가 불러들인 친구의 가족이 숙소로 찾아와 윤세오를 밀치고 멱살을 잡았다. 윤세오는 무엇을 지키려는지도 모르는 채 친구의 가족을 향해 악을 썼고 힘껏 밀쳐 넘어뜨렸고 하부조직원을 감싸안고 보내지 않으려 했지만, 결국 떠났다.

처음에는 조미연을 기다리기 위해 남았다. 나중에는 탕진한 돈과 점점 늘어나는 빚 때문에 떠날 수 없게 되었다. 미연에게 배신당한 마음에 위로가 필요했다. 그러나 이내 오백만원과 그 이상의 돈이 필요해졌다. 아니다. 애당초 조미연보다 오백만원이 중요했다. 윤세오는 결코 함부로 오백만원을 쓸 처지가 아니었다. 오백만원을 천오백만원으로, 다시 오천만원으로 불려야 했다. 단박에 돈을 벌 수 있다는 생각에 저축은행에서 돈을 빌렸다. 빚을 내서 점점 더 많은 계좌에 투자했다. 그런 과정을 수없이 되풀이했지만 수중에 오백만원이 생기지는 않았다.

오백만원은 어마어마한 돈이었다. 결코 모아지지 않는다는 점에서 그랬다. 윤세오를 그곳에 일 년 반 넘게 머물게 했다는 점에서 그랬다. 아빠가 보내준 오백만원을 한장 한장 세어보던 그날, 손에 지폐 냄새가 오랫동안 남았다. 이제 그 냄새는 사라졌다.

빚이 느는 만큼 연락처가 줄었다. 얼마 되지 않아 아는 사람이 전부 바닥났다. 아무 번호나 무턱대고 전화를 걸어댔다. 윤세오라고 말하면 아는 척이라도 해줄 사람이 절실해졌다. 조미연도 이 시점에서 자신을 떠올린 게 아닐까 싶었다. 처음부터 대뜸 떠올린 것은 아닐 터였다. 그렇기는 해도 윤세오를 불러들이는 데에 오래 망설이지는 않았을 것이다. 지금의 윤세오가 그런 것처럼. 중요한 것은 우정이나 체면, 관계의 가치가 아니었다.

 오백만원이었다.

20

조미연은 누군가에게 부이를 소개할 때면 항상 "걔는 어렸을 때 야구부 주장이었대"라고 말했다. 그게 부이를 설명하는 가장 핵심적인 요소라는 듯이.

전화 목소리만으로 부이가 여전히 주장다운지 어떤지 짐작하기 힘들었다. 윤세오는 지나치게 그것을 신경쓰느라 매뉴얼대로 말하지 못하고 우물쭈물댔다.

"혹시 나 기억나니?"

"누구신데요?"

"세오야. 윤세오."

"윤세오? 그럼, 알지."

"기억해?"

“나 좋아했잖아.”

팀장이 윤세오의 표정이 굳는 것을 보고 종이에 얼른 스마일 그림을 그렸다. 윤세오는 입술만 끌어당겨 웃으며 대꾸했다.

“알고 있었어?”

“농담이었는데?”

“정말이야.”

“그런데 무슨 일이야?”

부이가 웃음기 없이 물었다. 그래도 퉁명스럽지는 않아서 마음이 놓였다.

“어떻게 지냈어?”

윤세오가 물었다. 팀장이 종이에 크게 X자를 그렸다. 묻지 말라는 뜻이었다. 상대의 얘기를 듣는 일은 나중으로 미루는 게 나았다. 얼마나 잘나가는지 얘기해. 팀장이 빠르게 그 말을 적었다.

“학교는 잘 다니고 있어?”

윤세오가 팀장에게서 고개를 돌리고 재차 물었다. 팀장이 포기했다는 듯 팔짱을 끼고 의자에 등을 기댔다.

“뭐야, 몇 년 만에 전화해서는…… 넌 어때? 여전히 못생겼어? 덩치도 크고?”

부이가 가볍게 웃었다. 윤세오도 웃었다. 즐거웠다. 그 웃음 때문에 부이가 보고 싶어졌다. 오래전의 조미연처럼 윤세오가 부이에게 물었다.

"우리 한번 보지 않을래?"

부이는 얼른 "굳이 왜?"라고 대꾸했다. 그 말에도 윤세오는 피식거리며 웃었다. 팀장이 한심해하는 눈빛으로, 말하자면 오백만원을 날렸다는 눈빛으로 윤세오를 쳐다봤다.

"지금도 못생겼는지 안 궁금해?"

"얼굴이 쉽게 바뀌는 것도 아니고. 아, 혹시 성형했니?"

윤세오는 또 웃었다. 나중에야 부이가 웃기기 위해서 그런 말투를 쓰는 게 아니라는 걸 알았지만, 그때는 부이가 자신을 웃기려는 거라고 생각했다.

부이는 약속시간에서 삼십 분이 지나도록 연락이 없었다. 윤세오는 전화를 걸어보려다 관두었다. 부이는 나오지 않을 것 같았다. 흔쾌히 전화를 받고 분위기 좋게 농담을 했지만 굳이 만나야 할 이유는 없으니까.

오지 않을 거라는 생각이 들자 부이가 몹시 보고 싶어졌다. 어쩌면 부이는 이미 소문을 들어 알고 있는지도 몰랐다. 교육장에서 윤세오를 만나고 돌아간 친구들은 재빨리 다른 친구들에게 소식을 전했다. 윤세오는 이 일이 처음에는 가까운 친구를 잃고 점차 친구로 여긴 사람들을 잃고 나중에는 모든 사람을 잃고 마는 일이라는 걸 알아가고 있었다.

이곳을 나간 조미연이 무엇을 할지, 어떤 일을 하고 누구를 만나고 무슨 얘기를 하며 살아갈지 자주 상상했다. 이곳에 있을 때의 조미연을 상상하는 것만큼이나 짐작되지 않았다. 삼 년 만에 다시 만난 조미연은 오백만원을 보자 환하게 웃었는데, 지금은 무엇이 그녀를 웃게 할지 알 수 없었다.

시간이 조금 더 지났다. 부이가 올 가망은 없었다. 그만 가봐야 할 것 같았다. 숙소나 교육장으로는 돌아가고 싶지 않았지만, 팀장이 카페 밖에서 기다리고 있는 게 보였다.

막 일어서려는데 허겁지겁 부이가 들어섰다. 반가운 마음에 윤세오는 벌떡 일어났다. 부이가 오른손을 들어 인사했다. 부이와 한 번도 그런 식으로 인사를 나눠본 적은 없지만 윤세오 역시 손을 들었다.

부이는 여전히 어깨가 딱 벌어지고 다부져 보였다. 인사를 하느라 들어올린 손은 두툼하고 시커멌다. 뛰어온 듯 부이가 숨을 골랐다.

"혹시나 했는데, 여전히 못생겼네?"

윤세오는 크게 웃었다. 부이가 그게 뭐가 웃기냐는 표정으로 쳐다봤다.

마주앉기는 했지만 마땅한 화제가 없었다. 부이는 카페 인테리어가 어린이 동물원 분위기라거나 커피가 원두를 살짝 담갔다 뺀 것처럼 맛이 밍밍하다고 투덜댔다. 윤세오는 오래전 얘기를 꺼내고 싶지 않아 망설였다. 부이도 그런 것 같았다.

"미연이는 잘 지내?"

부이가 불쑥 물었다. 질문만으로 조미연이 부이에게는 이 일과 관련해 연락하지 않았다는 걸 알았다. 부이도 조미연의 소식을 몰랐다. 윤세오는 안도했다.

"잘 지내겠지?"

그 대답이 함축하는 걸 부이는 금세 눈치챈 것 같았다. 그럼에도 그들은 얼마간 조미연에 대해 얘기했다. 조미연은 그들이 찾아낸 유일의 공통 화제였다.

윤세오는 조미연이 자기에게 화가 나면 말을 하지 않고, 잘 매지지 않는 신발끈이나 보행을 방해하는 앞 사람에게 화를 낸 것을 얘기했다. 조미연은 사소한 것을 트집잡아 윤세오를 어쩔 줄 모르게 만들었음에도 끝내 화를 내지는 않았다. 자신이 뭔가 잘못을 했을 때에는 지독히 무관심한 태도를 보였다. 윤세오는 순전히 분위기를 누그러뜨리려고 조미연에게 먼저 사과했다. 그리고 그 일이 잊힐 때쯤 윤세오는 늘 애초에 잘못을 저질렀음에도 먼저 사과를 하게 만드는 조미연에게 서운함을 드러냈다. 조미연은 난데없이 재난을 당한 표정으로 자신이 윤세오 때문에 얼마나 감정적으로 피곤한지 납득할 수 있게 설명했다. 부이도 조미연의 그런 점을 꽤나 잘 기억하고 있었다.

부이는 생각보다 말수가 적었다. 윤세오와 친하지 않아서 그러는지도 몰랐다. 자신의 얘기를 많이 하지 않았지만 뭔가를 숨긴다거나 일부러 말하지 않는다는 인상은 주지 않았다. 말할 게 없어서, 숨기고 말 것도 없어서 입을 다물고 있다는 느낌도 들지 않았다. 적절히 거리를 두고 있으나 그 거리가 잘 느껴지지 않게 굴었다. 부이는 계속해서 윤세오가 무슨 말인가 하고 싶게 만들었다. 얘기하도록 한 후에 주의깊게 들어주었다. 윤세오의 얘기에 적절히 긍정하고 수긍해줬다. 하마터면 자신이 왜 이 자리에 있게 되었는지, 오래전에 미연에게 어떻게 했는지 하는 것들도 이야기할 뻔했다.

팀장이 그만 자리를 옮기라는 문자를 보내왔다. 윤세오는 자리에서 일어나 부이와 그대로 헤어졌다. 자리를 옮겨 사업 얘기를 꺼낼 수도 있었지만 그러지 않았다. 그때는 이유를 몰랐는데, 그날 밤 합숙소에서 반성회를 하는 중에 좁은 마루에 옹색하게 모여 앉은 사람들을 돌아보니 알 것 같았다.

부이에게 합숙소를 보여주는 게 창피했다. 좁은 방과 여럿이 마루에 끼여 앉아 먹는 형편없는 식사, 집안 곳곳에 쌓인 판매물품들, 배수구에 음식물 찌꺼기가 끼어 있는 화장실 같은 것을 보여주기 싫었다.

숙소를 돌아보다가 윤세오는 입고 있는 옷이 누추하다는 걸 알게 됐다. 결이 거칠고 품이 큰 옷이 사람을 어떻게 초라하게 만드는지도. 식욕이 없어 참을 만했던 식사가 얼마나 볼품없는지를, 매일 밤 여러 명과 어깨를 맞대고 자는 게 무척 불편한 일이라는 것도 알았다.

반성회를 마치고 누운 깊은 밤, 사람들과 다닥다닥 어깨를 붙이고 누워 부이 생각을 했다. 생각할수록 부이가 보고 싶어졌다. 그보다는 무슨 얘기인가 하고 싶었다. 밤새 잠을 설친 끝에 창피해하지 않고 부이를 만날 수 있는 방법을 떠올렸다. 부이가 이곳으로 오면 되었다.

얼마 후에 다시 부이를 만났다. 윤세오는 하루가 멀다 하고 오르는 등록금과 언제 다 갚을 수 있을지 모를 학자금 대출에 대해서, 졸업 후의 불투명한 진로에 대해서, 적성에 맞지 않는 학과에 대해서 천천히 얘기했다. 부이는 잘 들었고 종종 맞장구치고 자기 얘기를 덧붙였다.

배가 고프다는 부이와 함께 윤세오는 별로 의식하지 않고 익숙한 식당으로 들어갔다. 처음 '손님'을 만나러 갈 때 주로 가는 식당이었다. 조미연과 함께 간 집이기도 했다.

희멀건 국물의 설렁탕이 나왔다. 이제 얘기를 시작해야만 했다. 다른 사람에게 했던 것보다 더 어렵고 힘든 얘기를. 윤세오는 우선 뜨거운 국물을 꿀꺽 삼켰다. 몸이 따뜻하게 데워졌다. 거절을 당하더라도 다시 부이를 만날 수 있을 것 같았다.

천천히 "부이야" 하고 불렀다. 윤세오는 우물쭈물하다가 "사실은……"으로 시작하는 긴 얘기를 꺼냈다. 간밤의 연습대로 얘기를 하는 동안 부이는 양념장을 넣어 빨갛게 변한 설렁탕 국물을 계속 떠먹었다.

설렁탕을 다 먹은 후 부이가 잠자코 있다가 물었다.

"그래서 너는 얼마 벌었어?"

윤세오는 멈칫했다. 네가 원하는 만큼 벌 수 있어. 초기 투자금이 씨앗이 돼서 곧 돈이 열리는 나무로 자랄 거야. 다른 사람에게 하던 대로 추상적이고 비유적으로 말해야 했다. 그동안 번 돈을 말할 수는 없었다. 번 게 없으니까. 점점 빚만 지고 있으니까. 에둘러 말하거나 앞으로 얼마를 벌고 싶은지 묻는 식으로 질문을 돌려놓아야 했다. 사실을 말하면 회유되지 않을 게 뻔하니까. 그 수치가 특별히 윤세오의 무능을 뜻하는 건 아니었다. 본래 이 일은 실패와 멸시만 주어지는 시간을 버텨야 성공할 수 있었다. 윤세오는 그렇게 믿고 있었다. 그렇긴 해도 지금 부이에게 해줄 말은 아니었다.

다행히 부이는 대답을 들을 마음이 없었던 것 같았다. 혼잣말처럼 '많이는 못 버는구나' 하고 중얼거리고는 그만이었다. 다른 친구들이 그러는 것처럼 나쁜 일에 빠졌다고 윤세오를 비난하거나 조롱하지 않았다. 자신을 끌어들이려는 것에 화를 내거나 나무라지도 않았다. 불순한 의도를 가지고 전화한 것을 탓하지도 않았다. 두 번 다시 연락하지 말라며 엄포를 놓지도 않았다. 홀가분했다. 이제 부이에게 거짓말을 할 필요도 없고 허세를 부릴 필요도 없어졌다.

처음에 윤세오는 팀장이 건네준 행동지침 매뉴얼에 감탄했다.

매뉴얼은 인간을 유형화하여 반응 패턴을 분류해놓은 것이었다. 아무리 개별적인 인간들도 매뉴얼의 범주에 포괄되면 유형적이고 집단적인 존재가 되었다.

부이는 달랐다. "경험 삼아 한번 해보자"는 말이 특히 그랬다. 하다 안 되면 "그때 같이 그만두자"는 말도. "너도 안 되고 나도 안 되는 일이면 정말 희망이 없는 것 아니겠냐"고도 했다. "네가 못 그만두겠으면, 내가 도와줄게." 부이가 덧붙였다.

도움받을 처지는 아니야. 허세를 부릴 수도 있었다. 네 앞가림이나 해. 선의를 비하할 수도 있었다. 네가 뭔데 나를 도와줘. 의도를 따져물을 수도 있었다. 그렇게 하는 대신 윤세오는 자신이 한심해 보이지 않는지 물어보고 싶었다. 바보 같은 소리로 들릴까 봐 묻지 못했다. 이제껏 어느 누구에게도 그런 게 두려웠던 적은 없었다.

함께 교육장으로 걸어가면서 윤세오는 조금 비틀거렸다. 부이는 "조심해"라고 말했지만 손을 잡아주거나 부축해주지는 않았다. 무덤덤한 눈빛으로 멀거니 지켜보았다. 애정이나 염려 같은 게 담기지 않은 눈빛이었다. 길가의 입간판이나 누워 있는 개를 볼 때와 같은 눈빛.

그때로부터 사 년이 지났음에도 윤세오는 그 눈빛을 생생히 기억했다. 부이를 생각하면 보고 싶어지다가 금세 용기를 잃는 것은 그 때문이었다. 그러나 부이의 무심하면서도 명랑한 말투, 배려하는 자세와 차분하고도 규칙적인 호흡 같은 것을 생각하면 그 눈빛은 좀 억지스러웠다. 자신의 죄책감이 부이의 눈빛을 그렇게 꾸며낸 게 아닐까 생각될 때가 있었다. 스스로를 다독이고자 나중에는 그 생각을 믿었다. 실제로 부이를 만나면 완벽하게 무심한 눈빛이 진짜라는 데에, 자신이 꾸며낸 것이 아니라는 데에 충격을 받을 것 같았다.

그 눈빛을 품고 지낸 사 년간, 시간은 참으로 울퉁불퉁하게 흘러갔다. 시간이라는 게 원래 그렇다는 걸 몰랐던 건 아니었다. 그때도 알고 있었다. 더불어 그곳에서 보낸 시간이 뭉텅 잘려나가게 될 것을, 그 삶이 버려지는 게 아니라 나머지 삶에 영영 덧씌워지리라는 것도 알고 있었다.

21

연립주택은 근린공원과 면해 있어 얼핏 보면 녹지가 풍성해 보였지만 정작 마당에는 나무 한 그루가 전부였다. 멀리서 보면 연립주택 일대를 담처럼 둘러싼 철거 방진막 때문에 움푹 구덩이가 파인 것 같았다. 철제 현관에 붉은색 페인트로 '외부인 출입금지'라고 쓰여 있는데, 흘려쓴 글씨에서 퇴거를 앞둔 입주민의 피로감이 엿보였다.

방진막에 가로막혀 빛이 들지 않아 계단참이 몹시 어두웠다. 그래도 맑은 날이라 유리창에 액자처럼 구름이 담겼다. 맑은 날이라 유리창에 액자처럼 담긴 구름이 천천히 흘러가는 게 다 보였다. 호수를 표시하는 아크릴판이 떨어진 자리에 매직으로 101이라고 쓰여 있었다. 윤세오는 크게 숨을 들이마신 뒤 초인종을 눌렀다. 검

은 손때가 묻은 초인종은 손가락이 닿는 자리만 하얗게 벗어져 있
었다. 문 안쪽에서 누구냐고 묻는 소리가 제법 멀리서 들려왔다.

"슈퍼요."

윤세오가 목소리를 높였다.

조금 기다려. 그 집에선 그래야 돼. 신재형이 여러 번 일러줬다.
안에서는 노인이 엉덩이걸음으로, 두 손으로 몸을 지탱하며 마루
를 건너오고 있을 것이다. 잠시 후 손잡이 돌아가는 소리가 들렸
다. 윤세오가 비켜섰다. 천천히 101호의 문이 열렸다.

"슈퍼라고?"

소리는 아래쪽에서 들렸다.

"네."

윤세오는 똑바로 서서 어두운 집안을 살펴보았다. 현관 바닥에
앉은 노인이 윤세오를 향해 고개를 쳐들었다. 노인은 당뇨 합병증
으로 다리 쓰는 일이 어려워 집안에서만 지낸다고 했다.

"재형이는?"

노인이 윤세오가 서 있는 뒤쪽을 힐끔거렸다. 신재형이 오기 전
에는 들여보내지 않을 기세였다. 신재형은 다쳤다. 배달을 나갔다
가 사고가 나는 바람에 사 주간 깁스를 해야 했다. 그러지 않았으
면 윤세오가 101호에 오는 일은 훨씬 늦어졌을 것이다. 아예 오지
못했을 수도 있다. 노인네 일은 신재형이 도맡았다. 김우술도 노
인을 상대하는 걸 벅차했다.

"재형이는 바빠요."

"아무리 바빠도 그렇지, 우리집에 안 오면 어떡해. 얼마나 바쁘길래. 그 작은 가게에 손님이 뭐가 많다고…… 허구한 날 사장이랑 노닥거리는 거 다 아는데. 재형이한테 무슨 일 있어? 미리 말을 하고 안 오든가 해야지 원…… 바쁘면 나중에 오든가. 그런데 아가씨는 언제부터 다녔어? 직원 뽑는다더니 취직한 거야? 하긴 뭐 코딱지만한 슈펀데 취직이라고 할 수나 있나. 번듯하게 차려입고 하는 일도 아니고."

윤세오는 아무 대꾸를 하지 않았다. 신재형이라면 무릎을 바닥에 대고 노인과 눈을 맞추며 얘기했겠지. 윤세오는 똑바로 서 있다가 필요할 때만 무표정하게 노인을 내려다봤다. 노인은 고개를 들고 있는 것이 힘들었는지, 윤세오가 신재형처럼 나긋하고 다정한 타입이 아니라는 걸 알아챘는지 "가져온 건 내려놓고 가" 하며 마지못해 길을 내주었다.

집안으로 첫발을 내디뎠다. 얼떨떨했다. 모든 게 다 이뤄진 듯했다. 당장 무슨 일이 벌어질까봐 겁이 나기도 했다. 신발을 벗고 마루로 들어설 때는 몸이 떨렸다. 금방이라도 저 안쪽에서 방문을 열고 이수호가 나타날 것 같았다.

크게 숨을 내쉬었다. 긴장해서 제대로 숨을 쉬지 못하는 것이리라 생각했는데 아니었다. 집안으로 들어설수록 햇빛이 점점 줄어들었다. 깊은 땅속으로 기어들어가는 느낌이었다. 기이한 냄새와 훈기 때문이었다. 집은 환기가 전혀 되지 않는 모양이었다. 창은 애초에 열린 적 없다는 듯 모두 굳게 닫혀 있었다.

훈기와 냄새는 부엌에서 끓고 있는 커다란 들통과 관계있는 듯했다. 상 위에 놓인 휴대용 가스버너에서 푸른 불꽃이 들통을 위협적으로 끓이고 있었다. 아주 오래전부터 같은 자리에서 계속 끓어오르던 것 같았다.

모든 것을 압도하는 비릿하고 질척한 냄새 속에서 윤세오는 집 안을 재빨리 훑어봤다. 두 개의 방과 살림이 어수선한 부엌, 작고 오래된 텔레비전이 놓인 마루, 테두리에 먼지가 낀 거울, 장식장 위에 놓인 사진과 색색의 조화, 노인이 누워 있을 보료 같은 것들.

두 손으로 바닥을 짚고 엉덩이를 끌며 가던 노인이 멈춰 서서 윤세오를 올려다봤다.

"재형이 관뒀어?"

"아뇨."

"근데 왜 안 와?"

"이거 어디다 둬요?"

"아이구, 괄기 한번 거창하네. 숨넘어가나."

"사과요. 껍질 깔깔한 걸로 가지고 왔어요."

"줘봐."

노인이 윤세오가 건넨 사과를 어린아이 얼굴 쓰다듬듯 천천히 쓸어내렸다. 다음 것도 그렇게 했다. 사과 다섯 개를 죄다 그럴 모양이었다. 사과보다 노인의 손바닥이 더 까슬해 보였다.

"다 못쓰겠네."

노인이 다섯 개 중 네 개를 골라 윤세오 앞으로 굴렸다.

"내가 다리나 못 쓰지 손이랑 눈도 못 쓰나. 상한 건 다 나한테 줘. 이런 게 뭔 맛이 들었겠어. 먹으나 마나야. 무를 먹는 게 낫지."

노인이 트집잡을 기회를 놓치지 않겠다는 듯 말했다.

"끝이 이렇게 누런 쪽파로 어떻게 숙지를 해. 양념만 버려. 오이 봐. 씨알처럼 작네. 칼도 안 들어가겠어."

윤세오는 노인이 물린 것을 장바구니에 도로 담았다. 노인은 조금만 마음에 들지 않거나 흠이 있는 물건은 무조건 바꿔오라고 하고, 유통기한이 넉넉지 않은 공산품은 돌려보낸다고 했다. 신재형이 미리 언질을 주었지만 그저 물건 고르는 눈이 남다른 모양이라고 생각했다.

그보다는 심술맞아서였다. 혼자 있기 심심해서 말상대할 사람을 붙잡아두려는 심보였다. 물건을 트집잡다보면 길게 말할 수 있을 테니까. 한꺼번에 시킬 것들을 여러 번 나눠서 주문하는 것도 말할 기회를 더 얻기 위해서였다.

김우술은 모두 들어주라고 했다. 노인의 아들이 워낙 간곡히 부탁하기도 했고 활달히 돌아다니며 참견하기 좋아하던 노인이 집에서만 지내는 게 딱하다고도 했다.

"인사가 만산데, 글렀네. 사람을 잘 써야지. 이렇게 뚱한 사람을 어디서 골랐어."

저 들으라는 소린 줄 알았으나 윤세오는 "물 한잔 마셔도 돼요?" 하고 딴청을 부렸다. 노인이 마뜩잖은 표정으로 부엌을 가리켰다.

가스버너 위의 들통에서는 산 것을 오래도록 끓여온 냄새가 났다. 신재형 말로는 장어를 고는 것이라고 했다. 윤세오는 숨을 참고 부엌을 두리번거렸다.

그리고 그것을 찾아냈다. 뱀처럼 가느다랗고 쭉 뻗은 갈색의 그것. 벽에 바짝 달라붙은 그것은 엄지손가락처럼 얇지만 독성을 품은 뱀처럼 사나워 보였다. 윤세오는 벽에 붙은 그것을 홀린 듯 쳐다봤다. 낡고 말랑말랑한 그것. 기름때가 끼어 시커먼 그것. 어마어마한 불꽃을 일으키는 그것. 당장에라도 일을 벌일 수 있었다. 157번지에 벌어진 일, 아빠에게 닥친 일, 윤세오가 겪은 일, 아마도 앞으로 이수호가 겪게 될 일.

"못 찾았어?"

노인이 멍하니 서 있는 윤세오를 재촉했다. 윤세오는 천천히 컵에 물을 따랐다.

"잠깐 기다려. 김사장 좀 갖다줘."

노인이 가스버너의 불을 끄고 들통을 열었다. 뜨거운 김이 사방으로 퍼졌다. 윤세오는 구역질을 참지 못했다. 노인이 혀를 차고는 뜨거운 국물을 플라스틱 통에 담았다.

"인상 쓰지 마. 보약이야. 우리 아들 보약. 김사장이나 되니까 나눠주는 거야."

윤세오는 보자기로 감싼 플라스틱 통을 받아들었다. 신발을 신으려는데 노인이 윤세오의 발목을 붙잡았다. 윤세오가 기겁했다. 노인이 씩 웃으며 손에 힘을 풀었다.

"발목이 참 보기 좋네. 내일은 꼭 이렇게 생긴 무 좀 갖고 와. 생채 할 거야. 요즘 무가 제맛이지."

부드러운 말투와 달리 표정이 딱딱했다. 어두워서 그렇게 보이는지도 몰랐다.

"늙어서 고생하겠어."

"네?"

노인의 혼잣말이 주술처럼 들렸다.

"늙으면 젊어서 쓴 데가 제일 먼저 망가져. 팔이고 다리고 눈이고 다 그래. 기간이 정해져 있거든. 젊어서 안 다닌 데 없이 다 다녔다가 다리가 이 모양이 됐잖아. 하월곡동, 의정부, 문래동, 저기 철산동, 상왕십리, 면목동…… 장사하러 온갖 데를 다 다녔어. 물건 이고 가고 내렸다 다시 이고 가고……"

노인의 말은 웅얼거리듯 계속 이어졌다. 윤세오는 띄엄띄엄 그 말을 알아들었다. 다행히 윤세오에게 나쁜 미래를 점지하는 건 아니었다. 그저 신세한탄이었다.

그런데도 그 말은 아무리 잘 간수해도 반드시 그렇게 될 거라는 말로 들렸다. 싸가지 없이 굴다가 너는 필시 다리가 망가질 거야, 팔도 못 굽히게 될 거야, 말할 때마다 침을 흘리게 될 거야, 먹는 족족 윗옷에 흘릴 거야, 계속 같은 말을 중얼거릴 거야, 결국에는 네가 누군지 기억 못하게 될 거야…… 노인의 말대로라면 윤세오는 늙어서 가슴이 제일 먼저 망가질 게 뻔했다. 악의를 품고 증오를 키우고 슬픔과 동거하느라 한시도 쉬지 못했으니까.

노인은 차가운 바닥에 엉덩이를 대고 앉아 계속 떠들었다. 단지 혼자 있지 않기 위해서. 윤세오는 플라스틱 통의 냄새를 맡으며 노인을 내려다봤다. 노인이, 윤세오가 무표정하게 자신을 보고 있으며 아무런 대꾸 없이 말이 멈추기만을 기다리고 있다는 걸 알아차릴 때까지.

22

고시원 침대에 누워 있으면 아빠가 모든 준비를 마친 후 소파에 앉아서 라이터를 만지작거렸을 순간이 그려졌다. 가스 냄새가 났을 때 아빠는 무슨 생각을 했을까. 작별 인사를 하듯 집안 이곳 저곳을 둘러보았을까. 라이터를 켜기 전 윤세오의 방문을 한번 열어보았을까. 문갑 위에 놓인 액자를 들어 젊은 엄마와 아기인 윤세오를 바라보았을까. 그 모든 순간이 지나고 다시 소파에 앉아야 했을 때, 쉽게 마음을 정하지 못해 멍하니 집안을 둘러봤을 아빠에 대해 생각하고 또 생각했다. 그 모습을 상상만 할 수 있을 뿐, 영원히 모를 것이라는 사실이 윤세오를 아프게 했다.

막연히 아빠의 불안을 알아챘던 것도 같다. 날마다 누군가 아빠를 방문하고, 아빠가 그 사람을 집에 들이지 않기 위해 마당에서 기다리거나 윤세오와 마주치지 않게 하려고 심부름을 보내고, 간혹 그 사람의 목소리가 닫힌 문 안으로 흘러들어오기도 했으니까. 그럼에도 윤세오는 무슨 일이 있느냐고 묻지 않았다. 누가 찾아왔는지 궁금해하지 않았다. 화내는 게 분명한 사나운 목소리가 누구의 것인지 생각하지 않았다. 그런 걸 신경쓰기 시작하면 아빠로부터 받아야 할 보호를 빼앗기기라도 하듯이. 난데없는 옷 선물도 그저 생일선물이려니 하고 무심히 넘겼다. 받아야 할 걸 받는 줄 알았다.

그 무렵 아빠는 윤세오를 자주 내보냈다. 지금에야 그런 생각이 들었다. 당시에는 집에만 머무는 걸 아빠가 더 봐줄 수 없는 모양이라고 여겼다. 윤세오를 내보내는 날은 이수호에게 큰 수모를 겪어야 하는 날이었을 것이다. 갚아야 할 돈을 갚지 못하거나 날짜를 미뤄야 하는 날. 굴욕을 당하며 사정하는 날.

윤세오를 내보내면서 아빠가 머뭇거리지 않았는지, 어렵게 무슨 말인가 꺼내려 들지 않았는지 자주 생각했다. 예사롭지 않은 태도였더라도 생각하기 귀찮아 무심히 넘겼을 것이다. 윤세오는 자책했다. 왜 자신은 아빠의 기분이 나아지도록 애쓰지 못했을까. 아빠가 죽기를 원하면서 동시에 구조되기를 바라는 순간 왜 멀리 나가 있었을까. 왜 한 번도 아빠에게 묻지 않았을까. 왜 아빠가 혼자 그 일을 겪게 만들었을까. 왜 아빠가 스스로를 무능하고 무력하다 여기고 그 생각에 목이 조이고 그것이 딸의 장래에 영향을 미친다고 믿은 나머지 가장 나쁜 결정을 그나마 나은 결정이라고 판단하도록 두었을까.

함께 있는 동안 아빠에게 완전히 무심했다. 이십대의 소중한 몇 년을 좁은 방안에 틀어박힌 것에 격분하느라, 조미연이 끌어들인 개미지옥에 분노하느라, 자신이 끌어들인 사람들의 원망을 상상하고 두려워하느라 아빠를 돌볼 여력이 없었다.

그런 생각이 들면 장도리를 찾아 쥐었다. 이수호를 겨냥하는 게 아니었다. 불행을 곱씹는 일에 최선을 다한 스스로에게, 제 인생을 후회하느라 주변을 돌보지 않은 자신에게, 아빠의 외로움과 고통을 모른 척한 무심한 자신에게 겨누었다. 팔에 힘을 주지는 않았다. 그 정도의 용기는 없었다.

비린내가 나는 플라스틱 통을 들고 101호를 빠져나온 후로 윤세오의 손에서는 그 냄새가 가시지 않았다. 김우술에게 그것을 전해준 후에도, 여러 차례 손을 씻은 후에도, 고시원에 돌아와 다시 몇 번 손을 씻은 후에도 냄새가 났다. 노인은 아들을 위해 한 달에 두서너 번은 그 음식을 끓여둔다고 했다. 들통을 불 위에 올리는 날이면 지독한 비린내가 풍길 것이다. 비로소 그날을 도모할 방법을 떠올린 것은 냄새 때문이었다. 언제나 그 냄새가 난다는 것. 유독 심한 날이 있다는 것. 냄새가 윤세오를 도울 것이다.

단순히 해를 가하는 게 목적이라면 다른 방법을 고려할 수도 있다. 교사를 생각할 수도 있다. 열심히 돈을 모으면 됐을 것이다.

유능하고 경험 많은 청부업자를 통해 교통사고나 추락사로 위장하여 일을 저지를 수 있을 테니까. 하지만 중요한 것은 이수호가 죽는 게 아니었다. 윤세오가 그렇게 한다는 것이었다.

애당초 타당한 살의는 없다. 납득할 만한 이유가 있다고 해도 스스로 단죄하는 것보다 법에 의지하는 게 현명하다. 법은 자력구제를 막는 장치이다. 윤세오 역시 법에 호소할 수도 있다. 이수호에게 자살을 방조한 혐의를 묻는 것이다. 죄가 인정되면 일 년 이상 십 년 이하의 징역을 선고받는다. 하지만 무슨 수로 인과를 설명할까. 노력은 무용해질 것이다. 법은 구체적인 억울함을 풀어주지 못한다. 제대로 얘기를 들어주지도 않는다. 그런 건 법의 일이 아니다.

무엇보다 이수호는 결백하다. 채무 이행을 독촉하는 과정에서 과격한 언사가 오가기도 했을 것이다. 자주 연락을 하고 약속 없이 방문하여 일상을 방해했을 것이다. 합법적 한도를 넘어서는 것이었대도 이제는 증명할 수 없다.

아빠의 죽음은 전적으로 윤세오와 아빠에게만 좋지 않은 일이다. 윤세오는 그것을 잘 알았다. 이수호가 죽음으로써 불합리한 법제가 바뀌는 게 아니고 아빠의 죽음이 없던 일이 되는 것도 아니다. 아빠처럼 빚 때문에 자존감을 훼손당한 사람들의 정신이 구제될 리도 없다.

그럼에도 이 일을 실행하려는 것은 기꺼이 악의를 키우고 살의를 숙고하고 상상한 덕분에 모든 것을 잃은 후에도 살아갈 수 있어서였다. 목표가 없었다면 그 시간을 견디지 못했을 것이다. 모든 것은 157번지와 함께 불탔다. 윤세오도 이미 그렇게 됐다. 그런 느낌에 사로잡힌 나머지 다른 사람들이 자신을 바라보고 말을 걸고 웃으려 하면 당황했다. 그럴 때면 살아 있다는 소소한 기쁨을 느끼는 대신 어떻게 그 일을 해낼지 생각했다. 어떤 방법을 선택할지, 어떻게 가능하게 만들지, 시기는 언제로 할지, 이수호에게 자신을 알리는 게 나을지 모르는 채로 당하게 두는 게 좋을지, 이수호와 마주치면 무슨 말을 할지 같은 것들을 상상했다.

이수호가 죽는다는 생각으로도 윤세오의 고통은 사그라들지 않았다. 윤세오는 내부를 장악한 고통의 정체를 알고 있었다. 그것은 이 고통이 실은 이수호와 무관하다는 데에서 왔다.

누군가를 죽이려는 생각으로 삶을 유지하는 일은 끔찍했다. 악의는 윤세오를 살게 했으나 제대로 살려두지 않았다. 밥을 먹게 했지만 자주 토하거나 체하게 했다. 고시원에 누워 있는 시간을 견디게 했지만 악몽을 꾸게 했다. 사람들 사이에서 살게 했지만 사람을 볼 때면 죽음을 상상하며 죄책감을 느끼게 했다. 누군가를 죽이고 싶다는 것말고 다른 생각을 할 수 없다면, 허구한 날 그런 생각만 한다면 앞으로의 삶은 어떻게 될까 회의하게 했다.

하지만 다른 삶은 그후에 찾기로 했다. 모든 게 끝나면 도대체 왜 그토록 이 일에 매달렸는지 묻게 될 테고, 의문에 휩싸여 또다른 삶을 찾아나설 여력이 없을지도 모르지만. 그러고 보면 다른 삶이라는 것은 애당초 허용되지 않는 것인지도 모르지만.

어딘가에서 텔레비전 소리가 들렸다. 이런 날이면 한숨도 못 자기 마련이었다. 웅얼거리는 소리는 누군가 귀에 대고 중얼거리는 것처럼 무섭고 소름끼쳤다. 잠들려고 노력해도 아래쪽 건물에서 들려오는 노래방 음악 소리에 깨기 일쑤였다. 쉴새없이 쿵쾅거리는 소리는 누군가 얇은 문을 계속 두드리는 것처럼 들렸다.

윤세오는 침대에 누워 위쪽 수납장 바닥을 쳐다보면서 아빠에게 일어난 일을 정리해보려고 애썼다. 처음에는 떠오르는 문장을 그저 불규칙하게 늘어놓았다. 그다음 나열된 문장을 서로 연관 있는 것끼리 묶었다. 그러다보면 반드시 어딘가에 비약과 실수와 오해가 숨어 있었다. 예를 들면 '아빠는 빚 독촉에 시달린다'와 '집은 담보로 효력이 없다'는 문장, '아빠는 자살을 택한다'는 문장은 그럭저럭 연결되었다. 그러나 '윤세오가 혼자 남는다'는 문장과 '아빠는 자살을 택한다'는 문장은 아무리 해도 서로 연결되지 않았다. 그 사이에 생략된 많은 문장을 생각해내야 했다. 어떤 문장은 도무지 찾을 수가 없었다.

자리에서 일어나 낮고 삐걱거리는 침대에 앉아 상자 안에 든 것을 하나하나 꺼냈다. 도자기 인형을 세워놓고 아빠 구두에 발을 넣어보고 불에 반쯤 탄 안경을 얼굴에 대보았다. 사물의 크기와 질감을 뒤죽박죽으로 만드는 안경을 끼고 덜렁거리는 신발을 신고 좁은 방을 계속 걸었다. 곧 옆방에서 시끄럽다고 벽을 두드려 댔다.

상자 속 편지뭉치를 꺼내면서 윤세오는 기이한 기분에 사로잡혔다. 상자에는 모든 것이 그대로 있었다. 조금 다른 방식으로 있는 게 문제였다. 편지뭉치를 넣어둘 때 매듭 부분을 아래쪽으로 향하게 두곤 했는데, 위쪽으로 와 있었다.

기분 탓이었다. 윤세오는 사소한 규칙을 정해두고 그것을 일일이 기억하고 확실히 지키는 타입이 아니었다. 순간적으로 낯선 느낌을 받았을 뿐이다. 그 느낌은 상자 안의 것이 지나치게 정돈되어 있다는 데서 왔다. 윤세오가 평상시 내키는 대로 들여다보고 되는대로 넣어두는 것과 달리 상자 안의 물건은 질서를 의식하여 정연하게 놓여 있었다. 누군가 손을 댄 흔적이 남은 상자 때문에 윤세오는 조금 불안해졌다.

고시원 입구에 붙어 있던 분실 공고문 때문에 그런 기분이 드는 것일 수도 있었다. 간밤에 세수를 하고 발랐는데 아침에 일어나보니 로션이 없어졌다는 내용의 고지가 입구에 붙어 있었다. 자고 있는 동안 누군가 방문을 열고 훔쳐갔다는 소리였다. 그런 일에 놀라는 건 고시원에 처음 묵는 사람들뿐이었다. 시간이 지날수록 사람들은 치약이나 슬리퍼, 작은 화장품 따위를 도둑맞는 일에 그다지 놀라지 않았다.

혹시나 싶어 책상서랍과 수납장을 열어봤다. 다른 점을 찾을 수 없었다. 함부로 뒤지고 물건을 빼간 흔적은 보이지 않았다. 실은 없어질 만한 물건도 별로 없었다.

그렇게 생각하면서도 문고리를 돌려봤다. 잠겨 있었다. 처음 고시원에 묵을 때는 자주 문 잠그는 일을 잊었다. 집이 아니라 방이라고 생각해서였다. 자고 일어나 아침에 문을 열 때면 간밤에 문을 잠그지 않은 채로 잤다는 사실을 깨닫고 경악하곤 했다. 지금은 그러지 않았다. 방이 아니라 집이라는 걸 충분히 알 만큼 시간이 흘렀다. 처음엔 남들에게 방해가 될까봐 복도를 걸을 때면 발소리를 최대한 줄였다. 느닷없이 열리는 다른 문에 몇 번 부딪히고 나서 오히려 소리를 내면서 걸어야 한다는 걸 익힐 정도로 고시원에 익숙해졌다.

윤세오는 꼼짝 않고 문고리를 노려보았다. 잠금쇠를 걸고 있는 문고리 너머에 누군가 서 있기라도 하듯이.

23

버스가 톨게이트로 접어들자 신기정은 다소 경직된 자세로 바깥을 내다봤다. J시에서 벌어진 일이 생각났고 그로 인한 미세한 두려움이 되살아났다.

J시로 올 수 있었던 것은 모든 일을 되짚어간 탓이었다. 경찰이 건네준 통화내역을 다시 살펴보는 일부터 시작했다. 윤세오의 전화번호에만 집중하느라 다른 번호에는 주의를 기울이지 않았다. 동생의 자살을 당연한 것으로 받아들인 나머지 어떤 의문도 품지 않아서였다.

내역은 몹시 단출했다. 한 달간의 목록이었는데도 그랬다. 스팸이나 광고를 제외하면 하루에 한 건의 통화도 없는 날이 대부분이었다. 간혹 통화가 이루어지더라도 일 분을 넘기지 않았다. 신기정과의 통화는 모두 짧게 끝났다. 저녁 여덟시 무렵, 일 분 조금 넘게 통화한 기록이 있었다. 가장 긴 통화였다.

신기정은 엄마와 저녁을 먹고 일일드라마를 보고 있었을 것이다. 학교에서 돌아오면 스트레스를 삭이며 멍하니 앉아 티비를 보거나 뭔가를 먹는 일로 시간을 보냈다. 거실에서 드라마를 보는데 동생에게 전화가 걸려와 슬그머니 일어나 방으로 갔을 것이다. 엄마는 흘깃 쳐다보지만 모른 척했을 것이다. 동생과의 통화라는 것을 알았을 테니까. 일 분 정도의 시간 동안 무슨 얘기를 했을까. 기억나지 않았다. 먼저 의례적인 인사. 언니 잘 있었어? 넌 어떻게 지내니? 그다음은, 학교는 어때? 공부하기는 괜찮니? 같은 질문들이 오갔을 것이다.

신기정은 주로 동생의 얘기를 들었다. 언제나 그랬다. 안부를 주고받고 나면 이제 무슨 말을 해야 하나 생각했고, 마땅한 얘깃거리가 없어 잠자코 있으면 동생이 동아리에서 만난 사람이나 새로 시작한 토익 공부 같은 얘기를 꺼냈다. 생각해보면 동생은 언제나 그런 얘기를 했다. 뭔가를 시작하려는데 잘 안 된 얘기, 동아리에서 늘 누군가를 의지하고 있다는 얘기 같은 것.

그외의 통화는 내역서에 표시된 시간으로 추측하건대 익숙한 방식이었을 것이다. 신기정은 사람들과 함께 있을 때면 동생의 전화를 받지 않았다. 동생에 대해 설명하는 일이 번거로웠다. 그래도 전화가 울리면 "나중에 내가 할게"라고 간단히 말하고 끊었다. 다시 한 적도 있었지만 대체로 하지 않았다. 동생과의 마지막 통화도 그러했을 것이다. 신기정이 동생에게 들은 말은 고작해야 "미안해, 언니"였을 것이다. 바쁘다는 신기정에게 동생이 늘 하는 말이었다.

스팸이나 광고 전화, 윤세오와 신기정의 번호를 제외하면 남는 번호는 단 세 개였다. 처음으로 연결된 전화는 남자가 받았다. 다급한 목소리. 동생의 이름을 대자 모르는 사람이라고 했다. 신기정이 무턱대고 전화해 누구냐고 물어야 하는 사정을 간단히 설명하자 그럴 수 있는 일이라고 대꾸했다.

"택뱁니다, 택배요."

"어느 지역 담당인지 물어도 될까요?"

"신림동이에요."

신림동. 동생의 거주지. 신기정은 한숨을 내쉬었다. 알면 알수록 동생은 새로워졌다. 확실한 것이 드러날수록 멀어졌다.

"사무실에 들어가시면 주문처나 그날 배송한 게 뭔지 확인할 수 있을까요?"

"확인하고 자시고 할 것도 없어요."

"네?"

"책이에요. 인터넷 서점 택배거든요."

죽기 삼 일 전, 동생은 무슨 책인가 샀고 앞으로 그것을 읽어나갈 예정이었다. 죽음을 결심한 사람이 책을 주문할까. 물론 어떤 죽음은 충동적으로 온다는 걸 알았다. 동생에게 다분히 그런 성향이 있다는 것도 알았다. 그래서 마음 붙일 데 없이 떠돌다 난데없는 일을 당하는 게 동생의 인생이라 여겼다. 대뜸 자살이라고 생각한 것은 그 때문이었다.

하지만 삶을 정리하려는 어떤 기미도 없이, 읽을 책을 사놓은 사람이 연고지도 없는 J시에서 죽음의 방법으로 투신을 택했다는 추측에는 다소 억지스러운 데가 있었다.

신기정은 스스로는 대답이 불가능한 질문들을 계속해서 던졌다. 답할 수 없는 질문이 쌓일수록 자명하다 여긴 동생의 죽음이 돌연 의아해졌다.

왜 동생의 시신을 보자마자 이런 일이 오래전에 일어났어야 했다고 단정지었을까. 자살을 기정사실화하는 바람에 수사를 요청하지도 않았다. 다른 방식의 죽음은 생각 못했다. 누군가가 동생을 강으로 떠밀어 죽음에 이르게 했다는 것은 아니다. 그런 생각은 동생이 스스로 뛰어들었다고 상상하는 것보다 무서웠다. 사고인지도 몰랐다. 절망감을 이기지 못해 스스로 뛰어든 것이 아니라 뜻밖의 실수나 의도치 않은 사고.

두번째 번호의 전화는 여자가 받았다. 느슨하고 졸리운 목소리. 동생의 이름을 듣고 바로 기억하지 못했다. 짤막하게 사정을 얘기하자 처음에는 모르는 사람이라고 했다가 잠깐 확인해본 다음에 아, 216호네, 라고 대꾸했다. 동생이 머물던 고시원의 주인이었다. 월세가 밀려서 독촉삼아 전화했을 거라고 했다. 자신이 직접 전화를 하는 경우는 그뿐이라고.

동생의 이름을 말하자 고시원 총무가 창고 한쪽에 넣어둔 종이 상자를 꺼내주었다. 동생의 방을 정리하며 담아둔 것이라고 했다. 단출한 옷 몇 벌과 공무원 수험도서가 여러 권 있었다. 음료수 캔이나 화장품, 짝이 안 맞는 슬리퍼 같은 것도 나왔다. 펼쳐보지 않은 책도 있었다. 필립 로스의 소설이었다.

상자 안의 물건들은 과연 동생의 것일까. 이름이 적힌 것은 수험서뿐이었다. 다른 사람이 쓰지 않는 물건을 넣어뒀더라도 알 수 없을 것이다.

216호에 들어가보지는 못했다. 이제는 다른 사람이 머물고 있었다. 세도 내지 않는 방을 오래 비워둘 리 없었다. 신기정은 동생이 여러 달 묵었다는 216호 앞에 서보았다. 이렇게 작아도 되나 싶을 정도로 문이 다닥다닥 붙어 있었다.

작고 어두운 방에는 한쪽 다리가 기운 의자가 있었을 것이다. 책상 위 수납장에는 타이레놀이 있고, 침구는 잠자리에서 일어난 모양 그대로 유지되어 있을 것이다. 수납장에는 신라면과 가장 적은 용량의 즉석밥이 고추맛이 가미된 참치통조림과 함께 놓여 있었을 것이다. 아마 동생도 고시원에서의 추운 밤을 오로지 전기장판 하나로 버텼겠지. 216호의 내부가 훤히 보이는 듯했다. 윤세오 방을 통해 떠올린 풍경이었다.

신기정에게는 마지막 순간이 지나고 나서야 동생에게 관심을 가졌다는 죄책감이 있었다. 한 번도 동생을 제대로 알았던 적이 없었다. 자책을 누그러뜨리려 범인을 찾는 형사 흉내를 냈을 뿐이다. 동생을 외로이 방치한 사람이라면 멀리 갈 것도 없이 신기정 자신이었다. 충분히 스스로를 경멸했다. 간혹 동생이 그걸 깨닫게 하려고 신기정을 윤세오의 좁은 고시원에 보내고 부이라는 사람을 찾게 한 것이 아닐까 싶기도 했다.

동생의 삶에는 엄마와 아빠의 삶, 그애가 알았거나 사랑했던 사람들의 삶이 스며들어 있었다. 그 삶을 모두 산 결과로 동생은 무엇인가를 선택하거나 혹은 선택하지 않는 사람이 된 것이다. 그러므로 동생의 삶과 연결된 윤세오나 부이를 놓을 수 없었다.

의지할 것은 윤세오뿐이었다. 업체를 다시 이용했다. 망설이며 어렵게 말을 꺼낸 신기정과 달리 전화를 받은 사람은 흔쾌했다. 사실이 알려지거나 법적인 문제가 있을까 하여 신기정이 망설이자 고시원에 들어가는 정도는 범죄 축에도 못 낀다며 안심시켰다. 그런 문은 철사 하나로도 충분하다는 것이다. 신기정은 마치 부탁을 받는 사람처럼 어렵게 그 일을 결정했다.

두어 번 그 방을 드나들었다. 거대한 수납상자 같은 방이었다. 휴식과 비밀의 공간 없이 오로지 편의에 의해 만들어진 듯한 방. 그저 칸막이를 나눈 복도에 침대를 하나 놓아둔 것 같은 방. 단순한 용도로 제작된 것이 모두 그렇듯 조금만 들여다봐도 경악할 만큼 빈곤의 냄새가 풍겼다. 창도 없는 방은 무자비한 고립감을 주었다. 이웃한 방의 소음이 고스란히 들렸다.

그 옷. 어두운 방에 들어서면 가장 먼저 벽에 걸린 그 옷이 눈에 띄었다. 그게 보라색인 건 방의 불을 켜보고서야 알았다. 보면 볼수록 이상하게 마음을 흔드는 옷이었다. 누군가 목을 맨 것처럼 걸려 있어서는 아니었다. 옷의 색깔과 디자인이 방의 생김새와 영 어울리지 않아서였다.

윤세오는 아침에 일어난 자리 그대로 침대에서 몸만 빠져나갔다. 이응을 쓸 때 동그랗게 쓰지 않고 눈물처럼 길쭉하게 썼다. 바지 사이즈가 큰 것으로 보아 신기정보다 몸무게가 많이 나가는 모양이었다. 상자 속 물건은 뒤죽박죽 놓여 있었는데, 종종 그것을 들여다보는 것 같았다. 불에 탄 흔적이 있는 것으로 보아 제 집에서 추려나온 물건들인 모양이었다.

그 방에 있으면 윤세오에게 동생의 죽음을 추궁하는 게 얼마나 부당한지 알 수 있었다. 윤세오는 그저 사고로 집을 잃고 고시원에 머무는 이십대 중반의 여자애에 지나지 않았다. 수첩에 적힌 문구에서 유독 아빠를 그리워하는 문장이 많은 걸 보면 그 사고로 아빠를 잃은 것인지도 몰랐다. 아빠에 대한 얘기가 더 많은 걸로 유추컨대 엄마를 잃거나 엄마와 헤어진 것은 아마도 더 오래전일 것이다. 그립지 않은 것이 아니라 조금 덜 그리운 것이겠지.

아이 때만 해도 상상해본 적 없는 미래일 것이다. 일찌감치 부모와 헤어지게 될 줄은, 인생의 찬란한 때에 기껏 상자 같은 방에서 지내게 될 줄은 몰랐을 것이다.

그 생각을 하면 신기정은 자고 일어난 흔적이 남은 이불을 곱게 펴서 정돈해주고, 한쪽이 기운 의자 밑에 두꺼운 종이를 여러 겹으로 접어넣어 균형을 맞춰주고 싶었다. 허술한 고시원 문에 보조 잠금쇠를 달아주고 어두운 벽에 걸린 보라색 트렌치코트는 부직포 케이스에 담아 옷장 안에 넣어주고 싶었다.

방에 머무는 동안 손에 잡히는 대로 상자에 든 편지를 읽거나 수납장 안에 든 수첩을 읽었다. 편지는 오래전 조미연이라는 아이에게서 받은 것이었다. 대부분 둘의 우정을 증명하는 데 할애되어 있었다. 그 또래 아이들이 우정을 강요하는 것이야 흔한 일이었다.

수첩에 적힌 어떤 문장은 쉽게 지나치지 못했다. 이를테면 '지금은 아니다' 같은 밑도 끝도 없는 부정형 문장. '안녕 아빠' 같은 느닷없고 짤막한 인사, '실수는 절대 안 됨' 같은 평범한 다짐, '호스콕' 같이 맥락을 이해하기 어려운 용어.

읽으면 읽을수록 수첩에 적힌 것은 윤세오만의 것이었다. 동생과 관련한 것은 없었다. 주체가 불분명한 것을 포함하면 다룰 수 없을 만큼 많았다. 너무 적거나 많아서 어떤 것도 유용하지 않았다. 그럼에도 흥미로운 것은 있었다. 수첩에 적힌 연속된 행적의 기록. 얼핏 봐도 대략 몇 개월 치는 될 것 같았다.

예를 들면,

8:43 역, 편의점

점심 낙지수제비집

17:45 고잔 138-2

19:07 역전, 양평순댓국

20:46 회사

22:13 역

22:58 공사현장 쪽

23:04 도착

이런 세밀한 시간대별 행적.

얼핏 윤세오의 일과라고 생각했다. 조금 별나게 일상을 정리하는 모양이라고. 그러나 이내 아닌 걸 알 수 있었다. 누구도 자신의 일과를 그런 식으로 정리하지는 않으니까. 아침 여덟시 사십분쯤 회사가 있는 역에 도착해 오후에 고잔동에서 일을 본 후 다시 회사에 들어갔다가 밤 열시가 되어서야 회사에서 빠져나온 누군가의 행적일 것이다.

동생이 마지막 순간에 그토록 애타게 찾던 윤세오가 뒤쫓는 사람은 누구일까. 윤세오는 왜 이런 일을 할까. 신기정 역시 뜻하지 않게 남의 방에 몰래 들어오는 처지가 되었으므로, 윤세오가 범죄

적인 목적을 가졌거나 특별하게 이상한 성향의 사람은 아니라는 것 정도는 이해했다.

고속버스가 터미널에 멈춰 섰다. 승객들이 다 내릴 때까지 신기정은 꼼짝 않고 앉아 있었다. 이곳에서 벌어진 일이, 이제 곧 알게 될 사실들이 몹시 아득하게 느껴졌다. 기사가 신기정을 재촉했다. 신기정은 천천히 J시로의 첫걸음을 뗐다.

버스터미널 인근에서 택시를 잡아탔다. 서울과 달리 그다지 바람이 차게 느껴지지 않았다. 신기정은 서울에서 약 삼백십 킬로미터 떨어진 곳에 있었다. 그 거리만큼 동생의 시신을 확인한 때로부터 시간이 흘렀다. 그간 윤세오라는 이름과 부이라는 이름을 알게 되었다. 동생이 지내던 고시원에도 가보고 윤세오 방에 몰래 들어가보기도 했다. 그럼에도 여전히 동생은 미궁 같았다. 알수록 더 검고 깊은 구멍이 생겼다.

하지만 이제는 구멍을 조금 메울 수 있을 것 같았다. 신기정과 세번째로 통화한 사람이 뭔가 말해줄 것이었다. 어쩌면 윤세오에 대해서도 듣게 될지 몰랐다. 신기정은 택시에서 내려 그 사람을 향해 걸어갔다.

24

주말 밤의 연립주택을 지켜보는 일은 심야 라디오 프로그램을 듣는 것과 비슷했다. 신경을 거스르지 않는 조용한 소음이 계속되었다. 음악이 바뀌듯 불이 켜지고 꺼지는 것이 고요 속에 반복되었다.

입구 쪽에서 인기척이 들렸다. 윤세오는 담장처럼 연립주택을 둘러싼 방진막 모퉁이로 몸을 숨겼다. 가로등 불빛이 닿지 않아 유독 어두웠다. 하늘은 더 어두웠다. 바람이 차서 달이 얼어붙은 것 같았다. 연립을 지나치는 발걸음이 멀어졌다.

아직 이사하지 않은 집이 서너 곳 되는 것 같았다. 구조신호를 보내듯 몇 집의 불이 번갈아 켜졌다 꺼지고 간간이 텔레비전 소리나 아이 울음소리가 들렸다.

이수호 집은 불이 꺼져 있었다. 자세히 봐야 형형색색의 텔레비전 불빛이 새어나오는 걸 알 수 있었다. 이수호가 아직 돌아오지 않았다는 뜻이었다. 노인은 아들이 돌아와야 거실 불을 켰다. 불이 꺼진 이수호 집은 검은 담처럼 보였다. 그래서인지 오래전에 머물던 숙소가 떠올랐다.

낮이면 늘 도망치고 싶다가도 밤이면 우르르 떼지어 숙소로 들어갔다. 사람들과 같이 있어 어울려 들어갈 수 있었다. 막상 합숙소에 들어가면 언제나 다른 사람과 함께 있다는 게 참을 수 없어지곤 했지만.

합숙소 창문은 꽉 닫혀 있었다. 일부러 그런 것은 아니고 오래되어 녹이 슨 것 같았다. 한 달에 한 번 대청소를 할 때면 힘겹게 문을 조금 열었다. 어느 날, 대청소 시간에 사람들이 분주히 오가는 가운데 여자애 하나가 창 앞에 섰다. 부이가 데려온 애였다. 성과도 없이 몇 개월째 버티고 있었다.

사람들이 지나가며 좁은 틈으로 창밖을 내다보는 여자애에게 물었다.

"뭘 봐?"

왜 함께 청소하지 않느냐는 핀잔이었으나 여자애는 못 알아듣고 천진하게 대꾸했다.

"하늘."

"그게 보여?"

"그럼. 아주 맑아."

기분 좋게 대꾸하는 여자애의 머리를 부이가 어린 동생에게 하
듯 쓰다듬어주었다. 윤세오는 여자애를 잘 봐두었다가 청소가 끝
난 후에 창가로 갔다. 하늘은 보이지 않았다. 공사중이라 회색 담
이 시야를 가로막고 있었다.

이수호네도 그럴 것 같았다. 베란다 쪽 창으로 높은 방진막만
보일 터였다. 방진막이 걷힐 즈음이면 연립은 이미 철거되어 흔적
도 남지 않을 것이다.

윤세오는 담을 쌓듯 조금씩 이 일의 세부를 만들어왔다. 오래
걸리긴 했지만 마침내 가까워졌다. 실행이 머지않았다는 의미였
다. 그러나 어느 순간 예기치 않은 일이 끼어들 것 같았다. 계획의
철저함이나 결의의 단단함이 무색해질 것 같았다. 결정적인 순간
에 어떤 우연이 간섭할지 아는 것은 불가능했다. 닥칠 수 있는 것
을 예측하고 막연히 기다리는 수밖에 없었다.

그 일의 결과를 상상하노라면 윤세오는 자신이 완전히 냉담한
인간이 되었음을 실감했다. 슬픔이나 죄책감은 없었다. 묵묵히 인
정했다. 이수호나 그의 노모에게도 연민은 들지 않았다. 희망 없
이 그 일에 매달리는 스스로에게도 마찬가지였다. 그 일과 결부된
어떤 감정이 있다면 그것은 이수호가 도달하게 될 세계에 대한 선
망이었다. 죽음이라는 낯선 세계.

아홉시가 조금 지나 어두컴컴한 연립을 빠져나왔다. 역으로 가

는 길목의 공중전화박스로 들어갔다. 천천히 번호를 눌렀다. 벨소리가 오랫동안 울렸다. 폐허가 된 157번지 위로 헛되이 울리는 소리였다. 실제로는 울릴 리 없었다. 157번지에는 아무것도 남지 않았으니까.

이번에는 다른 번호를 눌렀다. 상상 속에서 하도 여러 번 걸어서 번호가 익숙했다. 벨이 세 번쯤 울린 뒤 전화를 받았다. 수화기를 통해 전화를 받은 사람의 쌕쌕거리는 숨소리가 전해졌다. 윤세오는 잠자코 있었다. 상대는 힘을 가늠해보는 짐승처럼 숨소리만 내고 있다가 별안간 소리를 질렀다.

"도대체 너는 누구냐? 우리한테 왜 이러냐?"

노인이었다. 겁에 질려 내지르는 목소리. 가쁘게 숨을 내쉬었고 필요 이상으로 흥분하여 쏘아붙였다. 윤세오는 아무 말 하지 않았다.

"누군데, 내 아들한테 왜 이러냐."

노인이 다시 소리쳤다.

어떤 짐승은 두려우면 가시를 세운다. 어떤 짐승은 몸의 색을 바꾼다. 어떤 짐승은 독을 내뿜는다. 노인은 새된 소리를 지른다.

수화기 저편에서 여전히 노인의 거친 숨소리가 들렸다. 다른 소리는 들리지 않았다. 이수호가 집에 있었다면 수화기를 뺏어 노모를 대신해 소리질렀을 것이다.

"이제 그만 좀 하세요."

이번에는 애원했다. 수화기를 타고 노인의 숨소리가 전해졌다.

윤세오는 끊지 않았다.

"내 아들이 니놈 가만 안 둔다고 했어. 꼭 찾아낸다고 했어."

노인은 어르는 것을 금세 포기했다. 힘껏 고함을 친 후 전화를 끊어버렸다.

윤세오는 천천히 수화기를 내려놓았다. 노인의 겁에 질린 말투가 뜻밖의 사실을 일러줬다. 누군가 이수호를 위협하고 있었다. 그 일은 이미 여러 번 일어났다. 최근에도 벌어진 것 같았다.

25

복도는 폭우가 쏟아지는 날처럼 어두컴컴했다. 라면 냄새와 곰팡이 냄새는 추위에도 기죽지 않았다. 끊임없이 사람들이 오갔다. 방 안쪽의 소음이나 휴게실에서 떠드는 소리, 아래쪽 건물 노래방에서 들려오는 쿵쾅거리는 소리가 한데 섞여 시끄러웠다. 방문 밑으로 새어나오는 불빛들은 사금파리처럼 빛났지만 온기는 없었다. 433호에서는 불빛이 새어나오지 않았다.

신기정을 다시 이곳으로 이끈 것은 세번째 전화였다. 한참 만에 남자가 받았다. 동생의 이름을 말하자 몹시 반가워했다. 처음이었다. 동생의 이름을 바로 알아듣고 심지어 반가워해주는 사람. 막연히 그 사람이 부이가 아닐까 생각했고 역시 그랬다. 부이는 이내 의아해했다. 느닷없이 친구의 가족에게 전화가 걸려온다면 누구나 그럴 터였다.

J시에서 부이를 만나서는 줄곧 동생에 관한 얘기를 들었다. 부이는 자신이 아는 모든 것을 얘기해주었다. 잘 모르지만 그런 느낌이었다. 그럼에도 동생의 죽음이 여전히 명확해지지 않는다는 게 놀라웠다.

윤세오를 만나도 그럴 것이다. 윤세오가 동생에 대해 얘기할 수 있는 건 거의 없을 것이다. 말을 하지 않으려 해서가 아니라 아는 게 없어서. 그래도 윤세오가 제 삶을 사느라 동생을 모른 척한 게 아니라는 건 알았다. 동생과 달리 윤세오의 삶이 밝고 따스했던 것도 아니었다. 젊은 애다운 광채를 뿜어내지도 않았다.

부이의 얘기를 들으면서 신기정은 세 사람을 두고 해온 자신의 짐작이 대부분 틀렸다는 것을 알게 되었다. 세 사람은 그저 홀로 존재하다가 어느 시기에 서로 연결되었을 뿐이다. 다른 모든 사람들이 그러는 것처럼. 그 누구의 삶도 긴밀하게 이어져 있지 않았고, 무관하게 홀로 있지도 않았다.

궁금했다. 세 사람은 비슷한 실패를 겪었다. 그 일을 하는 동안 시절이 낭랑하게 흘렀을 것이다. 친구를 잃고 시간과 희망을 잃었을 것이다. 물론 돈도. 동생처럼 많은 액수의 빚을 지기도 했을 것이다. 같은 실패를 경험한 후 시간을 통과하면서 동생은 죽고 윤세오와 부이는 살아남았다. 살아서 누군가를 뒤쫓게 되었을지라도. 먼 도시에서 아르바이트로 학업을 이어나가는 생활이 순탄하지는 않을지라도. 무엇이 동생은 살아남는 데 실패하게 하고 윤세오와 부이는 성공하게 했을까. 어떤 사람에게는 절망이 삶의 끝이 되는데, 다른 사람에게는 어째서 절망이 또다른 시작이나 그저 일상이 되는 것일까.

그 모두를 알 수 없다고 해도 신기정이 할 수 있는 일은 있었다. 동생이 하려던 말을 윤세오에게 전해주는 것. 오해를 무릅쓰고 그렇게 하리라 결심한 것은 433호가 종이상자처럼 얇고 좁아서였다. 윤세오가 날마다 들여다보는 상자 속의 물건이 157번지의 유품이어서였다. 싸구려 스킨과 수분크림, 의자 등받이와 옷걸이에 걸린 채 꾸덕꾸덕 말라가는 전날의 빨래, 무늬 없는 면 속옷이나 액자처럼 늘 벽에 걸린 보라색 트렌치코트 때문이었다. 216호실의 동생과 마찬가지로 그런 것들에 둘러싸인 윤세오에게 누군가 여전히 당신을 그리워한다고 말해주고 싶었다.

휴게실 쪽에서 한 무리의 사람들이 떠들썩하게 몰려나왔다. 그중에 윤세오가 있으리라는 생각은 들지 않았다. 사람들이 각자의 방으로 들어간 후 신기정은 다시 추위 속에 홀로 남겨졌다.

입구 쪽에서 누군가 다가왔다. 인기척이 없어서 그 사람은 갑자기 나타난 것처럼 느껴졌다. 복도의 누런 불빛 때문에 비켜서기를 기다리며 서 있는 사람의 얼굴이 제대로 보이지 않았다. 하나로 질끈 묶은 머리가 찰랑거렸다. 실루엣이 어쩐지 나이든 여자처럼 보였다. 힘없이 어깨를 축 늘어뜨리고 있어서였다.

신기정이 몸을 비켜 길을 내줬다. 그 사람이 433호 앞에 섰다. 근처에 서 있는 신기정을 의식했는지 가방에서 조심스럽게 열쇠를 꺼내 구멍에 넣었다. 신기정은 방문을 여는 뒷모습을 지켜보았다. 그간 상상해오던 것보다 키가 작았다. 몸집은 큰 편이었지만 뚱뚱하다거나 둔한 느낌은 들지 않았다. 오히려 작고 가냘퍼 보였다.

윤세오는 아주 조금 문을 열고 몸을 밀어넣듯 안으로 들어갔다. 433호에서 문을 잠그는 소리가 크게 들려왔다. 문틈으로 새어나온 불빛이 신기정의 발에 닿았다. 불빛이 짐작보다 따뜻했다.

26

아는 사람을 만나면 지옥이 다시 열린다. 집에서만 지낼 때는 그렇게 생각했다. 사람들은 언제나 누군가를 노린다고. 오래전 윤세오가 함께 일하자고 회유했으나 결국 실패하고 돌아간 사람들이, 무엇을 지키려는지 모르면서 간혹 멱살을 잡고 '손님'이나 '회원'을 집으로 데려가지 못하게 드잡이한 사람들이 불쑥 나타나 윤세오를 비난하고 원망할 것 같았다. 증오는 잊히지 않고 증식하는 법이니까.

그 사람들을 만나지 못하고 살 확률이 크다는 건 주기적인 심부름을 통해 아빠가 일러줬다. 사람들을 봐. 널 노리는 사람은 없어. 모두 각자의 시간과 인생을 살 뿐이야.

시간이 한참 지나고 나서 그걸 깨달았다. 사람들은 그저 제 인생에 전념했다. 저마다의 인생을 사느라 윤세오에게 줄기차게 관심을 가지지 않았다. 잃어버린 시간을 만회하고 삶에 정착하는 동안 원망과 증오는 제풀에 사그라들기도 했다. 그런 것들은 인생 앞에서는 무용지물이었다. 시간은 다 이겨냈다. 조미연에게도 원망하는 마음이 들지 않았다. 그렇더라도 완전히 무관해지지는 않았다. 그 이름이 잊히지 않는 걸 보면 그랬다.

그러므로 언제고 누군가 다가와 "혹시 윤세오씹니까?"라고 묻는 순간이 생기리라 생각했다. 세상은 넓지만 우연은 종종 서로를 스치게 하니까. 여러 차례 그런 순간을 상상했지만 좁고 어두운 고시원의 복도이리라고는 생각하지 못했다. 우연이 그렇게 할 리 없었다. 그것은 상대가 윤세오에 대해 거의 모든 것을 알고 있다는 얘기였다.

"윤세오씨 맞죠?"

복도에 선 사람이 물었다. 윤세오는 얼굴이 어둠에 가린 사람을 쳐다보았다. 고시원에 사는 사람은 아니었다. 그들이라면 윤세오를 저기요, 라고 부를 것이다. 저기요, 혹시 이렇게 생긴 슬리퍼 못 봤나요. 저기요, 아침에 쓰던 샴푸 제 것 같은데요. 저기요, 냉장고에서 제 참치 꺼내 드셨죠? 저기요, 의자 끄는 소리가 너무 커요.

"미안해요. 이렇게 불쑥."

목소리에는 별로 미안해하는 기색이 없었다. 어떻게든 윤세오와 얘기를 하려고 필요한 말을 내뱉는 듯했다. 어떻게 생겼더라.

길을 비켜달라는 의미로 복도에 기둥처럼 서 있는 사람을 쳐다보기는 했다. 통이 좁은 바지에 검은 단화 차림이었던 게 기억났다.

누군가 드디어 자신을 찾아냈다. 이런 순간이 오면 무섭고 화가 나리라 생각했는데, 아니었다. 그런 사람들이 언제고 들이닥칠지 모른다고 상상해왔기 때문에, 그들을 피하느라 인생의 많은 시간을 써버렸기 때문에, 막상 현실로 닥치자 생각만큼 겁이 나지 않는 것 같았다.

어떻게 찾았을까. 누굴까. 오래전 함께 어깨를 맞대고 자던 사람, 시간과 순서를 정해 화장실을 쓰던 사람, 서로의 땀냄새와 배설물 냄새에 익숙해져 안 씻는 게 별로 부끄럽지도 불편하지도 않던 시절을 보낸 사람, 연락이 닿지 않는 가족을 찾아 '손님'이나 '회원'을 데리러 온 적 있는 사람 중 하나일까.

"난 하정이 언니예요. 신하정."

낯선 이름이었다.

"신하정이요. 난 그애 언니예요. 신기정이라고 해요."

어둠 속에 서 있는 사람의 목소리가 얼어붙은 듯 갈라져 있었다. 그 얼굴에 사람을 잘못 보았을지 모른다는 두려움이 스쳤다.

이름이 얼른 떠오르지 않는 걸 보니 그 시절에 만난 사람이 분명했다. 워낙 많은 사람을 만났다. 떠올리려 해도 잘 생각나지 않았다. 잊어서는 아니었다. 함께 지내던 당시에도 이름을 모르는 사람이 많았다. 하루나 이틀 정도 머물다 떠난 사람이 부지기수였다.

"저기요. 휴게실로 가서 얘기할래요?"

앞방 문이 벌컥 열리더니 성난 목소리가 튀어나왔다. 얼굴은 보이지 않았다. 윤세오는 그 소리에 떠밀리듯 방 안쪽으로 들어갔다. 별말 하지 않았는데 신기정이 따라들어왔다.

"신하정이요?"

윤세오가 어색하게 문가에 서 있는 사람에게 물었다.

"네, 신하정."

윤세오가 바로 떠올리지 못해서 다소 실망하는 투였다. 그 이름을 듣고 반색할 줄 알았을까. 얼굴을 일그러뜨리거나 죄책감에 사로잡힌 표정을 지으리라 생각했을까.

윤세오는 천천히 방문을 닫았다. 덤덤했다. 신하정이 모르는 이름이어서 그러는 것일 수도 있었다.

"기억이 안 나요?"

신기정이 물었다. 윤세오는 대답을 않고 침대에, 전원을 켜지 않아 차가운 전기장판 위에 걸터앉았다. 서 있자니 거의 얼굴을 맞대야 할 지경이었다. 이번에도 신기정은 알아서 의자를 꺼냈다. 윤세오는 신기정이 의자에 걸터앉는 걸 지켜봤다. 신기정은 익숙하게 균형을 잡았다. 다리 하나가 짧아 한쪽으로 기우는 걸 알고 있는 것 같았다. 처음 방에 들어올 때부터 그랬다. 고시원 내부의 좁지만 알찬 규모에 놀라지 않았다. 남의 방인 걸 의식하고 티 안 나게 둘러보려고 애쓰지 않았다. 예의를 차리느라 그런 것인 줄 알았는데 아닐 수도 있겠다는 생각이 들었다. 이런 방이 익숙해 보였다.

신기정과는 무릎이 맞닿을 정도로 가까웠다. 윤세오가 조금 옆으로 비껴앉았다. 방이 좁아서 더이상 멀어질 수 없었다. 묻고 싶은 게 많았으나 선뜻 말을 꺼내지 않았다. 신기정이 왜 먼저 털어놓지 않는지 의아했다. 왜 자신을 찾았는지, 어떻게 찾았는지, 혹시 이곳에 드나든 적은 없는지. 이름도 기억나지 않는 신하정의 언니라는 것만으로는 그런 것들이 하나도 설명되지 않았다.

"당연히 하정이를 알 거라고 생각했어요."

신기정이 한숨을 내쉬었다. 그 말을 하는 데 힘이 들었다. 앞으로 해야 할 얘기는 더욱 어려울 것이었다. 어떤 말도 하기 전이었지만 동생에게서 비롯되어 지금까지 일어난 일을 제대로 설명하는 것이 불가능하게 여겨졌다.

"부이라는 친구는요? 그 친구는 기억나요?"

윤세오가 고개를 들어 신기정을 봤다. 처음이었다. 낯선 사람에게서 부이라는 이름을 듣는 일.

"그 친구는 세오씨를 잘 알던데요."

신기정이 덧붙였다. 윤세오는 입 밖으로 소리가 새어나오지 않도록 조심하면서 속으로 부이, 하고 불렀다. 몇 번 그렇게 하자 신하정이라는 이름이 생각났다. 마치 부이라는 이름에 연결되어 있던 것처럼. 그 여자애, 영문을 모르겠다는 표정으로 항상 부이만

따라다니던 애.

"신하정. 기억나요."

"다행이에요."

그렇게 말하고 신기정은 입을 다물었다. 완강하고 강압적인 침묵이 아니었다. 고요했다. 그 침묵이 윤세오를 안심시켰다. 신기정이 찾아온 것은 그간의 상상과는 다른 일 때문인지도 몰랐다. 오래전의 일을 힐난하거나 멱살을 잡거나 소리를 지르거나 잘잘못을 따져 물으려고 온 것 같지 않았다. 신하정의 상부가 자신이 아니라는 데 마음이 놓여서 그런 생각이 들었다. 신하정을 그곳으로 부른 사람은 부이였다.

"같은 숙소에서 지냈다고 들었어요."

"그런 사람이 워낙 많았어요."

말하고 보니 변명처럼 들렸다.

"피곤했어요. 씻고 자기 바빴어요. 각자 자기 일만 했죠. 엠티를 간 게 아니었으니까요. 친해서 같이 자고 밥을 해먹은 게 아니었어요."

그때 일을 다른 사람에게 얘기하는 건 처음이었다. 힘들지는 않았다. 시간이 흘러서는 아니었다. 앞에 앉은 사람은 그 시절이 대체 어떠했는지, 좁은 방에서 여럿이 함께 머무는 게 무슨 기분인지 아무것도 몰랐다. 그 시절이 갉아먹은 게 시간만이 아니라는 것도 모를 것이다.

신기정이 뭔가 안다고 해도 자기만큼은 아닐 것이다. 마음만 먹는다면 그곳에서의 역할과 생활을 거짓으로 말할 수 있었다. 적당히 둘러댈 수도 있었다. 거짓말과 숱한 과오를 변명할 필요도 없었다. 하지만 그러려는 시도에서 어떤 기쁨도 느끼지 못할 터였다. 누구의 잘못으로 시작한 일이 아니었다. 언제나 그렇듯이 어떤 선택을 했고 뭔가를 잃었고 실패했을 뿐이다.

"동생이 세오씨하고 친하게 지낸 줄 알았어요."

윤세오는 잠자코 있었다.

"솔직히 말하면 동생에 대해 아는 게 별로 없어요."

미안해하며 신기정이 덧붙였다.

"거기서는 별로 친하게 지낸 사람이 없었어요. 쉽게 가까워지지 못했어요. 누군가 들어오면 저 사람은 얼마나 버티겠구나, 그럼 얼마짜리겠구나 하고 생각한 적은 있어요. 합숙소에 들어온 날로 도망가버리는 사람이 많으니까 그렇게 못하게 막으면서 이런저런 말을 붙이기는 했지만 금세 잊어버렸어요. 밤에 도망 못 가게 감시하는 사람하고는 절대 친구가 될 수 없어요."

거짓말이었다. 윤세오는 부이에게 의지했다. 그애도 그랬을 것이다. 아마 부이도 누군가에게 의지했을 것이다. 거기에 있는 사람들은 드러내고 그러지는 못했지만 할 수 있는 한 모두 다른 사람에게 기댔다. 그렇기는 해도 신하정이 윤세오에게 의지하지는 않았다. 윤세오는 누구에게도 의지가 되지 못했다.

"신하정은 어떻게 지내나요?"

머뭇거리다 윤세오가 물었다. 자신을 찾아온 게 신하정의 언니라는 사실이 이제야 마음에 걸렸다. 동생에게서 그 시절의 얘기를 직접 듣지 못할 이유가 있을 것이다.

"죽었어요."

신기정은 머뭇거리다가 사고인지 자살인지 불확실한 익사라고 덧붙였다. 윤세오가 묻지 않은 몇 가지 질문에 미리 대답이 될 것이다. 윤세오는 역시 그렇게 되었구나 하는 표정을 지었다.

신기정은 윤세오가 묻고 싶으리라 생각한 것을 천천히 털어놓았다. 어떻게 고시원을 알게 되었는지, 왜 윤세오를 찾으려고 했는지. 납득할 정도로 설명이 되었는지 알 수 없었다. 윤세오는 간혹 고개를 끄덕였다. 그저 말대꾸를 위한 무의식적인 반응이라 해도 고맙게 여겨졌다.

윤세오는 조금 놀랐다. 신하정이 여러 차례 전화를 건 사실을 전혀 몰랐다. 아빠가 전화를 바꿔주지 않았다. 합숙소를 빠져나온 후 팀장과 사람들은 계속해서 전화를 걸거나 집으로 찾아왔다. 아빠는 윤세오가 그들을 만나고 싶어하지 않는다는 걸 알고 있었다. 신하정의 전화 역시 끊어버렸거나 외출중이라고 둘러댔을 것이다. 집에서 지내는 동안 윤세오는 어떤 전화도 받지 않았다. 초인종이 울려도 문을 열어주지 않았다. 아빠가 없으면 전화는 저 혼자 울리다가 끊겼고, 누군가 방문했다가도 헛되이 돌아갔다.

"왜 저한테 전화했을까요?"

그럴 만한 사이가 아니었다. 신기정에게 조금 미안하기도 했다. 마지막 말은 남겨진 사람에게 어떤 의미가 있을 것이다. 남겨진 사람은 애써 찾은 의미로 얼마간 삶을 버틴다. 신기정이 동생의 마지막 말을 들을 기회를 윤세오가 빼앗은 것 같았다. 윤세오가 아빠의 마지막을 내내 곱씹는 것처럼 신기정도 그럴 자격이 있었다.

"하정이를 마지막으로 본 게 언제예요?"

신기정이 대답 대신 물었다. 윤세오는 '마지막으로 본다'는 완료형 문장에 대해 생각했다. 누군가를 마지막으로 보게 된다는 건 시간이 필요한 말이었다.

오래전이었다. 그 시절 말이다. 한번 실패하면 인생 전체가 실패하리라 생각하던 시절, 실패하지 않으려고 애쓰다가 계속 실패를 거듭하던 시절, 모르는 사람에게 불쑥 전화를 걸어 함께해보자고 설득하고 아는 친구에게 사정하던 시절, 부엌 개수대에서 번갈아가며 짧게 세수를 하던 시절, 입만 열면 성공할 수 있다고 최면을 걸던 시절, 돈을 벌기 위해서가 아니라 실패를 인정하기 힘들어서 계속 함께 머물던 시절, 뜻 없는 사람을 붙잡아두기 위해 마음에 없는 말을 잘도 하던 시절.

지금은 그 일을 몇 가지로 해석할 수 있었다. 그만한 시간이 흘렀다. 우선 인생이라는 게 다 그럴지 모른다는 생각이 든다. 희망을 품었다가 결국 그것에 물리는 일. 아마 앞으로도 여러 차례 겪을 것이다.

지나고 보니 다른 시절과 마찬가지로 그때에도 좋은 일과 나쁜 일이 동시에 일어났을 뿐이다. 그때는 모두 나쁜 일인 줄 알았다. 기쁘고 좋은 일은 소소하게 흘러갔으나 나쁜 일은 내내 남아서였다.

판매 물품을 개선하거나 회원 운용 방식을 합리적으로 바꾸면 그다지 나쁘지 않다는 생각도 든다. 부이의 말대로 문제는 환상을 부풀리는 비열한 시스템이다. 실제로 윤세오는 한동안 구조적인 문제라고 결론 내리며 스스로에 대한 실망을 다독였다.

그곳에 있을 때는 실패가 분명함에도 쉽게 떠날 수 없었다. 그럭저럭 유지하는 게 더 실패하지 않는 일인 줄 알았다. 생각해보면 성공이라고 여겨온 것도 보잘것없었다. 표면장력으로 간신히 유지되는 무지개 빛깔의 얇은 막과도 같았다. 그때는 아무리 얇을지라도 그것을 유지하고 싶어 여러모로 애썼다.

그곳에 들어간 게 조미연 때문이라면 그곳을 떠난 것은 부이 때문이었다. 의존적이고 겁쟁이인 윤세오다웠다. 부이가 사업을 시작한 지 팔 개월, 윤세오는 일 년 오 개월 정도 되었을 무렵이었다. 진행 회의를 하는 중에 부이가 슬쩍 일어나 교육장 밖으로 나갔다. 윤세오가 슬그머니 뒤따랐다. 부이는 차가 오지 않는 틈에 길을 건넜다. 윤세오는 걸음을 빨리했다. 부이가 그대로 달아나버릴 것 같았다. 편의점 아르바이트생의 냉대에 놀랄까봐 걱정

되었다. 경찰의 느긋한 대응에 상처를 받을까봐, 상처에 굴복하고 앞으로는 주저없이 스스로를 괴롭히는 쪽을 택하게 될까봐 두려웠다.

한편으로 부이도 조미연처럼 아무 말 없이 떠나려 한다는 것 때문에 상심했다. 지난 몇 개월간 보여준 쾌활하고 유연하면서도 적극적인 모습이 실은 윤세오를 안심시키기 위한 연기일지도 모른다는 생각이 들었다. 나쁜 쪽으로만 생각하는 것일 수도 있었다. 그만큼 윤세오는 안 좋은 일을 여러 번 겪었다.

그때 느낀 것은 배신감 같은 게 아니었다. 연민이었다. 부이는 윤세오가 충분히 의지할 만한 사람이었지만 겨우 스물셋이었다. 어린애 티를 간신히 벗은 청년에 불과했다. 겉으로는 무력하거나 연약한 사람이라는 표시를 전혀 드러내지 않는 사람이 극심한 고통을 받으면 어떤 상태가 될지, 윤세오는 상상했다. 부이가 그대로 될까봐 겁났다.

잡고 싶었다. 전적으로 기둥 같은 존재로 남겨두기 위해서. 잡고 싶지 않았다. 그곳에 있는 사람들은 죄다 죽은 거나 다름없었다. 윤세오 역시 마찬가지였다. 부이를 그렇게 만들고 싶지 않았다. 모두 진심이었다. 그 모순된 생각은 죄책감을 느끼면서도 부이를 붙잡게 할 것이었다.

윤세오가 고통과 애처로움, 불안 사이를 왕복하는 동안 부이는 편의점으로 들어갔다. 몸을 숨기지 않았다. 뭔가를 구경하며 골랐다. 물건을 들었다 놨다. 아르바이트생에게 간절히 부탁하거나 긴박하게 바깥을 살피지 않았다. 잠시 후에 부이는 창 앞에 놓인 테이블에 턱을 받치고 섰다. 이내 뭔가를 먹기 시작했다. 아마도 삼각김밥인 모양이었다. 작은 초콜릿빵인지도 몰랐다.

부이가 그걸 먹는 동안 사 분 정도가 흘렀다. 윤세오는 교육장으로 들어가기로 했다. 숨어서 지켜본 걸 부이가 알게 하고 싶지 않았다. 몸을 돌리다가 앞쪽에 있던 팀장과 눈이 마주쳤다. 별로 놀라지 않았다. 팀장도 들킨 것에 놀라지 않았다. 그곳은 모두가 서로 엮여 있는 곳이었다. 윤세오가 부이를 지켜보는 것처럼 팀장이 윤세오를 지켜보았다. 조미연이 있었다면 팀장 대신 지켜봤겠지. 한때는 사람들과 그처럼 긴밀하게 연결되어 있다는 생각에 적막하고 춥고 어두운 곳에서도 그럭저럭 견딜만 했다. 하지만 그 순간 더는 견디지 못하리란 걸 깨달았다.

시간이 지나서야 드는 생각인데, 그곳은 전당포나 다름없었다. 스스로를 저당잡힌 채 가능한 인간관계를 모두 팔아치웠다. 일을 하면 할수록 실패가 자명해졌다. 거기에서 일한다고 하면 사람들은 화를 냈고 가까이 오지 말라고 경고했고 두 번 다시 연락하지 말라고 엄포를 놓았다. 사람들의 반응만 보면 전염병에 걸린 것에 다름아니었다.

그곳에서 독립된 인간은 없었다. 위로 아래로, 사방으로 서로 연결되어 있었다. 많이 연결될수록 독립성을 인정받았다. 연결된 사람들은 서로에게 밑천이 되었다. 변덕스럽고 언제 없어질지 모르는 밑천. 윤세오 역시 스스럼없이 누군가를 써먹었다. 당시에는 그런 생각을 할 틈이 없었다. 써먹을 사람이 더 없는 게 유감이었다.

전당포는 저당잡은 물건을 공짜로 내주는 법이 없다. 반드시 대가를 지불해야 한다. 내맡길 때보다 훨씬 큰 대가를. 그곳에서도 마찬가지였다. 당시에는 그런 줄 알았지만, 다이아몬드나 사파이어같이 보석 이름을 한 직급으로 승진하는 게 대가가 아니었다.

잠시 후 가쁜 숨을 내쉬며 교육장으로 들어온 부이에게서 달고 매콤한 냄새가 났다. 어쩔 수 없이 새어나오는 숨 때문에 벌어진 입술은 도톰하고 윤기가 흘렀다. 발갛게 상기된 얼굴에서는 소년 같은 장난기가 느껴졌다. 윤세오는 오래전부터 부이를 알았다. 부이의 오해와 달리 부이를 좋아해본 적이 없었다. 그러나 그 순간 부이가 진심으로 좋아졌다.

사업을 하면서 만난 사람들은 길을 가다가 장님을 만난다고 해도 어떤 도움도 주지 않고 지나칠 사람들이었다. 부이가 장님을 도와주리라고는 생각하지 않았다. 윤세오가 상냥하고 동정심 많은 사람을 좋아하는 타입인 것도 아니었다. 부이는 필요하다면 장님에게 길을 가로막고 있으니 비키라고 말할 것 같았다.

집단행동과 단체생활에 익숙해진 사람들은 공동의 결정에 따라 본성을 억눌렀지만, 부이는 그러지 않았다. 맛없고 단조로운 식사에 물려 단 것이 먹고 싶었을 것이다. 모두에게서 빠져나와 혼자

서 먹는 것에 죄책감을 느끼지 않았는데, 애당초 그것을 이기적인 행동이라고 생각할 리 없었다. 혼자 간 것은 아마도 돈이 충분치 않아서였을 것이다.

부이에게는 한 번도 부당하게 이용당해본 적 없는 사람의 천진함이 있었다. 윤세오에게는 없는 것이었다. 다행이었다. 윤세오는 조미연을 원망했지만 부이는 윤세오 때문에 인생을 허비했다고 여기지 않을 것 같았다.

부이가 교육장 입구에 서서 자신을 쳐다보고 있는 윤세오에게 물었다.

"나 기다렸어?"

"아니."

"그럼 뭐해?"

"화장실 가려고."

부이가 슬쩍 화장실 쪽을 봤다. 여자 화장실은 한 칸뿐이어서 언제나 붐볐다.

"어쩐지 오줌 마려운 얼굴이더라."

윤세오가 피식 웃다가 이내 크게 웃었다.

"널 웃기는 건 내가 좀 알지."

제 말에 웃었다고 생각한 부이가 의기양양하게 말했다. 부이는 틀렸다. 윤세오는 그의 대답이 재미있어서 웃은 게 아니었다. 뭐라고 하건 웃었을 것이다. 부이가 아무리 눈치가 없고 무딘 사람이더라도 자신이 노력하지 않아도 윤세오를 웃길 수 있다는 걸 곧 알게 될 것이다. 먼저 털어놓을 생각은 없었다. 비밀이 생겼다는 게 즐거웠다.

그곳은 공유를 원칙으로 했다. 모든 섭외 과정을 공개했고 성공 이유를 설명했고 실패 이유를 낱낱이 분석했고 사례를 점검했고 대처 상황을 모의했다. 그러는 과정에서 윤세오는 그들이 각기 다른 생각을 하는 사람이라는 것, 저마다 다른 취향을 가진 사람이라는 것을 잊었다. 실제로는 자기 자신에 대해 생각하는 일을 잊고 있었다. 모두 같은 생각을 하고 같은 목적과 의도로 움직였기 때문에.

부이는 투덜대지 않았지만 무조건 참지도 않았다. 배고프면 혼자만 먹는 것도 꺼리지 않았다. 합리적이지 않으면 지적해서 눈총을 받았다. 식사와 잠자리에 대해 더 좋은 방식이 있다며 받아들여지지 않을 충고를 해서 참고 견디던 모두를 뜨악하게 했다.

윤세오는 부이를 잘 봐두었다. 서로 연결된 존재라고 생각한 나머지 독립된 개인에 대해서는 별로 생각하지 않았는데, 부이는 언제나 자신을 먼저 생각했다. 자신이 뭘 좋아하는지 알았고 하고 싶은 것을 했고 원하는 대로 삶을 이끌고자 했다.

부이가 함께 가자고 한 건 아니었다. 부이가 먼저 떠났고 윤세오가 뒤따랐다. 내가 도와줄게. 언젠가 부이는 그렇게 말했었지만 기억하지 못했다.

부이가 여느 날처럼 슬그머니 교육장을 빠져나갔다. 그때쯤에는 늘 나갔다 들어왔기 때문에 보는 둥 마는 둥 했다. 윤세오를 지켜보던 팀장이나 팀장 뒤에서 몰래 부이를 지켜보던 신하정도 마찬가지였다. 그래도 윤세오는 계단참에 난 창으로 부이를 확인했다. 그러고는 다시 교육장으로 돌아와서 상냥한 얼굴로 전날 교육을 받으러 온 손님의 환심을 사려고 공허한 말을 늘어놓았다.

얼마쯤 지나자 신하정이 시계를 보았다. 윤세오는 더 크게 말하며 웃었고 신하정에게 거들라고 눈짓했다. 잠시 후 신하정이 굳은 얼굴로 벌떡 일어섰다. 윤세오가 신하정의 팔을 붙잡았다. 그애의 팔. 기억났다. 가느다랗고 버짐이 핀 듯 까슬했다. "내가 데리고 올게." 신하정이 불안하게 고개를 끄덕였다. 자신이 부이를 지켜보고 있었던 걸 들키고 싶지 않았을 것이다.

윤세오는 길을 건넜다. 편의점을 살펴보지는 않았다. 부이는 거기에 없었다. 윤세오는 봤다. 부이가 편의점 앞에서 택시를 잡아타는 걸. 부이는 택시 문을 닫기 전 교육장이 있는 건물을 돌아봤다. 윤세오는 부이가 자신을 보았다고 생각했다. 기다렸다. 같이 가자고 손짓해주기를. 어서 내려와. 입을 벙긋거려 그렇게 말해주기를. 부이는 그렇게 하지 않았다. 홀로 갔다. 조미연이 그랬던 것처럼 어떤 말도 없이.

빈 택시가 섰다. 부이가 그랬던 것처럼 택시 문을 닫기 전 건물을 돌아보았다. 누구와도 눈이 마주치지 않았다. 윤세오는 곧장 집으로 갔다.

집에 있는 동안 자주 화가 났다. 자신이 쪽방에서 많은 사람들과 어깨를 맞댄 채 잠을 자고 영양상태가 나쁜 식사를 하고 부엌이 좁아서 화장실에서 설거지를 하고 개수대에서 세수를 하고 이름만 알던 친구들까지 모두 불러내 사업에 동참하도록 유도하고 빚을 불리며 무수히 실패할 동안, 세상은 아무것도 달라진 게 없었다. 방송국은 우스운 드라마와 볼품없는 쇼프로그램을 날마다 송출했다. 학생들은 여전히 학교에 가고 때마다 시험을 치렀다. 심지어 아빠마저도 윤세오를 걱정하는 와중에 따뜻한 방에서 잠을 자고 점원으로 취직한 가게에 나가서 일을 하고 월급을 받으면 조금씩 이자를 갚아나갔다. 그런 생각만으로 윤세오는 자주 평정을 잃었다.

분노가 잦아들면 어디에 숨어 있던 것인지 걱정이 찾아왔다. 걱정하는 것은 단 하나였다. 부이가 시간을 허송하게 만든 것이 윤세오라는 걸 깨달을까봐 겁났다. 다시 돌아가 이번에야말로 제대로 사업을 해봐야 한다는 생각도 했다. 자신이 영 쓸모없다 여겨지면 그런 생각이 들었다. 혼자 돌아가기 겁이 나서 부이를 찾아나섰다.

부이 집은 전화번호가 바뀌었다. 휴대전화는 소용없었다. 모든 휴대전화는 팀장이 가지고 있었다. 용기를 내 교육장에 다시 들르기도 했다. 몇 차례 몸싸움을 벌여야 했지만 부이가 다시 돌아오지 않았다는 것을 확인했다. 다니던 교회에 가봤으나 부이는 오래 전부터 나오지 않는다고 했다. 전적으로 우연을 바라며 부이가 다녔던 대학교 근처를 서성였다. 무작정 캠퍼스를 헤매고 다니는 식으로는 소식을 알 수 없었다. 연락처를 알아내기 위해 몇 군데를 직접 찾아갔고, 몇 번인가 술술 나오는 거짓말을 했고, 여러 사람을 거친 후에 드디어 알아냈다. 부이는 그 학교에 다닌 적이 없었다.

그 사실을 확인하자 마음이 편안해졌다. 부이는 윤세오를 피해 숨은 게 아니었다. 그저 찾을 수 없는 것뿐이었다. 그러니 언제고 만날 수도 있을 것이다. 우연은 원할 때는 못 본 척하지만 원치 않을 때는 조력을 베풀기도 하니까.

부이를 만날지 모른다는 기대와 마찬가지로 언젠가 조미연을 마주칠 수 있다고 생각했다. 전적으로 우연히. 윤세오가 부이를 찾은 것처럼 조미연은 윤세오를 찾아 헤매고 있는지도 몰랐다. 그때 조미연은 궁지에 빠졌다는 걸 알게 될 것이다. 윤세오와 완전히 단절되었다는 것을 비로소 깨달을 테니까. 윤세오가 부이를 통해 그걸 알게 된 것처럼.

신기정에게 그런 얘기는 한마디도 하지 않았다. 신하정에 대해 말할 수 있는 건 그애의 가느다란 팔 정도였다. 그런데도 윤세오는 얘기하기 시작했다. 마지막으로 본 것은 정확히 기억나지 않는다. 아마도 더이상 만나지 못할 줄 몰랐을 것이다. 신하정은 사업

에 영 소질이 없었다. 그때는 무능해 보였지만 지나고 나니 거짓
말에 능숙하지 않았고 애당초 그러는 게 내키지 않아서였던 것 같
다. 마지못해 그 일을 하는 것처럼 보였다. 원치 않는 친구들을 거
짓으로 불러들이고 잡아두고 애걸해야 하는 일에 죄책감을 느끼
는 듯했다. 다소 과묵한 타입이어서 서로 속내를 나눠본 적은 없
지만 진중하다는 인상을 줬다. 친절하고 착해서 숙소에서 인기가
많았다. 낙천적이어서 재치있고 웃긴 말을 많이 했다. 몸이 아픈
동료가 있으면 약을 챙길 정도로 다정한 사람이었다……

얘기를 듣던 신기정이 갑자기 고개를 푹 떨구었다. 조용히 흐느
끼는 소리가 새어나왔다. 윤세오는 신기정이 왜 우는지 정확히 몰
랐다. 그 시절의 동생이 애틋했을까. 함께 있는 동안 더 잘해주지
못해 미안했을까. 보고 싶어서 우는 것일 수도 있었다. 윤세오도 그
랬다. 아빠를 생각하면 그런 기분이었다. 처음에는 미안했고 이제
는 그리웠다.

윤세오는 저도 모르게 신기정의 손 위에 제 손을 올렸다. 오랫
동안 그런 일을 해본 적이 없어서 어색했다. 신기정의 손이 파르
르 떨리는 게 고스란히 느껴졌다. 신기정이 잠시 어린아이처럼 울
었다. 얼마쯤 지나자 옆방에서 벽을 두드리기 시작했다. 그 소리
에 놀란 듯 신기정이 울음을 그쳤다.

"미안해요. 나 때문에……"

신기정이 마음을 진정시키려고 크게 숨을 들이쉬었다.

"정확히는 모르지만 하정이가 이 얘기를 하려고 세오씨에게 계속 전화한 게 아닐까 생각했어요."

신기정이 다정한 눈매로 윤세오를 바라보았다.

"부이씨에 대해서요."

윤세오는 그것이 천천히 말해지기를, 부이에 대해 듣는 순간이 좀더 늦어지기를 바라며 신기정을 마주보았다.

윤세오는 자주 시간을 허비한 것에 절망했다. 그럴 때면 그곳에 더 오래 있지 않아 다행이라고 다독였다. 이제는 다 지나갔다. 많은 것을 잊었다. 그 시절에 만난 사람, 한 말, 지낸 곳 같은 것들. 간단했다. 아는 사람을 만나면 모른 척하고 누군가 뭘 했느냐 물으면 거짓말을 하는 식으로 잊으려 했다. 그런 식으로는 기억이라는 것을 조작하고 봉인하고 바꿀 수 없다는 것을 몰랐다.

윤세오는 신기정과 얘기를 나누면서 애써 감췄던 시간, 여러 형태의 실패, 그 시절을 함께 겪은 이름을 처음으로 편안히 떠올렸다. 부이는 그 시절을 기억하는 것 같았다. 정확히 말하면 애써 잊으려 하지 않은 듯했다. 신기정의 얘기를 듣자니 그런 느낌이 들었다.

부이의 말에 따르면 신하정과는 우연히 만났다. 신하정이 부이가 다니는 대학에 친구를 만나러 온 참이었다. 의과대학 뒤편에 작은 공원이 있는데 부이는 거기에 친구들과 앉아 있다가 홀로 걸어오는 신하정을 보았다고 했다.

거기까지 말하고 신기정은 잠시 멈췄다. 부이는 우연히 만난 것이라고 했지만 어쩌면 동생이 부이를 찾아다녔는지도 모른다는 생각이 이제야 들었다. 동생은 학교를 그만둔 후에 이곳저곳 분주히 다녔는데, 그냥 여행이 아니었던 듯했다.

생각이 길게 이어지지는 않았다. 윤세오가 다음 얘기를 기다리듯 빤히 쳐다보았다. 신기정은 부이의 사정에 대한 것부터 얘기하기로 했다. 아무래도 윤세오에게는 더 관심 있는 얘기일 테니까.

윤세오를 만났을 당시, 부이는 오갈 데 없는 신세였다. 윤세오가 권한 것이 다단계가 아니라 꽃게잡이 배였더라도 기꺼이 승낙했을 것이다. 숙식만 해결된다면 말이다.

고등학교 삼학년 여름방학 무렵, 그 일이 벌어졌다. 시작은 아버지가 사업을 확장한다고 무리하던 이태 전부터였다. 한번 들이닥친 경제적 불운은 막을 수 없었다. 대학에 다니지 못할 줄 알면서도 그해 수능을 치렀다. 원하던 의과대학의 합격 통보를 받았을 때는 몹시 아쉬웠다. 어차피 망하는 거라면 일 년 정도 늦게 망하면 좋았겠다는 헛된 생각도 했다. 일단 입학을 해두면 다른 방법이 생겼을지도 모르니까. 아예 일 년 일찍 망하든가. 그사이 입학금 정도는 마련해둘 수 있었을 텐데.

윤세오와 일하는 동안 부이가 유수 사립대학의 의대생이라는 소문이 났다. 부이가 말한 게 아니었다. 손님으로 왔다가 하룻밤만에 돌아가버린 고등학교 동창놈이 떠벌렸다. 동창들은 부이가 모두 대학에 다니는 줄 알고 있었다. 부이는 오해를 바로잡지 않았다. 거짓말을 한 건 아니었다. 그저 고등학교를 졸업할 무렵 집안에 일어난 일, 그로써 변경된 많은 것들에 침묵했다.

일은 잘되지 않았다. 아는 사람을 차례로 불러모았다. 그들에게 의지하고 얘기를 나눠보고 자주 방법을 바꿔봤지만 마찬가지였다. 이론적으로 가능한 천문학적 액수의 돈을 벌고 싶었다. 단기간 아르바이트만 해서는 학비와 생활비를 감당할 수 없었다. 다른 사람들이 회원 확장에 실패하는 것은 속이고 허황된 말로 회유하려 들어서인지도 몰랐다. 제대로 설명하고 선택을 강요하지 않으면 가능할 것 같았다.

돈이 벌리긴 했다. 삼각김밥을 사먹을 정도는 됐다. 대학에 진학하고 집안에 생활비를 보태기에는 어림없었다. 날마다 편의점에서 부족한 식사를 때우다 그걸 깨달았다.

그곳을 나와서도 이 년간은 돈을 버는 일에만 매달렸다. 생활력과 인내와 체력만 있으면 되는 일이었다. 한밤의 편의점, 주유소, 아파트 건설현장 같은 곳이었다. 한 번도 와본 적 없는 도시, J시의 의과대학에 합격한 것이 이태 전이었다.

우연히 만나고 얼마간 시간이 흘러 다시 신하정을 만났다. 이번에는 약속을 하고서였다. 의대 뒤뜰 의자에 앉아 조금 얘기를 나누다 부이의 아르바이트 시간에 쫓겨 서둘러 헤어졌다. 그런데도 신하정은 매번 다음을 약속하고 멀리 J시까지 와서 부이를 만나줬다. 신하정에게 윤세오의 안부를 먼저 물은 것은 부이였다. 도와 준다고 했던 말이 내내 가시처럼 걸렸다.

신하정은 윤세오가 위험을 무릅쓰고 다시 교육장으로 부이를 찾아왔던 것을 기억했다. 그전까지 윤세오가 부이와 함께 떠난 줄 알고 있었다. 윤세오가 신하정에게 물었다. "부이한테 연락 없었니?" 신하정이 대답했다. "언니한테는 안 왔나요?"

부이는 윤세오가 자신을 찾았다는 데 깜짝 놀랐다고 했다. 신기정은 부이가 명랑하고 의지와 생활력이 강하긴 하지만 스스로를 돌보느라 다른 사람의 마음은 잘 돌보지 않았을지 모른다고 생각했다.

부이가 떠난 후에도 동생이 그곳에 몇 개월 더 남았다는 것이 의아했다. 동생이 부이 때문에 그곳에서 일했다고 생각했다. 윤세오는 신하정이 남은 이유를 알 것 같았다. 조미연이 떠난 후 자신이 그런 것과 같은 이유이리라.

긴 얘기를 마친 신기정이 윤세오에게 전화번호가 적힌 쪽지를 내밀었다. 부이의 전화번호였다. 윤세오는 쪽지를 받아들고 손가락에 숫자를 새기듯 만지작거렸다.

"동생이 자살했다고 하니 부이씨가 깜짝 놀랐어요. 그럴 리 없다고요. 개강 전에 다시 J시에서 만나기로 했대요. 물론 동생은 나가지 못했고요. 동생이 오래전부터 공무원 수험 공부를 하고 있었대요. 다니던 학교도 관두고 혼자 아르바이트하면서 공부한 모양인데, 식구들한테는 미안해서 말을 못하겠다고 하더래요."

식구. 신기정은 제 입에서 나온 그 말이 낯설어 입을 다물었다. 한 번도 동생을 두고 밥을 함께 먹는 가족이라고 생각해본 적 없었다.

부이를 만나고 나서 확실히 다른 생각을 하게 되었다. 동생은 죽으려던 건 아니었을 것이다. 경찰은 어렵다고 했지만 애초에 자신이 동생을 조금만 알고 있었더라면 사인을 밝힐 수도 있었을 것이다. 신기정이 아무것도 하지 않아서 그냥 끝나버렸다. 지금이라도 동생이 과거의 실패에 연연하기만 한 것은 아님을 알게 되어서 다행이었다.

"다음에 또 볼 수 있을까요?"

신기정이 자리에서 일어섰다. 윤세오는 작게 "네" 하고 대답했다. 잘 지내라거나 불쑥 찾아와 미안하다는 말 대신에 한 말이려니 생각하고. 윤세오는 궁금했다. 죽음은 남아 있는 사람에게 고통을 주는데, 그 과정을 알려고 애쓰면 조금 나아지는 것일까. 이미 충분히 고통받고 외로워서가 아니라 그것이 결코 줄어들지 않으리라는 사실을 받아들이게 될 테니까.

"부이씨도 하정이를 좋아했나요?"

방을 나서기 전 신기정이 갑자기 생각난 듯 물었다. 윤세오는 머뭇거리지 않고 대답했다.

"네, 그랬어요."

신기정이 가벼이 목례를 남기고 문을 닫았다. 윤세오는 뒤따라 나가지 않았다. 신기정이 좁은 복도를 지나 아직 임대가 결정되지 않은 곱창집을 지나 네온 간판이 번쩍거리는 아래쪽 건물의 노래방을 지나 큰길 쪽으로 걸어가는 모습을 지켜보지 않았다. 멀어져가는 신기정의 발소리를 귀담아듣지 않았다. 신기정이 앉았다 일어난 의자가 기우는 것을 쳐다보지 않았다.

신하정에 대한 진실을 말하지 않았다. 윤세오가 아는 것은 하나도 없었으니까. 다음에 볼 수 있느냐는 말에도 거짓으로 대답했다. 부이가 신하정을 좋아했다는 말도 거짓이었다. 윤세오의 회상 속에서 신하정은 부이를 좋아하며 따라다니는 여자애였지만 부이는 신하정을 좋아하지 않았다.

신기정에게 자신도 같은 처지임을 털어놓지 않았다. 자주 아빠의 마지막 순간을 상상하고 짐작하고 재구성해본다고 얘기하지 않았다. 아빠의 죽음에 이르기까지 자신이 여러 번 상황을 모른 척한 것을 말하지 않았다. 사고가 일어나자마자 자신 역시 신기정처럼 아빠가 자살했으리라 생각한 것을 말하지 않았다. 신기정과 달리 아빠의 죽음에 대해 알려고 한 적이 없어서였다. 윤세오에게는 누가 아빠를 그렇게 만들었는가 하는 것만 중요했다.

신기정은 좀더 늦게 자신과 부이를 만나야 하지 않았을까 싶기도 했다. 윤세오와 부이가 버팀목이 되는 한 동생과의 작별을 미룰 수 있었을 테니. 신기정은 이미 시기를 놓쳤다. 이제는 동생의 죽음을 변경 불가능한 사실로 받아들여야 했다. 윤세오와 부이를 만나기 전까지 유지되던 긴장과 죽은 동생과의 기이한 동거는 완전히 끝날 것이다.

그것은 윤세오가 얼마 후 겪을 삶이었다. 일을 저지르고 나면 계획과 실행에 대한 상상으로 유지되던 삶의 의지가 모두 빠져나갈 것이다.

27

유난한 피로감이 당분간 이수호를 사로잡고 놓아주지 않을 것이다. 구기인의 딸이 죽었다. 거기에는 여러 가지 이유가 있다. 왜 아니겠는가. 사망에 이르게 한 것이 질병이라면 유전적 생리학적 원인이 있을 테고 사고라면 다수의 우연이 얽혔을 것이다.

하지만 이수호는 결정적인 이유를 알았다. 돈 때문이었다. 돈이 구기인 딸의 창창한 미래를 암담하고 엄혹하게 바꾸었다. 그런 일의 예를 열 개도 넘게 댈 수 있었다. 이수호만 해도 그랬다. 이수호는 가난한 편모슬하의 저학력 남성에 대한 선입견에 부응하지 않으려 애썼다. 지금에 와서는 왜 그래야 했나 싶다. 처음부터 근사한 양복의 삶 같은 건 바라지 않는 게 나았다.

구기인은 언제나 가난했으므로 새삼 가난이 압박했을 리 없다고 생각하는 것 같았다. 착각이었다. 가난은 일단 낯을 익히면 계속 들이닥친다. 살수록 빚이 느는 기분을 느끼게 한다.

이 지경이 되도록 근본 원인을 모른다는 것, 그게 구기인의 가장 큰 문제였다. 상가에 있어야 할 구기인이 회사까지 찾아온 것은 딸애의 갑작스런 죽음에 납득할 만한 이유를 찾고 싶어서였을 것이다. 돈이나 무능한 아버지말고 다른 것을. 그렇게 찾아낸 게 이수호였다.

구기인은 욕설을 섞어 이수호의 이름을 부르며 유리문을 걷어찼다.

"새끼, 작작 좀 하지. 쪽팔린 줄도 모르고. 망나니 새끼도 아니고 이게 몇번째야. 돈 받아 오랬지, 사람 죽이랬냐."

팀장이 이수호 자리를 지나 제자리로 가면서 누구에게나 들리도록 혀를 찼다. 쪽팔린 줄도 모르는 새끼가 구기인인지 이수호인지 알 수 없었다. 경비가 도착했다. 여느 때와 다름없이 신속한 행동이었다. 이수호에게는 몹시 느리게 느껴졌다. 상복을 입은 구기인이 경비에게 붙잡혔다. 구기인은 터져나오는 흐느낌 때문에 몸을 가누지 못하고 허리를 꺾으며 울었다. 경비들이 구기인을 질질 끌고 나갔다. 이수호는 끝까지 지켜보았다. 구기인이 소리내어 울면서 바닥에 뒹구는 것, 엘리베이터에 내던져지는 것, 닫히려는 엘리베이터 문을 쿵쿵 두드리다가 힘없이 주저앉는 것, 복도를 지나가는 사람들의 구경거리가 된 것.

이수호는 팀장을 힐끔 쳐다봤다. 팀장은 언제나처럼 어깨선과 재단선이 완벽하게 들어맞는 양복을 입고 있었다. 이수호의 양복이 날이 갈수록 추레해지는 데 비해 팀장은 갈수록 깔끔해졌다. 왜일까. 왜 열심히 일했는데, 양복 하나 번듯한 걸 사 입을 형편이 안 될까. 깡패처럼 남을 때리는 것도 아니고 건달처럼 남의 돈을 뺏는 것도 아니고 도둑처럼 훔치는 것도 아닌데. 그저 빌려준 돈을 대신 받으러 다니고, 힘들여 받아낸 돈의 아주 적은 일부를 월급으로 받을 뿐인데. 날마다 일찍 출근하고 외근하고 야근하고 휴일 근무를 하는데도 왜 매번 욕을 얻어먹고 채무자에게 위협을 당하고 그럼에도 생활은 늘 빠듯할까. 열심히 돈을 받으러 다녔지만 기껏 남의 걸 뺏는 사람 취급당하고, 급기야는 사람 죽인 놈이라는 오해나 받을까. 같이 일하는 동료들이나 그렇게 하라고 가르쳐준 팀장조차 이수호를 살인자 보듯, 그렇게까지는 아니더라도 역겨운 짐승을 보듯, 흉한 괴물을 보듯 할까.

지난봄에도 그랬다. 이수호가 일을 시작한 지 얼마 되지 않았을 때였다. 상환일에 채무자의 집에 가스 사고가 일어났다. 불과 일주일 전에 팀장에게 인계받은 채무자였다. 경찰은 처음에는 자살이라고 했고 나중에는 사고의 가능성도 없지 않다고 물러섰으나 이수호는 그 일로 몇 차례 경찰 소환에 응해야 했다. "돈 준다는 놈이 그렇게 쾅 터져버리면 어떡해." 팀장은 고작 그렇게 말할 뿐, 이수호의 어깨에 손을 얹거나 손수건을 건네거나 경찰 조사에 대신 응하지는 않았다. 한동안 같이 밥을 먹지도 않았고 농담도 섞지 않았다. 이수호가 가스관을 터뜨린 것처럼 대했다.

이수호는 벌떡 일어섰다. 그러고 나니 어리둥절했다. 자신이 일어선 게 아니라 솟구친 것 같았다. 그다음에는 어째야 할지 알 수 없었다. 자리에 앉아 일을 하거나 전화를 받거나 떠들고 있던 사무실 사람들이 그를 힐끔댔다. 이수호는 선 채로 잠시 자신의 처지를 되짚었다. 여기에 이르기까지 무슨 일이 있었던 것일까. 무엇이 자신을 벌떡 일어서게 했을까.

이런 기분이 처음은 아니었다. 가스 사고가 났다는 말을 들었을 때는 그 사람이 죽을까봐 두려워서 문병도 못 갔다. 팀장에게 상의했으나 '네 담당이니 죽이든 살리든 알아서 하라'는 말을 들었다.

언제든지 그만둘 수 있었다. 언제라도 다시 할 수 있었다. 그래서 계속했다. 적어도 일을 하는 순간에는 괜찮은 것 같았다. 어떤 때는 누군가를 윽박지르고 오들오들 떨게 하는 일에 묘한 쾌감을 느끼기도 했다. 하지만 이수호는 그것이 자신의 권위와는 상관없는, 단순히 폭력에 대한 두려움 때문이라는 걸 알았다. 이수호의 문제는 그것이었다. 알고 있음에도 좀처럼 바뀌지 않는다는 것.

이수호는 이미 이 일에서 관심을 잃은 팀장에게로 갔다. 수화기를 들고 누군가와 시시덕대고 있던 팀장이 흘깃 쳐다보고는 얼굴이 딱딱하게 굳어 전화를 끊었다. 그러고는 무슨 일이냐고 묻듯이 턱을 치켜들었다. 이수호는 왼손과 오른손을 힘주어 맞잡았다. 그렇게 하지 않으면 온몸이 떨리는 걸 들킬 것 같았다.

"뭐야?"

침을 꿀꺽 삼켰다. 아까 불쑥 일어날 때 그랬던 것처럼 자신이 왜 팀장 앞에 나섰는지 알 수 없었다. 구기인의 울음소리를 들을 때만 해도 이수호는 괴물이 된 자신으로부터 벗어나고 싶었다. 돈을 조금 벌어보려던 것뿐인데 대가가 지나쳤다.

팀장이 이수호를 뚫어져라 보았다. 무슨 말인가 해야만 했다. 입이 떨어지지 않았다. 이수호가 고개를 떨궜다. 그 틈을 놓치지 않고 팀장이 말했다.

"너 지난달 회수율 정리한 것 갖고 와."

"네?"

"당장 갖고 와, 새끼야."

팀장이 눈을 부라렸다. 그 얼굴을 보자 자신이 너무 멀리 와버린 게 실감났다. 이왕 왔으므로 계속 가는 수밖에 없지 않을까. 앞에 뭐가 있을지 모르지만 적어도 뒤에 뭐가 있는지는 아니까. 집을 구하기 위해 빌린 돈을 갚지 못하면 이 사무실에 있는 누군가가 이수호네 현관문을 발로 걷어찰 것이다. 어쩌면 이수호네 초인종을 누르는 사람이 팀장이 될지도 모른다. 겪어보지 않았지만 충분히 상상 가능한 고통이었다.

"아, 아, 알겠습니다."

순순히 대꾸하는 이수호에게 팀장이 다정한 표정을 지었다. 도대체 팀장은 얼굴이 몇 개나 될까. 어느 게 본래 얼굴일까. 팀장과 눈이 마주쳤다. 노려보는 것처럼 보일까봐 얼른 고개를 돌렸다. 더 눈을 맞추다간 오줌을 지릴 것 같았다.

팀장에게 여러 차례 두려움을 느꼈지만 자신을 향해 다정하게 웃을 때만큼 무서운 적은 없었다. 그 순간 팀장은 돈이고, 양복이고, 미래였다. 이수호는 어깨를 짓누르는 그것들을 한시도 잊어본 적이 없었다.

28

　오후 시간은 애써 기억하지 않으면 잊힐 만큼 소소한 것들로 채워졌다. 밤에 해야 할 일을 곱씹지 못할 만큼 바쁘기도 했고 김우술과 신재형의 시답잖은 농담을 듣고 있을 만큼 한가하기도 했다. 그러나 그와 상관없이 윤세오의 내부에서는 계속해서 어떤 상황이 반복되었다. 그때마다 윤세오는 홀로 긴박함을 느끼며 얼굴이 굳었다.

　퇴근하면서 김우술에게 "가보겠습니다" 하고 인사했다. 신재형에게는 "안녕" 하고 손을 흔들었다. 날마다 해왔던 것처럼.

　"나는 안녕하지 마?"

　김우술이 싱글거리며 딴죽을 걸었다. 그 말이 아니었다면 "너 오늘 처음 말하는 거지?" 하고 말을 시키거나 "꼭 집에 들어가라"

242

며 쓸데없는 말을 덧붙였을 것이다. "어디로 가게?" 하는 식으로 말꼬리를 물어 윤세오의 굳은 표정을 풀어주려고도 했을 것이다.

"어르신도 참…… 우리 세오 힘들게. 이삿짐센터에서 알아서 다 해줄 텐데."

윤세오가 빈 종이상자 뭉치를 들어올리자 김우술이 말했다. 윤세오는 노인이 도와달라고 한 것이 아니라 자신이 돕겠다고 한 것을 말하지 않았다. 꼭 오늘이어야 한다는 것도 말하지 않았다.

나머지 한 집이 지난 주말에 이사를 갔다. 이제 101호만 남았다. 게다가 어제 김우술이 장어 등속을 가져다주었다. 낮 동안 노인은 그것을 들통에서 고았을 것이다. 아들이 돌아오면 끓여둔 보양식을 데울 것이고 이수호는 훈기와 냄새 속에서 늦은 저녁을 먹을 것이다.

모든 일이 그렇듯 확신할 수는 없었다. 이수호의 귀가시간도 그랬다. 여러 달에 걸쳐 그 시간을 체크해왔다. 주중에는 거의 자정께가 되어서야 귀가했고 이른 날이어도 열시는 되어야 돌아왔다. 보양식을 끓이는 날이면 꼭 집에서 저녁을 먹는다고 했지만, 그러지 않을 수도 있었다.

이수호와 마주칠 수도 있었다. 일찍 귀가한 이수호와 인사를 나누고 당황한 채로 101호를 나서게 될지도 몰랐다. 다급하게 굴다가 섣불리 그 일을 벌일 수도 있었다. 푸른 불꽃이 피어나 모든 것이 한순간 사라지는 일 말이다. 그러면 윤세오 역시 무사하지 못할 것이다.

그 생각에 주저하지는 않았다. 윤세오는 이미 죽은 것이나 다름없었다. 157번지가 불탔을 때 그렇게 되었다. 그 이후로 화석이 된 채로 삶을 유지해왔다. 그저 시간 속에 몸을 묻고 지냈다. 오늘 살아남아 다시 미래가 주어진다고 해도, 미래의 윤세오는 또다시 그렇게 살 것이다.

슈퍼마켓을 나서며 윤세오는 잠시 머뭇거렸다. 김우술과 신재형이 얘기를 나누고 자주 웃고 가끔 진지한 표정으로 일하고 비관 없이 미래를 걱정하는 장면 속에 조금 더 머물고 싶었다. 그들과 함께 있으면 제대로 살아보고 싶은 생각이 들었다. 보통의 일과나 일상의 반복으로도 인생이 즐거워졌다. 두 사람은 윤세오에게 사람이 서로 밑천이 되는 존재가 아님을 가르쳐줬다. 사람은 다양한 방식으로 존재했다. 좋기만 한 것도 나쁘기만 한 것도 아니었다. 좋을 때도 있고 나쁠 때도 있었다. 의지가 될 때도 있고 서운할 때도 있었다. 기쁨을 느끼게도 하고 화가 나게도 했다. 그게 보통의 관계였다.

문이 닫히자 모든 것이 달라졌다. 그들과 함께하던 세계는 이미 과거가 되었다. 윤세오는 마지막으로 그들을 돌아보았다. 그들은 아주 먼 곳에 있는 것 같았다.

내일의 윤세오는 이곳에 없을 것이다. 아침의 공원에도 가지 않을 것이다. 노인들의 군무도 구경하지 않을 것이다. 배드민턴 셔틀

콕도 쳐다보지 않을 것이다. 방화벽에 바짝 붙어 몸을 숨기지도 않을 것이다. 장어와 민물고기가 어우러져 풍기는 냄새를 기다리지도 않을 것이다. 몸을 움츠리고 누군가를 뒤따르지도 않을 것이다.

더불어 아무 쓸모 없으나 일상을 살 만한 것으로 만들어주는 김우술과 신재형의 사소한 얘기를 들을 기회도 없을 것이다. 두 사람의 대화를 관심 없는 척 듣다가 피식 웃음을 터뜨리는 일도 없을 것이다. 함께 간소하고 따뜻한 식사를 나눌 일도 없을 것이다. 대화는 사라지고 다정한 위로와 사소한 웃음도 없을 것이다. 그것은 윤세오가 삶의 세계로부터 완전히 멀어진다는 뜻이다. 그러고 나서야 윤세오는 비로소 물을 것이다. 도대체 제 인생을 가지고 무슨 일을 벌였는지.

29

재개발이 시작되기 전 동네는 다가구주택 밀집단지였다. 맨 위층에는 주인이 살고 아래층에는 들일 수 있는 만큼 세입자를 들였다. 주인이라고 해서 딱히 처지가 나을 것도 없어 계약만료 전에 세입자가 나갈까봐, 뒤이어 세입자가 들어오지 않을까봐 전전긍긍했다. 조합이 설립되고 재개발 일정이 구체화되면서 연립 주민들은 세입자나 주인 할 것 없이 틈만 나면 모여서 우울한 목소리로 변동금리나 주택 융자, 토지 평가액, 추가 분담금, 프리미엄 같은 말이 섞인 얘기를 나눴다.

휴일에 일을 보러 나가다보면 이웃들이 현관 입구에 모여서 이사와 집값 걱정을 나누고 있었다. 인사를 건네면 어머니의 안부를 묻고 새집은 어디로 알아보는지 같은 것을 물어봐주던 이웃들도 지금은 다 떠났다. 대개 수도권 외곽의 다세대주택단지로 갔다고 했다.

이수호도 진즉에 그래야 했는데, 은행대출이 무산되는 바람에 늦어졌다. 지금의 전세금으로 갈 수 있는 곳은 없었다. 담보가 없는데다 신용대출이 불가능했다. 결국 저축은행으로 가야 했다. 자신에게 넘어온 채무자들이 대부분 이런 과정을 겪었을 거라 생각하며 미루었으나 언제까지 미룰 수는 없었다. 그들과 같은 처지가 되지 않기 위해, 이수호는 꼬박꼬박 이자를 납입하고 원금 상환일을 달력에 크게 표시해둘 작정이었다. 그러나 알고 있었다. 어느 달에는 이자를 내지 못하고, 그러다가 결국 원금은 고사하고 이자까지 못 갚는 순간이 올 것임을.

이곳 연립으로 오면서 더는 갈 데가 없으리라 생각했는데, 여전히 어디론가 더 가야 한다는 게 놀라웠다. 삶은 언제나 상상 이상으로 깊었다. 어느 바닥까지 내려갈 수 있는지 짐작하기 어려웠다.

만약 어머니가 없다면, 하고 이수호는 생각했다. 어떤 경우에도 희망이 없다 싶으면 여지없이 그 생각이 파고들었다. 하나 남은 이웃이 이사 나가는 걸 볼 때도 그랬다. 이수호는 출근할 때면 이사를 떠난 집들을 바깥에서 쳐다보곤 했다. 버려둔 살림이 그대로 유리창에 비쳤다. 어린아이의 낡은 유모차와 유치원에서 그린 바다 그림, 누군가 열렬히 돌렸을 훌라후프 같은 것들이 보였다. 여전히 누군가 살고 있는 것 같았다. 이수호네 집도 그렇게 보였다.

누군가 살고 있는 것처럼.

인도와 공사현장을 구분하는 철거 방진막이 지하철역에서부터 이어졌다. 처음에 방진막은 공사구역과 거주구역을 나누었는데 이제는 전체가 공사현장이 되면서 별 쓸모가 없어졌다. 주택단지가 일거에 소거되면서 정상적인 매출을 올리려면 공사가 끝나기만을 기다려야 하는 상가들이 가림막을 묵묵히 마주보고 있었다. 장사가 신통치 않아 폐점시간이 빨라지면서 동네는 더욱 어둡고 인적이 드물어졌다. 눈이라도 온 날에는 공사현장 쪽 인도는 빙판이 되기 일쑤였다.

이수호는 공사현장 쪽으로 발을 내디뎠다. 여덟시가 조금 지난 시각이었다. 드물게 일찍 퇴근했다. 외근처 중 한 곳을 들르지 않아서였다. 구기인이 다녀간 때문이었다. 그들이 이수호를 무서워하는 만큼 이수호도 그들이 무서웠다. 이수호의 핸드폰이나 집으로 전화를 걸어와 말없이 위협을 가하는 사람도 그들 중 하나일 것이었다.

몹시 피곤해서 빨리 돌아가고 싶은 날이 아니라면 좀처럼 선택하지 않는 길이었다. 어둡고 좁고 빙판이 많아서이기도 했지만 이리로 걷다보면 꼭 기분이 상했다. 좋지 않은 것들이 떠올랐다. 그의 집이 곧 철거된다는 것, 푼돈으로 전세가 가능한 곳을 찾아다닌 것.

전화가 걸려왔다. 어머니였다. 받지 않았다. 일찍 들어오라거나 집에서 저녁을 먹으라는 얘기일 것이다. 장어를 고아둔 것일 수도 있었다. 이사를 가게 되면 당분간은 냄새 때문에 끓이기 힘들 거라고 했다. 101호에도 냄새가 고이는 건 마찬가지였다. 어머니는 난방비를 아끼려고 환기를 포기했다. 어머니가 장어를 곤다고 할 때마다 그럴 돈이 있으면, 하고 입을 뗐다가 곧 다물었다. 이수호가 지칠까봐 뭔가 해먹이고 싶어하는 건 세상에 어머니가 유일했다.

어머니는 자주 말했다. "세상에서 제일 좋은 건 사람이야." "왜요?" 이수호가 물어보면 어머니는 그것도 모르냐는 투로 대꾸했다. "좋은 데 왜가 어딨어? 사람이 젤 무섭다는 사람들은 다 자기가 무서운 짓 해서 그런 거다. 사람이 얼마나 좋은 건데. 말할 줄 알지. 말 들어주지. 말 시키지. 일해주지. 물건 갖다주지. 만지면 따뜻하지. 말랑말랑하고 부드럽지……" 이수호가 가장 좋아하는 건 돈이었다. 그 때문에 자주 사람들에게 세상에서 제일 무서운 사람이 되었다.

빚을 받으러 다니면서 다른 사람에게는 오지 않는 특별한 기회를 얻기도 했다. 사람들의 본성이 진짜로 어떤지 알 수 있는 기회였다. 돈을 갚지 않으려고 더러운 맨얼굴을 드러냈고, 거짓말로 쉽게 모면하려 들었다.

가난이 이끈 불운은 운명에 가까웠다. 일단 마수에 걸리면 모든 게 나빠진다는 점에서 그랬다. 누군가는 당장 죽을 지경에 처한 부모님의 수술비 때문에, 사업을 하는 형에게 보증을 서주어서,

일을 하다 다쳤는데 가족 중 아무도 돈을 벌 사람이 없어서였지만 결과는 거의 같았다.

왜 세상의 불행은 모두 비슷할까. 이수호가 목격한 불행은 따질 것도 없이 돈 때문이었다. 불행과 가난만큼 상투적이고 뻔한 게 없었다. 사연이 그렇다는 게 아니었다. 진행 과정이 그러했다. 돈 때문에 집을 잃고 가족을 잃고 결국에는 모든 것을 잃는다.

돈이 없는 사람들은 자주 울고 어려운 사정을 호소하고 도움을 받기 위해 사소한 잘못을 빈다. 그런 사람들을 봐도 불쌍하거나 돕고 싶어지거나 연민이 생기지 않았다. 그것은 전적으로 그 사람의 불행이었다. 이수호는 그들에게 자주 말했다. 빚을 갚지 않으면 앞으로 더 힘든 처지에 놓이게 될 거라고. 빚을 갚아야 그나마 살 수 있다고. 거짓말이었다. 나아질 가망은 없었다.

자신에게 매달리는 사람들을 가차없이 뿌리칠 때의 기분은 물에 빠진 사람을 더 깊은 물속으로 밀어버리는 것과 비슷했다. 결국 그 사람은 빠져 죽지만 애초에 이수호가 빠뜨린 건 아니었다. 짐승을 다루는 일을 하다보니 이수호 역시 사나워진 탓이었다. 이수호는 자신이 먼저 채무자들을 짐승으로 간주했다는 것을 잊고 있었다.

무겁게 걸음을 옮기자니 오줌이 마려웠다. 슬쩍 방진막 쪽으로 다가섰다. 지퍼를 내리려는데 힘없는 발소리가 들려왔다. 술에 취했거나 과로에 찌든 걸음, 그러면서도 다급해 보이는 걸음. 이수호는 머쓱해져서 발소리가 지나가기를 기다리며 비켜섰다.

앞서가리라 생각한 발소리가 우뚝 멈춰 섰다. 뭐지? 슬쩍 뒤를 돌아봤다. 가냘픈 힘이 이수호의 팔을 붙잡았다. 그를 잡은 손에 힘이 들어가 있었다면, 그 힘에서 어떤 기미가 느껴졌다면 상대를 제압하려고 했을 것이다. 이수호를 붙잡은 팔은 그저 잠깐 길을 물어볼 것처럼, 넘어지려는 걸 잡아줘서 고맙다는 듯이, 길을 막아 미안하다는 정도로만 힘이 들어가 있었다. 이수호가 쳐다보면 되레 미안해하며 기운내 걸어갈 것 같았다.

팔을 잡은 사람이 넘어지듯 얼굴을 디밀었다. 냄새가 났다. 술 냄새는 아니었다. 매운 것을 잔뜩 먹고 전부 다 토했을 때 나는 냄새 같았다. 고개를 돌리고 뿌리치려 하자 손에 힘이 들어갔다. 왜 이러지? 누구지? 그런 의문이 드는 순간 깊은 통증이 느껴졌다. 얼음물을 뒤집어쓴 것처럼 온몸이 으슬으슬 떨렸다. 몸이 힘없이 꺾였다. 정신을 차리려고 다리에 힘을 줬다. 다시 한번 무엇인가 뜨거운 것이 복부에 닿았다. 그것도 잠시, 얼음주머니를 가져다댄 것처럼 한기가 들었다. 찔린 걸까. 칼 같은 것에. 이수호는 천천히 복부를 내려다봤다. 칼이 꽂혀 있었다. 우스웠다. 부엌에는 나무로 된 칼집이 있었다. 그걸 볼 때마다 칼을 꽂는 자리라는 게 부자연스럽다고 생각했다. 살이 오르기 시작한 자신의 복부는 더도 덜도 말고 칼에 꼭 맞는 자리였다.

통증이 퍼지기 전에 온몸이 흔들렸다. 이수호는 자신을 찌른 사람을 붙잡았다. 그 사람은 도망가지 않았다. 기운이 빠진 몸으로 이수호보다 심하게 떨며 서 있었다. 이수호를 찌른 칼이 기둥이라도 되는 양 꽉 잡고서. 아까는 이수호를 잡고 지탱했다면 지금은 칼에 의지하는 듯했다.

구기인이었다. 매운 냄새라고 생각한 것은 향내였다. 사무실에 찾아왔을 때처럼 상복을 입고 있었다. 회사 복도에서 질질 끌려나갈 때 입었던 상복. 이런 추위에 그것말고 아무것도 안 입다니, 멍청하고 가난해 보였다. 슬픔이 아무리 대단해도, 분노가 아무리 솟구쳐도 추위를 막아줄 리 없었다.

울었다. 자신이 우는 것이라 생각했는데 구기인의 울음이었다. 계집애처럼 소리를 삼키며 울었다. 칼로 사람을 찌른 게 아니라 숫제 칼에 찔린 얼굴이었다. 구기인에게 어서 꺼지라고 말하고 싶었다. 그럴 겨를 없이 통증이 밀려들었다. 구기인이 여전히 울면서 이수호의 복부에 박힌 칼을 힘겹게 빼냈다.

온몸이 뜨거워졌다. 어마어마한 통증이었다. 몸이 불붙은 장작이 된 것 같았다. 타올랐다. 처음에는 살갗이 뜨거운 정도였다. 곧이어 혈관이, 피가, 내장이 차례대로 혹은 차례를 알 수 없이 뜨거워졌다. 발화점이 헷갈릴 정도였다. 이수호는 구기인의 몸을 붙잡았다. 의지가 되는 건 그뿐이었다. 구기인이 벌벌 떠는 게 느껴져 손을 놓아주었다. 구기인이 머뭇대며 뒷걸음질쳤다.

풀썩 쓰러졌다. 복부에서는 계속해서 뜨거운 불덩이가 솟구쳤다. 쓰러지지 않았더라도 몸에 붙은 불을 끄려고 차가운 바닥에 드러누웠을 것이다. 고인 침을 힘껏 뱉었다. 침이 턱을 타고 흘러내렸다. 천천히 차가운 바닥에 몸을 비볐다. 불은 꺼지지 않았다. 복부가 여전히 뜨거웠다. 불은 아니었다. 불보다 뜨거웠다. 그런데도 몸이 점점 차가워지는 게 이상했다. 이렇게 맨바닥에 누워 있다가는 오줌을 지릴지도 몰랐다. 오줌까지 싼다면 넌 끝이야. 팀장의 말이 들리는 것 같았다. 사타구니에 힘을 주었다. 이내 풀어졌다. 뜨거운 오줌이 허벅지를 타고 흘러내렸다.

이 일을 시작하고 이수호는 늘 돈을 생각했다. 꿈까지 돈에 관한 것을 꾸었다. 길에서 돈을 줍는다거나 늘 구입하던 번호의 복권을 누군가 대신 샀다가 행운을 맞는 꿈은 아니었다. 얼굴이 잘 기억나지 않는 상대가 눈앞에서 돈다발을 흔들었다. 어떤 날은 이수호가 그것을 낚아챘다. 어떤 날은 채가려는 순간 돈다발이 연기처럼 사라졌다. 어떤 경우도 별로 안타깝지 않았다. 꿈에서조차 이수호는 그것이 제 돈이 아니라는 걸 알았다.

돈다발을 든 꿈속의 상대는 누굴까. 오줌을 싸게 하고 뜨거운 불길에 휩싸이게 한 것이 그 사람 짓 같았다. 아무리 애써도 생각나지 않으면 좋을 텐데, 굳이 시간을 들일 것도 없이 수많은 사람의 얼굴이 스쳤다. 그들 누구라도 이수호를 찌르고 싶었을 것이다. 오늘 구기인이 아니라면 내일 다른 누군가가.

통증 때문에 몸을 벌레처럼 동그랗게 말았다. 이가 덜덜 부딪치고 사지가 끊어질 것 같았다. 역시 돈 때문이었다. 어머니의 말은 틀렸다. 세상에서 제일 좋은 게 사람이라니. 그가 겪은 일을 안다면 어머니도 당장 그 말을 취소할 것이다. 통증이 잦아들면, 그럴 수 있다면, 어머니에게 말할 것이다. 사람은 언제나 거짓말을 하고 변명하고 조롱하고 죽는소리를 하고 죽이겠다고 위협하고 여차하면 실제로 그렇게 한다고.

몸을 일으킬 수 없다는 걸 깨닫고 나서야 이수호는 자신이 바닥을 기며 울고 있다는 것을 알았다. 복부에서 피가 흘렀고 오줌을 지렸지만 그 때문은 아니었다. 죽을까봐 두려워서도 아니었다. 거대하고 무력한 분노 때문이었다.

30

문을 열자 차가운 어둠이 바깥으로 밀려나왔다. 집은 시들고 말라붙은 엉겅퀴처럼 보였다. 유일하게 살아 있는 것이 있다면 냄새였다.

윤세오는 들고 온 종이상자를 내려놓았다. 텔레비전 불빛이 여기저기 놓인 짐 상자를 비추었다.

"집이 좀 춥지?"

노인이 물었다. 더는 못 본다고 생각해서인지 노인은 요즘 들어 윤세오를 다정하게 대했다. 물건을 가지고 떼를 쓰는 일도 줄었고 밑반찬 같은 것을 싸주기도 했다. 하루종일 홀로 있어서인지 몹시 반가워하며 잠깐이라도 함께 있어주었으면 했다.

"이걸 혼자 다 하셨어요?"

"우리 아들이 했어. 퇴근하고 와서 기력도 없을 텐데 다 해줬어."

"저녁은 드셨어요?"

"아들 오면 같이 먹어야지. 그럴려고 하루종일 저거 곤 건데."

윤세오는 노인이 꺼내놓은 잡동사니들을 상자에 넣었다. 노인이 이런저런 질문을 던졌다. 마치 처음 보는 사람처럼 집은 어딘지, 나이는 몇인지 하는 것들을. 필요한 대답을 짧게 했지만 대개는 입을 다물었다. 그렇게 한다고 타박하지도 않았다.

상자에 누런 테이프를 둘러 한쪽에 쌓아놓고 빈 상자와 가위를 들고 부엌으로 갔다. 어두워서 검고 단단해 보이는 줄이 거기에 있었다. 윤세오는 용기를 내려는 듯 줄을 손에 쥐어보았다. 쥐고 있는 것만으로도 심장이 뛰었다. 당장이라도 노인이 달려와 호통을 칠 것 같았다. 노인이 달려오다니, 그 생각에 당황해서 마루에 있는 노인을 내다봤다. 노인은 보료에 앉아 텔레비전을 보고 있었다.

시작해야만 했다. 쌓아놓은 짐 상자 때문에 노인의 눈에 띄지 않을 수 있었다. 오랫동안 상상해온 일이 비로소 실현될 것이다. 힘을 주어 당겼다. 잘 되지 않았다. 더 힘을 주었다. 움직일 기미가 없었다. 이대로 시간을 끄느니 가위로 자르는 게 나을 것 같았다. 바라던 일이 한순간에 틀어지는 게 얼마나 쉬운지 알고 있었다. 심장이 고통스러울 정도로 심하게 두근거렸다.

다시 한번 힘을 줬다. 어둠 속에서도 도드라진 핏줄이 보이는 것 같았다. 그것은 조금도 움직일 기미가 없었다. 노후한 것인데도 잘 되지 않았다. 연립주택이 지어질 당시부터 벽에 붙어 있었을 그것은 집의 기둥이라도 되는 듯 단단했다. 윤세오는 멈추지 않았다. 이 일에 강한 의무감을 느꼈다. 결단을 내려야 할 때였다. 시간을 끄는 일과 증거를 남기는 일. 둘 다 인생을 걸어야 하는 것은 마찬가지였다.

가위를 쥐고 윤세오는 다시 노인을 돌아봤다. 비스듬히 기운 채로 졸고 있는 노인이 부쩍 늙어 보였다. 오랫동안 살던 집이 쇠하면서 덩달아 기력을 잃은 것 같았다. 텔레비전 불빛이 색을 바꿔가며 노인의 굽은 어깨를 비췄다.

윤세오는 상상 속에서 관을 자르고 밸브를 열어보았다. 푸른 불꽃이 인다. 사람은 살아 있는 채로 피를 흘리고 일상의 물건은 불길에 휩싸여 눈물처럼 녹아내린다. 천장이 무너지고 가구가 타들어간다. 두려움을 느낄 새도 없이 안개가 피어오르듯 깊은 정적이 모든 것을 감싼다.

집안은 이미 그 일이 벌어진 듯했다. 어두침침하고 황량해서 아무도 살지 않는 것처럼 보였다. 157번지와도 비슷했다. 재해의 기억을 고스란히 품은 채 구석구석 어둠이 스며들고, 낮이면 기다랗게 뻗은 한 줄기 햇살이 잿더미에서 일어난 먼지기둥을 밝히고, 오랜 목재가 불에 타버린 157번지 말이다.

이제 157번지에는 아무것도 남지 않았다. 휑뎅그렁한 공터가 되었다. 봄이 되어도 흔들릴 잎사귀 하나 없었다. 경매에서 낙찰

되고 주인이 정해지면서 그리되었다. 마당의 나무는 뿌리째 뽑혔다. 붉은 벽돌과 푸른 지붕, 오랫동안 사용한 가구와 부서진 물건도 없었다. 다져진 땅은 단단하고 별 일 없이 평온했다. 햇살 아래 검은 그늘이 생기거나 바람이 불 때면 검은 먼지가 울음처럼 날리지도 않았다.

"거기서 뭐해?"

노인이 여전히 졸리운 목소리로 물었다. 이쪽으로 다가오는 기척이 들렸다. 윤세오는 가위를 내려놓고 노인 쪽으로 갔다. 노인이 수화기를 들어 어디론가 전화를 걸고 있었다. 텔레비전 불빛에 전화 다이얼 버튼을 비추는 네온 불빛이 섞였다. "안 받네." 노인이 웅얼거리며 수화기를 내려놓고 다시 텔레비전에 시선을 뒀다.

윤세오는 노인 옆에 앉아 베란다 창을 바라보았다. 외풍을 막기 위해 창에 둘러놓은 김장용 비닐 안에 이슬이 꽉 차면서 바깥은 안개가 낀 것처럼 뿌옜다. 흐린 바깥을 바라보자니 언젠가 이런 밤을 지낸 적이 있는 것 같았다. 지표로부터 안개가 서서히 피어오르는 광경을 지켜보며 비강으로 스미는 냄새를 맡던 밤. 그런 밤은 없었다. 그런데도 오래전에 겪은 기분이었다. 오랫동안 기다린 나머지 그런 느낌이 들었다.

이 밤의 어둠, 기온차가 만든 안개, 멀리서 들려오는 분간 못할 소리들, 어두운 집안을 밝히는 텔레비전의 불빛, 지독한 비린내 같은 것을 잘 새겨두었다. 일생에 걸쳐 단 하나의 시점을 택해야 한다면 이 자리, 이 시각을 선택할 것이다. 아무리 먼 곳으로 가더라도, 많은 시간이 지나더라도, 윤세오는 언제든 이 밤으로 돌아올 것이다. 이 안개, 이 냄새, 어둠 같은 불안, 차갑고 단단한 가위나 작은 쇠붙이에게로.

노인이 다시 고개를 끄덕이며 졸기 시작했다. 잠에 빠진 노인의 숨소리가 나직했다. 윤세오는 옆에 놓인 이불을 노인의 어깨에 덮어주었다. 그 다정한 손길에 놀라 제 손을 내려다보았다. 시간을 들여 노후한 호스를 뽑으려던 손, 밸브를 움켜쥐던 손, 가위를 찾아쥔 손, 노인과 이수호의 짐을 종이상자 안에 담아준 손, 노인에게 이불을 덮어준 손.

몇시나 되었을까. 시간이 얼마 남지 않았다는 것만 짐작할 수 있었다. 이제 어둠이 몸을 흔들어 밤의 농도를 짙게 할 시간이었다. 윤세오는 거실 한쪽에 벗어둔 외투를 입고 조용히 바깥으로 나왔다.

자세히 보면 101호에서 희미한 불빛이 새어나왔다. 텔레비전 불빛이 이슬에 뭉개졌다. 물기와 어우러지면서 불빛은 좀더 부드러워졌다.

윤세오는 불빛을 등지고 천천히 걸음을 내디뎠다. 어두워서 텅 빈 허공처럼 보이는 쪽이었다.

에필로그

엄마는 멍하니 베란다 창밖을 내다보고 있었다. 약이 독해 눈이 나빠진다고 염색을 하지 않은 이후로 부쩍 흰머리가 늘어 더 기력 없어 보였다. 신기정이 들어가자 흘깃 바라보고는 별말 없이 부엌으로 가 밥을 차렸다. 엄마와 단둘이 나누는 조용한 저녁식사가 이어졌다.

간혹 동생이 있었을 때의 소란스럽던 식사시간이 생각나기도 했다. 그 순간을 즐기지 못해 이런 저녁을 맞은 것처럼 느껴질 때도 있었다. 뒤늦게 떠올리는 생각일 뿐이었다. 그런 후회는 누군가 사라지면 흔히 일어나고, 동생을 위한 것이 아니라 오로지 신기정을 위한 것이었다.

"학교에선 어땠니?"

엄마가 물었다. 신기정은 무심결에 고개를 끄덕이다가 엄마가 '학교는 괜찮니'라고 묻지 않았다는 것을 알아차렸다. 엄마의 질문은 늘 신기정이 잘하고 있는지를 확인하는 것이었는데, 오늘은 아니었다.

"맨날 똑같죠, 뭐."

신기정이 대답하고는 활짝 웃었다. 엄마가 신기정을 따라 가벼이 미소지었다. 이런 일은 썩 오랜만이었다. 엄마와 마주앉아 서로 웃음을 나누는 일.

정직과 휴직을 거쳐 일 년 만에 복직한 학교는, 괜찮았다. 어쩌다 복도에서 교장을 마주치면 우물우물 인사를 건넸다. 기분이 좋을 때면 교장은 뒷짐을 지고 공연히 날씨 얘기를 꺼내기도 했다. 신기정은 덩달아 하늘을 보며 날이 맑다거나 비가 올 모양이라고 가벼이 대꾸했다. 교장의 기분을 나아지게 하려고 노력하거나 부당한 처사를 사과받으려고 애쓰지 않았다. 그저 예의로 안부를 확인하고 얼굴을 알아보며 인사를 나눌 정도로만 친교를 나누는 것, 그런 식으로 사람을 아는 것도 나쁘지 않았다.

항상 올바르고 정확한 판단을 할 수 없고 그럴 필요도 없다는 생각이 들자, 선생이라는 걸 굳이 연기하지 않아도 되었다. 여전히 아이들에게 애매모호한 태도를 들키는 게 두려웠으나 확신할 수 없다거나 잘 모르겠다고 용기를 내서 말문을 트기도 했다.

엄마가 그렇게 물었기 때문일까. 신기정은 뭔가 털어놓고 싶어졌다. 식탁을 치우고 잠깐 누워 있겠다며 방으로 들어간 엄마를 따라 들어갔다. 엄마가 의아한 표정으로 신기정을 보았다.

항상 생각해왔다. 어디서부터 시작할까, 언제 얘기해야 할까, 어디까지 얘기할까 같은 것을. 생각과 달리 자신의 일부터 얘기했다. 다 듣고 난 엄마는 원도준이라는 아이는 어떻게 되었느냐고 물었다. 아이는 이제 졸업 학년이 되었다. 종종 복도에서 마주쳤다. 아이는 마주치면 굳은 표정으로 신기정을 피했다. 뒤쪽에서 신기정을 놀리거나 실내화를 벗어 때리는 흉내를 낸다는 걸 알았지만 내색하지 않았다. 달라진 건 없었다. 아이와 신기정은 여전히 각자의 진실을 믿었다. 그럼에도 시간이 지나고 있다는 게 실감났다. 서로 믿음이 다르다는 걸 알게 된 것으로 충분했다. 엄마가 힘없이 신기정의 손을 쓰다듬었다.

동생 얘기도 꺼냈다. 오랫동안 미뤄왔으나 일단 얘기를 시작하자 모든 지나가버린 일이 그렇듯 덤덤히 말할 수 있었다. 홀로 빈소를 지킨 일과 적법한 절차를 거쳐 동생의 채무를 무관하게 만든 일, 친구들을 만나 알게 된 동생에 대해서도 얘기했다.

엄마는 얘기를 듣는 동안 한 번도 되묻지 않았다. 더 자세히 얘기해보라고도 하지 않았다. 무슨 뜻이냐고 묻거나 어떻게 된 일이냐고 재촉하지 않았다. 그저 말없이 들었다. 다행이었다. 무엇이든 다시 얘기해야 했다면 농담이라고 둘러대며 자리를 피했을 것이다.

이제 엄마에게 필요한 것은 시간이었다. 슬픔과 죄책감과 연민을 삭일 시간. 신기정은 엄마를 홀로 있게 해주려고 자리에서 일어섰다.

"추웠겠네."

엄마가 나지막이 말했다. 말투는 온순했으나 의미를 짐작하기 어려웠다. 신기정은 엄마를 쳐다봤다. 엄마가 턱을 가슴팍까지 숙여 떨어뜨렸다. 고개를 하도 수그려서 목이 부러진 것처럼 보였다. 엄마가 어깨를 좁혔다. 두 손을 들어 얼굴을 가렸다. 그 모든 동작은 아주 천천히 진행되었다. 힘을 끌어모으느라 그런 것 같았다. 조용한 울음소리가 새어나왔다. 신기정은 울고 있는 엄마를 바라보았다. 어깨를 감싸안아야 할까, 떨리는 손을 잡아주어야 할까. 생각뿐 어떤 것도 하지 못했다.

이렇게 바라보니 엄마는 체구가 작고 쇄골이 도드라질 정도로 말라 있었다. 예전의 탄탄한 피부는, 아마도 오래전에 그랬을 테지만, 탄력을 잃었고 볼 쪽에 흐릿하게 핀 검버섯이 넓게 번지고 있었다. 짧게 깎은 머리는 세련되어 보이기는 했으나 각진 얼굴을 도드라지게 했고, 그 때문에 다소 강퍅하고 피로한 느낌을 줬다.

신기정은 종종 엄마와 자신의 관계를 이어주는 것이 무엇인지 상기하는 게 힘들었는데, 곁에서 보니 애써 떠올릴 필요가 없었다. 누가 봐도 모녀처럼 보이는 생김새 때문이 아니었다. 신기정과 엄마는 때로 서로 파고들었고 할퀴었고 질겁했다. 그래도 언제나 시간을 함께 보냈다. 자주 밥을 먹었고 나란히 앉아 텔레비전을 봤고 잘 마른 빨래를 갰고 목욕탕에 가면 번갈아 등을 밀어주었고 목욕이 끝나면 빨대를 꽂아 우유를 마셨고 젖은 머리를 털며 집으로 돌아왔다. 교사 연수를 위해 집을 비울 때말고 신기정은 늘 엄마와 같이 살았다. 그게 동생은 이곳에 없지만, 신기정은 엄마와 함께 있는 이유처럼 느껴졌다.

엄마가 간간이 몸을 떨었다. 추위 때문이 아니라는 걸 알면서도 신기정은 얇은 차렵이불을 가져다 덮어주었다. 엄마는 신기정이 하는 대로 내버려두었다. 그제야 '추웠겠네'라는 엄마의 말이 무슨 뜻인지 알아차렸다. 동생은 한겨울에 강물 속에 몸을 담갔다. 춥고 무서웠을 것이다.

동생 때문에 엄마의 인생은 많은 부분이 바뀌었다. 아마도 그러했으리라는 생각이 이제는 든다. 엄마가 동생의 존재를 알게 된 것은 고작 서른다섯 살 때였다. 지금의 신기정보다 어린 나이였다. 그때 엄마는 아빠에게 다른 여자에게서 낳은 아이가 있다는 걸 알게 되었다. 동생 때문에 생활은 의심과 원망으로 가득찼을 것이다. 인생에 대한 회의와 회한이 늘고 무력하고 우울했을 것이다. 누군가 인생을 통째로 훔쳐간 듯싶었을 것이다. 때때로 그 모두에 대한 분노를 이기지 못하면 신기정을 때렸다. 의지할 건 자식뿐이었을 것이다. 그럴수록 제 자식이 누군가와 결탁해 자신을 속일까봐 매섭게 굴었다.

엄마와 아빠는 이후로도 함께 지냈지만 신기정이 보기에는 그저 아는 사이 정도로만 지냈다. 자주 한식탁에서 밥을 먹었다. 때로는 속옷을 손으로 빨아주었다. 가족 모임이 있을 때면 나란히 차에 올라탔고 이웃한 자리에 앉아 함께 식사를 하고 사람들과 이야기를 주고받고 웃었다. 아빠가 죽었을 때 엄마는 정성껏 상을 치렀다. 그저 오랫동안 한집에 살던 사람으로서 한 일이라고 생각했다.

그게 아니라는 걸 우는 엄마를 보며 알았다. 엄마는 울었다. 그렇게 우는 엄마를 보는 것은 처음이었다. 신기정은 우는 엄마의 손을 잡았다. 엄마가 덜덜 떨리는 손을 힘없이 내맡겼다. 마주 잡아주고 싶어서가 아니라 힘이 없어서 신기정이 잡은 대로 두는 것 같았다.

우는 엄마를 보고 있자니 엄마가 날마다 어린 동생을 씻기던 게 생각났다. 어린아이를 씻긴다기보다는 진흙이 묻은 커다란 무를 손질하는 것처럼 무표정하고 매서운 얼굴이었다. 엄마는 스스로를 그애의 보육교사 정도로 여겼다. 부모로서의 애정은 없지만 보란듯이 키워보고 싶은 마음은 있었을 것이다. 엄마는 빨래를 하고 설거지를 하는 표정으로 그애의 머리를 감기고 때를 밀어주고 비누가 들어갈까봐 눈을 꽉 감고 있는 그애의 얼굴을 물로 씻겼다. 성장하는 아이의 몸, 자그마한 이로 음식물을 씹어삼키는 걸 바라보는 경이도 없이, 그저 옷감의 얼룩을 지우고 그릇의 기름때를 벗기는 표정으로.

하지만 엄마는 매운 걸 먹지 못하는 어린 동생에게 김치를 씻어 먹였다. 내키지 않는 표정과 강압적인 말투로 숫자와 글자를 가르쳤다. 좀 자라서는 알파벳과 구구단을 가르쳤다. 손톱을 물어뜯을 때마다 야단을 쳤고 발톱이 살을 파고들어가지 않게 깎아주고 귀지를 파줬다. 계절이 바뀌거나 그애가 자라면 옷을 사 입혔다. 초등학교 입학식 날 학교에 데리고 갔다. 성장을 하고 학부모 상담을 했다. 성적표에 도장을 찍어주었고 생활기록부의 부모님이 바라는 장래희망란에 교사라고 적어주었다. 생리를 시작했을 때 축하한다거나 어른으로 대우해주는 말은 하지 않았지만 화장실에 생리대를 채워놓았다.

그러는 동안 엄마가 웃거나 그애 머리를 쓰다듬거나 이부자리를 털어주거나 다정하게 말을 거는 모습을 본 적은 없었다. 엄마는 무표정하고 무덤덤하게 그 일을 해냈다. 이미 다 큰 신기정에게는 필요 없는 일이었다. 신기정은 사랑하고 의지했으나 점점 엄마로부터 멀어졌다. 동생은 사랑이 없는 엄마를 의지하고 따를 만큼 어렸다.

그애는 자라면서 독립적이고 자주적으로 굴었다. 실은 엄마와 신기정이 그렇게 했다. 동생은 늘 그곳에 있었다. 가까워지기 싫어 엄마와 신기정이 가지 않았을 뿐이다. 동생이 가진, 한데 섞이지 않는 사람의 비밀과 은밀한 신비감을 못마땅하게 여겼다.

그애가 온 뒤로 엄마와 신기정, 동생의 삶은 제각기 뻗어나갔다. 그 당시도 이상하지 않았고 지금도 마찬가지였다. 엄마는 동생을 통해, 동생은 온기 없는 가족을 통해, 신기정은 엄마를 통해, 삶은 자주 손쓸 수 없는 방식으로 전개된다는 걸 어렴풋이 깨닫게 되었을 뿐이다.

신기정은 축 늘어져 울고 있는 엄마의 손을 힘주어 잡았다. 엄마는 가만히 있었다. 신기정이 어깨를 감싸안자 이번에도 거리낌 없이 몸의 일부를 의지했다. 무게가 조금도 느껴지지 않았다. 그것이 엄마가 마르고 가벼워서가 아니라 신기정 자신도 엄마에게 몸을 기대고 있어서라는 사실을, 엄마가 어린아이에게 하듯 신기정의 팔뚝을 쓸어내리고 있다는 걸 의식하고 나서야 알게 되었다.

엄마와 서로 몸을 기대고 있는 동안 신기정은 동생을 위해 가장 먼저 했어야 할 일을 깨달았다. 죄책감을 느끼는 일도, 통화 기록을 살피는 일도, 동생이 만나지 못한 윤세오를 대신 찾는 일도 아니었다.

동생이 지금 이 자리에 없고 앞으로도 영원히 없으리라는 사실에 슬퍼하는 일, 삶의 마지막 순간 홀로 있었을 동생을 애틋해하는 일이었다. 지금 엄마가 그러는 것처럼, 미안함이나 죄책감 때문이 아니라 전적으로 동생이 그리워서. 그것이 애도의 첫번째 순서였다.

문학동네 장편소설
선의 법칙
ⓒ 편혜영 2015

1판 1쇄 2015년 6월 15일
1판 2쇄 2015년 6월 22일

지은이 편혜영
펴낸이 강병선
책임편집 황예인 | 편집 정은진 김내리 염현숙 | 독자 모니터 전혜진
디자인 김마리 유현아 | 마케팅 정민호 나해진 이동엽 김철민
홍보 김희숙 김상만 한수진 이천희
제작 강신은 김동욱 임현식 | 제작처 영신사

펴낸곳 (주)문학동네
출판등록 1993년 10월 22일 제406-2003-000045호
주소 413-120 경기도 파주시 회동길 210
전자우편 editor@munhak.com | 대표전화 031) 955-8888 | 팩스 031) 955-8855
문의전화 031) 955-3576(마케팅) 031) 955-8864(편집)
문학동네카페 http://cafe.naver.com/mhdn | 트위터 @munhakdongne

ISBN 978-89-546-3661-2 03810

www.munhak.com